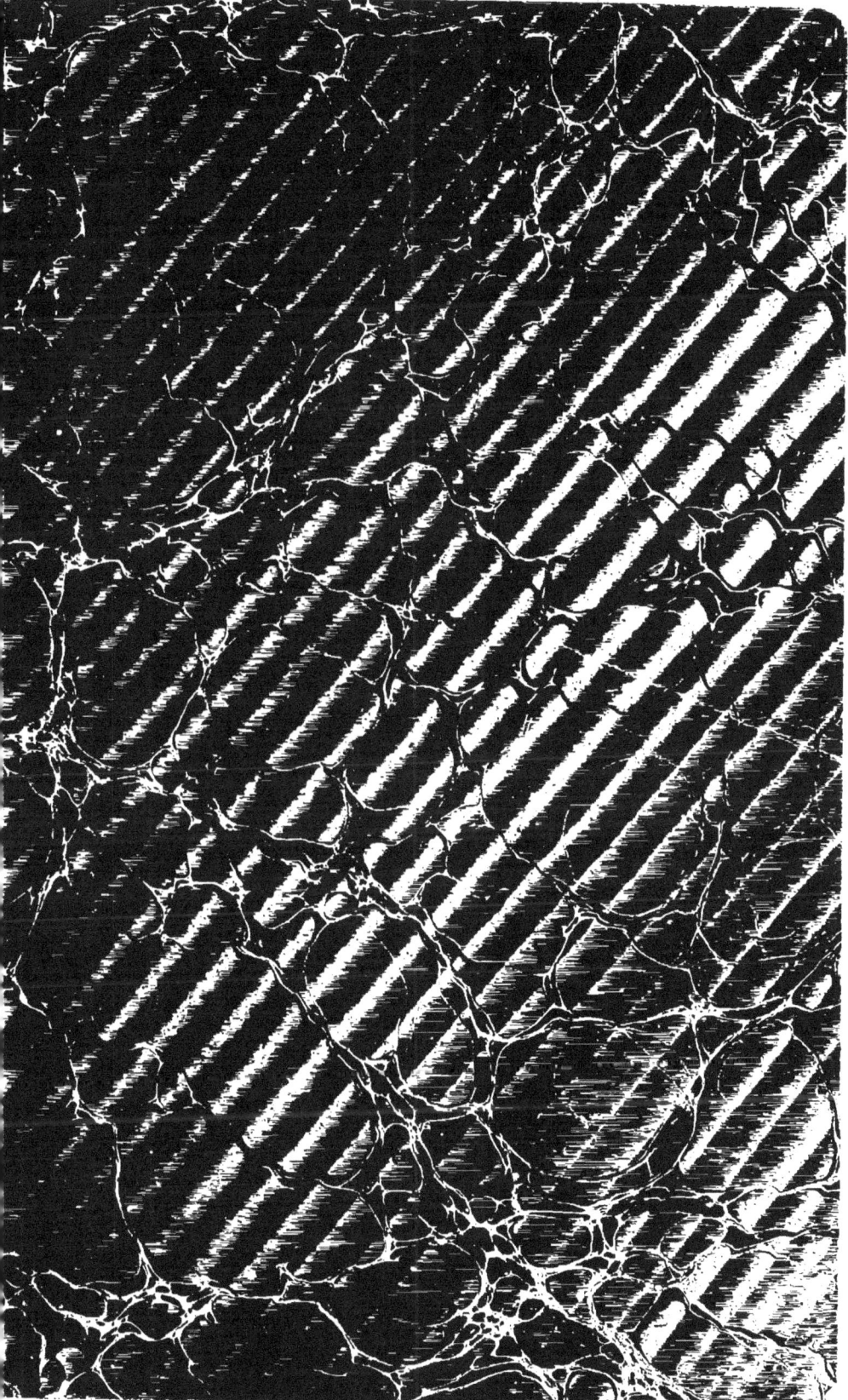

COLLECTION J. HETZEL

SCÈNES DE LA VIE DE COLLÈGE

DANS TOUS LES PAYS

MÉMOIRES

D'UN COLLÉGIEN

PAR

ANDRÉ LAURIE

DESSINS PAR J. GEOFFROY

BIBLIOTHÈQUE

D'ÉDUCATION ET DE RÉCRÉATION

J. HETZEL ET Cie, 18, RUE JACOB

PARIS

MÉMOIRES

D'UN COLLÉGIEN

CHAPITRE I

PREMIERS PAS AUTOUR DU MONDE

Le 4 octobre de cette année-là fut un grand jour pour moi. Quand je vivrais aussi vieux que le patriarche Mathusalem, cette date resterait à mes yeux plus mémorable que celle d'aucun fait historique.

N'avez-vous pas ainsi dans vos souvenirs, ami lecteur, des points de repère personnels auprès desquels pâliraient pour vous Austerlitz et Waterloo?

C'est ce jour-là que je fis mon entrée solennelle dans la

société française en qualité d'élève interne au lycée de Châtillon !

A la vérité, j'allais partager les honneurs de cette dignité avec deux cent trente de mes jeunes concitoyens. Environ trois cents externes avaient bien aussi quelques droits à se considérer comme appartenant à cet illustre établissement. Mais telle est la part léonine que tout être humain, petit ou grand, fait généreusement à son individu, qu'il me semblait, — et ma foi il me semble presque encore, — que le rôle principal était mon lot dans ce drame émouvant.

Quand je parle d'entrée solennelle, je me laisse d'ailleurs entraîner quelque peu par mon imagination, et je traduis plus exactement mon impression d'alors que celle des témoins de cet événement. En réalité, notre équipage, j'en ai bien peur, était plus ridicule qu'imposant.

Dès six heures du matin, et le jour à peine levé, la *Grise* avait été attelée à la « capote ».

La Grise était une bonne vieille jument qui, depuis cinq à six mois, s'était habituée à voir gambader autour d'elle un joli poulain alezan, et la perspective de laisser, pour la première fois, son rejeton à l'écurie paraissait lui être des plus pénibles. En dépit de son excellent caractère, elle parvenait à peine à dissimuler sa mauvaise humeur.

Quant à la « capote », c'était une sorte de large cabriolet couvert, muni d'un tablier à l'avant et d'un coffre à l'arrière, monté sur des ressorts en cou de cygne, et qui pouvait n'avoir pas été dépourvu d'élégance vers 1808, quand mon grand-oncle, le chirurgien-major, s'en servait pour faire campagne. Mais quelle décadence à cette heure !

Toute balafrée, écorchée, couturée à l'extérieur, rapetassée

à l'intérieur, avec son cuir terni, son vieux drap bleu fané
et ses articulations gémissantes, la pauvre patache semblait
demander grâce à chaque tour de roue. D'année en année,
on avait reculé le moment fatal d'une retraite nécessaire.
Mon père, en propriétaire campagnard aisé qu'il était, avait
ses moments où il se sentait un peu honteux de la « capote »,
— par exemple, dans les rares occasions où ma mère y prenait place auprès de lui. Au fond, pourtant, il était plus
attaché qu'il ne voulait l'avouer à cette vénérable ruine.
Elle était si commode pour traîner dans les chemins de tra-
verse, sans crainte des ornières ou des ronces! Et puis, elle
avait de si grandes poches, des dessous si spacieux, un
tablier si monumental, et jusqu'à des marchepieds si com-
plaisants! Au besoin on pouvait y tenir cinq, en ayant soin
de descendre aux montées. Et si bien rembourrée! tout crin,
voyez-vous! de quoi remplir trois matelas. On ne travaille
plus ainsi maintenant... Bref, la capote allait toujours...

C'est tante Aubert qui avait présidé aux préparatifs du
départ. C'est elle qui avait, de ses propres mains, consolidé
sur le coffre ma malle en peau de porc, avec mon adresse
écrite par moi-même en majuscules :

ALBERT BESNARD

ÉLÈVE DE SIXIÈME AU LYCÉE

C'est elle encore qui nous avait servi, à mon père et à
moi, notre café au lait. Puis j'étais allé embrasser maman,
que sa santé délicate obligeait à garder la chambre, et
grand-papa, qui avait profité de la circonstance pour me

glisser dans la main deux gros écus de cinq francs. J'avais
dit adieu à ma tante Aubert et à Jeanneton, qui pleuraient
un peu toutes deux sur le pas de la porte, et « hue la Grise ! »
— nous étions partis.

Quant à moi, il me serait difficile de préciser la nature
exacte de mes sentiments, tant ils étaient confus et contra-
dictoires ; mais, pour être franc, je crois bien que la joie en
était la note dominante.

Depuis mon premier jour jusqu'à l'âge de onze ans que
j'avais alors, j'étais toujours resté sous le toit paternel. Le
bourg de Saint-Lager, que nous habitions, était situé au pied
des monts Crampiens, dans un pays pittoresque et riant ;
mon père en était, en sa qualité de maire, le personnage le
plus important ; il était aussi le plus fin chasseur à cinq
lieues à la ronde, et un peu de cette gloire n'avait pu manquer de rejaillir sur son fils unique.

Mais j'avais toujours nourri, depuis que je savais lire, une
passion désordonnée pour les voyages, et l'expédition dans
laquelle je m'engageais, pour ne s'étendre que jusqu'au
chef-lieu, n'en était pas moins mon premier pas autour du
monde. A ce titre elle m'enchantait.

D'autre part, je n'étais pas fâché de mesurer enfin mes
forces avec des condisciples, car jusqu'à ce jour je n'en avais
pas eu. Pour premier maître, on m'avait donné l'instituteur
de Saint-Lager, qui m'avait appris à lire, mais n'avait jamais
réussi à me donner une écriture passable ; — puis, le vicaire
de la paroisse m'avait initié aux premiers mystères de
Lhomond et de Burnouf, et un arpenteur-géomètre m'a-
vait fait avancer en arithmétique jusqu'à la division des
fractions. Je ne dois pas oublier le plus cher et le plus tendre

NOUS ÉTIONS PARTIS!...

de tous, ma mère, qui n'avait jamais manqué, quatre ou cinq
ans durant, de me faire répéter mes leçons de grammaire,
d'histoire et de géographie.

C'est elle qui avait décidé mon départ pour le lycée. Mon
père m'aurait, je crois, fort bien laissé un an ou deux de
plus vagabonder autour de la maison ; mais ma mère n'avait
pas l'habitude de n'écouter que sa tendresse : elle savait que
les parents trop faibles le sont aux dépens du bonheur à
venir de leurs enfants, et pour rien au monde elle n'aurait
voulu diminuer mes chances de succès dans la vie en me
gardant trop longtemps auprès d'elle. Un incident fortuit
précipita pourtant sa décision.

L'inspecteur d'académie du département, en tournée dans
le canton, avait dîné chez nous et passé la soirée à la maison.
Il eut l'obligeance de m'interroger sur mes études, et, me
trouvant avancé pour mon âge, conseilla de me mettre au
lycée sans retard.

« Il pourra entrer en sixième, dit-il, ce qui lui permettra
d'être bachelier vers seize ans et d'avoir du temps devant
lui pour choisir sa carrière. C'est un avantage à ne pas né-
gliger. »

Ce jugement fut une loi pour mes parents, et c'est ainsi
que, vers la fin de juillet, il fut entendu qu'à la rentrée des
classes je partirais pour Châtillon.

Les trois mois d'attente se passèrent pour moi dans une
impatience fébrile. S'il faut tout avouer, la perspective de
revêtir une tunique à boutons dorés, un pantalon à ganse
rouge et un képi bordé, comme un officier, n'était pas étrangère à ce sentiment. Je n'avais certes pas le fétichisme du
costume, et je crois bien que, sans la surveillance rigou-

reuse à laquelle j'étais soumis à cet égard, il me serait arrivé souvent de pécher par l'excès contraire ; mais le prestige de l'uniforme n'en était pas moins puissant sur mon imagination, et, s'il n'avait tenu qu'à moi, je crois bien que j'aurais abordé la tunique avant même de figurer sur les registres du lycée.

Chose étrange : ce qui jouait le plus grand rôle dans mes préoccupations enfantines, avec cette fameuse tunique, c'était un autre article du trousseau réglementaire, qui avait beaucoup fait rire ma mère et ma tante Aubert. Cet article, qui figurait entre les bas et les serviettes sur le prospectus du lycée, était ainsi conçu :

IX. — Six bonnets de coton blanc ou écru.

« Est-ce qu'on va obliger Albert à porter un bonnet de nuit? avait demandé ma mère.

— Ce n'est pas probable, avait répondu mon père ; mais, puisque les bonnets de coton sont notés sur le trousseau, le plus simple est de les fournir. »

J'avais saisi au passage ce bout de conversation, et il avait laissé des traces profondes dans ma cervelle enfantine.

Le bonnet de coton était intimement associé pour moi avec l'idée de l'âge le plus avancé. A la maison, mon grand-père était le seul à se coiffer, dans le recueillement de la chambre à coucher, de ce couvre-chef vénérable. Au dehors, je ne l'avais jamais vu porter que par deux ou trois paysans octogénaires ; encore le mettaient-ils sous leur chapeau.

Le fait seul d'avoir six bonnets de coton dans ma malle me paraissait donc équivalent à un brevet de vieillesse, et je n'exagère rien en constatant que cette simple circonstance me rehaussa dans mon opinion personnelle de cinq à six ans au moins. Petit garçon la veille, je me crus un homme, du jour où j'étais admis aux honneurs du casque à mèche.

Ces hautes considérations de politique intime me firent accepter avec une grande force d'âme l'important changement qui survenait dans ma vie. C'était de l'ingratitude si je songe à tous les braves cœurs qui allaient avoir la bonté de regretter mon départ...

Et d'abord mon père et ma mère qui avaient, par devoir et par tendresse pour moi, pu se résoudre à cette séparation, mais qui ne l'acceptaient assurément pas d'un cœur léger! Combien de fois n'ai-je pas vu les yeux de maman attachés sur moi avec leur doux regard voilé qui semblait dire :

« Que va devenir mon Albert parmi tous ces étrangers? »

Quant à mon père, aux champs ou à la chasse du matin au soir, il avait moins de temps à donner à des pensées de cet ordre, mais il lui échappait des mots qui en trahissaient de temps en temps l'existence. C'est à table spécialement que ces accès le prenaient.

« Allons, mon garçon, encore un morceau de tarte... tu n'en auras pas d'aussi bonne au lycée! » disait-il, par exemple.

Ou bien, tout à coup, au milieu d'un silence :

« Bah! nous serons bientôt aux congés du jour de l'an!... Et puis, ta mère et moi, nous irons te voir aussi souvent que possible... »

Mais le plus touché au cœur par cette séparation imminente était peut-être mon grand-père, — *bon papa*, comme je l'appelais toujours.

Lecteur, si j'avais un vœu à formuler pour vous à l'occasion de la nouvelle année, je ne vous souhaiterais que d'avoir un grand-papa comme le mien...

Bon ! dira-t-on, est-ce que tous les grands-papas ne sont pas les mêmes ? Qui a jamais entendu parler d'un grand-papa qui ne fût pas l'indulgence incarnée ?

Je le veux bien. Mais n'importe, je doute qu'il y ait jamais eu un bon papa comme le mien. Un illustre poète a écrit : *l'Art d'être grand-père*. Certes, cet art-là, le cher vieillard le possédait d'instinct. Il était poète à sa façon, lui aussi, et je vois encore ses bons gros yeux humides de tendresse, sous ses longs sourcils gris, sa figure rose et toujours frais rasée, avec une bouche fine un peu rentrée, son nez parfois un peu barbouillé de tabac, et ses deux mains toutes ridées sur la poignée de sa canne...

Ah ! il en savait des contes, celui-là ! Des contes de fées et des histoires de brigands, et des récits de voyages, et des anecdotes de sa vie !... Il avait été garde d'honneur en 1813 et blessé d'un coup de sabre à la bataille de Leipzig. Il avait visité l'Italie, l'Espagne, l'Angleterre et le Brésil. Il avait vu Talma et applaudi Mlle Mars dans son plus beau temps. Il avait entendu chanter Lablache, Rubini, Tamburini et même Nourrit. Et après tout cela il s'était retiré à Saint-Lager, où tous ses souvenirs s'étaient tassés, condensés, un peu emmêlés, mais non pas affaiblis.

Il avait un talent pour conter que je n'ai jamais trouvé chez personne au même degré. Le fait le plus insignifiant en apparence revêtait sur ses lèvres des couleurs d'une vivacité et d'un éclat qui m'enchantaient. Je me rappelle fort bien qu'il lui arrivait parfois de me dire un conte que j'avais déjà lu, peut-être dans le même livre que lui; eh bien! j'y trouvais toujours un piquant, une saveur que le texte avait été impuissant à donner. J'avais beau connaître par le menu tous les incidents et tous les détails, savoir d'avance le dénouement, je n'en palpitais pas moins d'émotion à toutes les péripéties.

Il y a telle de ses histoires qu'il m'avait bien racontée vingt fois au bas mot, et je ne crois pas avoir été moins intéressé la dernière fois que la première. Les meilleures à mon goût étaient celles qu'il avait lui-même inventées pour moi. Il y en avait une surtout : la scène se passait « au Mississipi où les mouches portent béquilles! » Ah! mes amis, quel conte! Je voudrais bien pouvoir l'écrire pour vous et vous y faire trouver un peu du plaisir qu'il me causait. Mais c'est impossible. C'était un de ces contes ailés qui défient la sténographie. Jamais personne ne pourra le répéter. Bon papa lui-même ne le disait jamais deux fois de même.

Chose étrange et que j'ai peine à m'expliquer aujourd'hui, ces variations n'altéraient nullement ma foi intrinsèque dans le narrateur et dans le récit.

Après bon papa, l'idole de mon enfance avait été ma tante Aubert. Par exemple, je puis bénir trois fois le ciel que la chère âme n'ait été que ma tante et non pas ma mère. Tante Aubert était une cousine à nous. Quand je l'ai connue, ma tante avait déjà des cheveux gris, une gentille petite figure ratatinée comme une pomme de reinette, les meilleures des pommes puisqu'elles gagnent à vieillir, et elle était depuis dix ou quinze ans veuve du commandant Aubert et sans enfants. Les médisants prétendaient qu'elle

2

boitait un peu; je ne l'avais jamais remarqué, on ne voit pas volontiers les imperfections de ceux qu'on aime. La démarche un peu chancelante de tante Aubert me semblait à moi une grâce de plus.

La tendresse qu'elle m'avait vouée tenait tout simplement de la folie. J'ignore quelles auraient pu être ses idées sur l'éducation des filles si j'avais eu des sœurs. Mais en ce qui touche l'éducation des garçons, je n'hésite pas à proclamer aujourd'hui que ses notions étaient des plus étonnantes.

Par exemple, elle croyait hautement dangereux de me laisser courir ou m'amuser à des jeux tant soit peu violents, dans la crainte des « chaud et froid ». Le proverbe : « Jeux de mains, jeux de vilains » était un de ses axiomes. Elle trouvait indispensable en hiver de faire bassiner mon lit et de me faire apporter de l'eau tiède pour ma toilette. Elle aurait considéré comme une haute imprudence de me laisser grimper à un arbre et sauter par-dessus une barrière, et se serait probablement accusée d'homicide par négligence si je n'avais pas eu tous les matins mon café au lait dans mon lit, avant même d'ouvrir les yeux. Dans son opinion, l'étude ou la lecture prolongée plus d'une heure de suite entraînait pour le tendre cerveau d'un enfant un danger imminent de congestion avec accompagnement de fièvre et de délire.

Mais ce qu'elle considérait surtout comme criminel, c'est qu'on osât me « contrarier » spécialement sur le chapitre de la gourmandise. Quand j'étais tout petit garçon, j'avais eu longtemps une recette infaillible pour obtenir ce qu'on me refusait avec le plus de raison; c'était d'aller trouver ma tante en braillant à poings fermés. Elle n'hésitait pas

une seconde, alors, à m'accorder ce que je réclamais, et
cela avec un commentaire qui excusait tout à ses yeux :

« Ne pleure pas, mon chéri ; si tu savais comme tu deviens laid !... »

Tout enfant que j'étais, j'avais fini par sentir les dangers
de cette faiblesse, et, quoique j'aimasse assurément de tout
mon cœur ma chère tante, je crois bien qu'un peu de dédain
se mêlait à mon affection. Aujourd'hui encore je frémis en
pensant quelle poule mouillée je n'aurais pas manqué de
devenir sous un tel régime, s'il s'était prolongé.

Mais, fort heureusement, nous arrivions à Châtillon, et
les fers de la Grise sonnaient déjà pesamment sur le pavé
du chef-lieu.

CHAPITRE II

MES DÉBUTS AU LYCÉE. — LE PÈRE BARBOTTE.

M. LE PROVISEUR. — UNE RÉCEPTION COURTOISE.

Il était sept heures et demie, ni plus ni moins, quand la
« capote » s'arrêta devant l'hôtel de France, où mon père
avait l'habitude de descendre quand il allait à Châtillon.

Un quart d'heure plus tard, suivis d'un homme de peine
qui portait la fameuse malle, nous franchissions la porte du
lycée.

C'était, ma foi, une fort jolie porte, qui devait dater du
xve siècle et qui s'arrondissait gracieusement en ogive sur
de grêles colonnettes de marbre blanc. D'ordinaire elle
était fermée, et ne laissait guère s'ouvrir qu'un guichet
assez étroit taillé dans la largeur de l'un de ses épais battants à clous de fer.

Mais, ce jour-là, elle était toute béante comme la gueule
d'un four, et, à chaque instant, on y voyait s'engouffrer des
groupes affairés d'élèves et de parents.

A gauche, en entrant, s'ouvrait la loge du concierge.

Je devais apprendre en peu de temps à ne professer qu'un

respect modéré pour le *père Barbotte*, comme on appelait sans façon ce Cerbère huileux et ventripotent. Mais, ce jour-là, je dois en convenir, je fus vivement impressionné par les yeux d'un noir de jais, la calotte de velours bleu à gland jaune, les joues rubicondes et la gravité générale de cet important fonctionnaire. C'est à peine si je remarquai qu'il possédait tout juste assez de nez pour pouvoir se vanter de n'être pas absolument dénué de cet utile organe. Sans doute, par manière de compensation, sa lèvre supérieure offrait un développement tout à fait anormal.

Il me toisa d'un coup d'œil, et, à la requête polie de mon père, qui demandait à voir M. le proviseur, il répondit presque dédaigneusement :

« Grand escalier. Porte en face. Économat à gauche. »

Puis assumant, sans être consulté, le droit de donner des ordres au domestique chargé de ma malle, il lui dit :

« Vous, l'ami, allez vous asseoir avec vos paquets sous cette arcade, et attendez là qu'on vienne vous relever de faction ! »

L'arcade ainsi désignée par le père Barbotte formait l'un des côtés d'un cloître qui se développait à droite du vestibule, et au milieu duquel on voyait un petit filet d'eau maigrelet danser au soleil levant dans un bassin rond.

Cependant, mon père et moi nous étions arrivés au grand escalier ; nous en avions gravi les marches jusqu'au premier étage, et nous nous étions arrêtés devant une double porte en cuir vert sur laquelle on lisait : *Cabinet de M. le proviseur*.

Cette porte ouvrait sur une antichambre où nous fûmes introduits par un domestique à l'air diplomatique et où se

trouvaient déjà, sous la conduite de leurs parents, huit à
dix élèves, les uns en uniforme, ce qui montrait clairement
qu'ils avaient déjà appartenu au lycée, les autres, comme
moi, dans leur meilleur costume civil, et par conséquent
nouveaux. Il me sera permis de noter, à cette occasion,
que j'avais, pour mon compte, certaine veste de velours
considérée par tout Saint-Lager comme le dernier mot du
luxe moderne.

Tandis que nous attendions, assis sur les chaises de cuir
qui garnissaient cette grande salle d'attente, aux murs
tapissés de cartes géographiques de MM. Meissas et Miche-
lot, nous nous regardions les uns les autres avec une curiosité assez naturelle chez des gens qui vont probablement
passer plusieurs années ensemble et qui se voient pour la
première fois.

Je ne sais quelle impression je pus produire à cet instant sur mes futurs camarades ; mais je dois avouer que mon
jugement sur quelques-uns d'entre eux ne fut pas des plus
favorables. Je leur trouvai en général l'air grognon et ma-
ladroit, et la seule figure pour laquelle je me sentis quelque attraction, fut celle d'un petit paysan, tout brave et
faraud dans sa blouse neuve. Il se tenait bien sage sur sa
chaise, à côté d'une bonne femme en coiffe blanche, sa mère
sans nul doute.

Certes, j'étais loin de penser alors que ce petit paysan-là
serait un jour un des sculpteurs du siècle, et que sous cette
blouse bleue battait le cœur d'un grand artiste. Je ne savais
pas davantage que Jacques Baudouin deviendrait, avant le
soir même, mon ami le plus intime et le plus cher. Mais je
me rappelle encore avec quel plaisir et quel intérêt je regar-

dais sa bonne figure sérieuse. Il ressemblait beaucoup à sa
mère, et tous les deux ils étaient intimidés et silencieux.
Seulement, de temps en temps, la brave femme, voyant que
les autres mamans, dans l'antichambre, ne se gênaient pas
pour embrasser leur garçon, se laissait, elle aussi, aller à en
faire autant.

En vérité, cette grande pièce froide et nue présentait à ce
moment un spectacle des plus émouvants. Ce n'étaient que
larmes et baisers, comme si l'on eût été sur le point de se
séparer pour le grand voyage dont on ne revient pas. A voir
l'attendrissement universel, on aurait dit que ce privilège
glorieux de l'éducation, auquel nous étions tous conviés,
fût la plus rude et la plus pénible des épreuves.

Ce larmoiement ambiant n'était pas sans produire un certain effet sur mon père et sur moi. En dépit de l'enthousiasme qui m'animait, je vis le moment où nous allions faiblir
et tomber en pleurant tous les deux dans les bras l'un de
l'autre...

Par bonheur, notre tour d'entrer chez M. le proviseur
venait d'arriver, et la porte auguste s'ouvrait devant nous.

Mon entrée dans le sanctuaire ne fut pas des plus réussies.
Il est même incontestable que, sur un théâtre, elle m'eût
valu les sifflets de l'auditoire.

A peine avais-je franchi le seuil et eu le temps d'entrevoir, devant un grand bureau d'acajou, un personnage tout
de noir vêtu, au menton rasé de près, aux cheveux poivre
et sel, et aux lunettes d'or, que je glissai sur le parquet, poli
comme un miroir, et que je m'allongeai tout de mon long...

Cet accident n'avait rien de surnaturel si l'on songe que
mes souliers étaient garnis d'une triple rangée de gros clous

MON ENTRÉE NE FUT PAS DES PLUS RÉUSSIES.

destinés à en prolonger la durée, et que les frotteurs de l'Université jouissent d'une légitime réputation pour le fini de leur travail. Je ne laissai pourtant pas que d'en être très mortifié, et j'aurais bien voulu être à cent pieds sous terre quand M. Ruette, — c'était le nom du proviseur, — après avoir constaté que je ne m'étais fait aucun mal, dit à mon père en souriant :

« C'est ce qu'on aurait jadis appelé un mauvais présage ! Un Romain serait rentré chez lui ; mais nous n'avons pas de superstition, n'est-ce pas, mon enfant ? » ajouta-t-il en me passant la main sur la tête.

Je ne comprenais pas très bien cette plaisanterie académique, mais j'étais rouge comme une cerise et je n'osais plus faire un mouvement, de peur de recommencer mes exercices involontaires.

L'entrevue ne fut pas longue. Mon père voyait le proviseur fort occupé, et n'avait voulu que me présenter à lui. M. Ruette avait reçu un mot de l'inspecteur d'académie, qui se portait garant de mon aptitude à entrer en sixième. Il ne restait plus donc qu'à me faire inscrire à l'économat et à me lancer en pleine eau.

Un coup de sonnette, le domestique parut, reçut les instructions du proviseur, et nous sortîmes de son cabinet.

J'avais vu tout cela comme dans un rêve.

L'instant d'après, je me trouvais avec mon père devant un guichet percé dans une cloison de barreaux qui partageait l'économat en deux parties. Un jeune employé, d'une élégance suprême, et qui me frappa particulièrement par la longueur prodigieuse de ses ongles bien polis, prit mon nom, m'informa que j'étais inscrit sous le numéro 976, me délivra un petit carton que je devais remettre à la lingerie, et voulut bien encaisser un certain nombre de billets de banque dont mon père allégea son portefeuille.

Cela fait, le jeune mandarin nous rendit au bras séculier du domestique, qui nous précéda à travers un dédale de couloirs et d'escaliers jusqu'au bâtiment affecté au service de l'habillement.

De temps à autre, pendant ce voyage assez long, arrivaient jusqu'à nous, par une fenêtre entr'ouverte, comme des bouffées de cris joyeux provenant des cours, où les élèves étaient déjà nombreux. La plupart étaient rentrés la veille au soir.

La malle ouverte et dûment inventoriée, les bonnets de coton et autres pièces sacramentelles de mon trousseau déposés dans un casier à mon chiffre, il ne resta plus qu'à passer chez le tailleur, un petit bossu déjà fort affairé à couper de larges pièces de drap avec des ciseaux presque aussi grands que lui. Ma mesure fut prise en un clin d'œil, et nous redescendîmes au rez-de-chaussée dans le vestibule.

L'heure de la séparation était arrivée. J'en savourai en un moment rapide toute la réelle amertume. Mon père et moi, nous étions vivement émus.

« Allons, mon enfant, je vais te laisser, me dit-il. Sois bien sage et ne perds jamais de vue les promesses que tu as faites à ta mère... Nous viendrons te voir le plus tôt possible... Tâche de n'avoir à nous donner de toi que des nouvelles agréables... »

Et il partit.

Une dernière fois je le vis se retourner, avant de franchir le seuil, pour m'envoyer un adieu de la main.

Puis, le domestique me conduisit le long d'un large corridor où pénétraient des clameurs d'abord confuses, puis de plus en plus distinctes, à mesure que j'avançais.

Enfin nous parvînmes à une barrière à claire-voie qu'il ouvrit; je la franchis, et, comme un gladiateur lancé dans le cirque, je me trouvai dans la « cour des petits ».

Quelles furent mes premières impressions en débouchant subitement sur ce grand terrain rectangulaire, planté de trois rangées de jeunes arbres plus symétriques que vigoureux dans leurs caisses de bois vert? C'est ce que je ne pourrais guère préciser. Selon toute apparence, j'étais légèrement ahuri par la nouveauté de la scène.

Cette cour me semblait d'une étendue immense; — je l'ai revue depuis, elle n'était pourtant pas des plus grandes, — et les soixante-dix à quatre-vingts gamins qui s'agitaient, en se démenant de leur mieux, dans cette enceinte, me paraissaient au moins dix fois plus nombreux.

Tout tourbillonnait et dansait devant mes yeux comme dans un brouillard trouble. Je restais planté sur mes jambes dans un état de demi-somnambulisme, plus étonné de me voir là que le doge de Gênes l'était de se voir chez Louis XIV.

Comme je bayais ainsi aux corneilles, la bouche ouverte et les yeux écarquillés, j'entendis la claire-voie s'ouvrir derrière moi, et mon petit paysan, le *nouveau* que j'avais remarqué dans l'antichambre du proviseur, fut à son tour introduit dans la cour.

J'avais à peine eu le temps de constater le fait, quand une balle de caoutchouc toute neuve vint m'atteindre en pleine figure et rebondit à terre après m'avoir frappé. Quoique le coup fût à la fois douloureux et irritant, je n'aurais proba-

blement soufflé mot, si, presque au même instant, je n'avais
aperçu à une vingtaine de pas devant moi une face grimaçante et ironique. Cette face, qui me regardait avec de grands
yeux insolents, appartenait à un petit bonhomme très brun,
pour ne pas dire très noir de peau, bas sur jambes, comme
un des chiens courants de mon père, et tout crépu comme
un mouton.

Il était évident, d'après son attitude, qu'il était l'auteur
de ma mésaventure et qu'il s'en félicitait hautement, si
même il ne l'avait pas préméditée. D'ailleurs, il s'empressa
de ramasser sa balle.

Son ricanement m'irrita plus encore que le coup; je m'é-
lançai vers lui en criant :

« Dites donc, vous, est-ce que vous avez fait exprès de
m'envoyer votre balle dans la figure?... »

J'ignorais encore que le tutoiement fût de rigueur.

« Moi? fit l'autre en affectant un ton des plus cérémonieux,
mais avec un accent bizarre, et en prononçant tous les *r*
comme autant de doubles *v*, vous vous *twompez*, monsieur,
ce n'est pas moi qui ai eu cet *honnew* !

— C'est lui, je l'ai vu! » dit une voix derrière nous.

Je me retournai. C'était celle du petit paysan. Au même
instant un roulement de tambour éclata comme un tonnerre
sous la galerie voûtée; les cris et les jeux cessèrent comme
par enchantement, et tout le monde se hâta d'aller se ranger
sur la gauche en trois colonnes.

Nous seuls, les deux nouveaux, hésitâmes sur ce que nous
devions faire, et j'eus la mortification de recueillir ces mots
prononcés à haute voix parmi les dernières notes du tambour :

« En voilà deux *andouilles!* »

Ce jugement humiliant eut pour effet immédiat de nous faire aller, nous aussi, du côté où les rangs s'alignaient, et, me trouvant tout près d'un jeune maître, je lui demandai où je devais me placer.

« De quelle classe êtes-vous? me demanda-t-il.

— Sixième.

— Eh bien! vous êtes de ma division. Placez-vous au dernier rang... là... et suivez!... »

Je fis comme il me disait, et, avant d'avoir eu le temps d'y penser, je me trouvai emboîtant le pas avec les autres vers la salle d'étude ou « quartier » numéro 3. Une circonstance me frappa vivement : c'est qu'il était enjoint de « marquer le pas » tant qu'on marchait horizontalement, tandis que c'était considéré comme une pratique funeste en montant ou descendant l'escalier.

Il était également interdit de « causer dans les rangs »; mais la prohibition était plus théorique que pratique, car elle était constamment violée, et je ne me souviens pas de l'avoir jamais vu sanctionner par une punition.

A peine entrés dans le quartier, tous les élèves y prirent leurs livres et leurs cahiers, et aussitôt un second roulement nous avertit que l'heure de la classe était arrivée. Cinq minutes ne s'étaient pas écoulées que tous les mouvements avaient cessé dans le lycée, toutes les classes s'étaient remplies, et l'année scolaire commençait réellement.

J'avais observé le conseil du jeune maître d'études et religieusement suivi l'élève placé devant moi. C'est ainsi que je me trouvai, à huit heures trente-deux minutes du matin, placé au banc le plus élevé d'un petit amphithéâtre affecté

à la classe de sixième. Je constatai qu'il était déjà garni, à
notre entrée, d'une quarantaine d'élèves externes, admis au
lycée entre les deux roulements de tambour. Cette précision de mouvements ne fut pas sans m'inspirer un vague sentiment d'admiration.

Du reste, je n'étais pas encore complètement revenu de
la secousse physique et morale que je venais d'éprouver, et
je fus bien au moins dix minutes avant d'oser lever les yeux
sur la chaire où siégeait notre professeur, M. Delacour.

Il paraissait fort absorbé dans ses papiers, comme je
le constatai quand je me décidai enfin à regarder de son
côté.

C'était un homme d'une quarantaine d'années, à la physionomie douce et fine sous sa toque, sans l'ombre de pédan-
tisme ou de prétention. Un détail le peignait tout entier : au
lieu de se tenir raide et guindé dans sa robe professorale, il
avait une manière à lui de la porter sur une épaule et de la
passer sous le bras opposé, à la façon d'un plaid de voyage,
— ou d'une toge antique, si l'on veut une comparaison plus
classique.

Tandis que je l'examinais, il leva la tête :

« Messieurs, nous dit-il, nous allons commencer par faire
connaissance, et pour cela je vous prie d'écrire chacun
votre nom sur une feuille de papier et de me le faire passer
dans l'ordre de vos places, en commençant par la droite
du banc d'en bas et en finissant par la gauche du banc d'en
haut. »

Aussitôt ce fut dans toute la classe un froissement de papiers dépliés et déchirés, puis un griffonnement général.

Les noms dûment écrits, on forma en paquets les noms de

chaque table, et les deux élèves les plus rapprochés du
maître les lui apportèrent à sa chaire.

Il commença alors de les lire en levant les yeux, entre
chaque appel, pour reconnaître l'élève qui répondait : *présent*.

C'est là que j'entendis pour la première fois des noms qui
devaient pour longtemps jouer un si grand rôle dans mon
existence : Parmentier, Cazaubon, Mandrès, Verschuren,
Baudouin, Perroche et beaucoup d'autres. Le petit bonhomme aux cheveux crépus, que je considérais déjà comme
mon ennemi, s'appelait Tanguy. C'était un créole de la Mar-
tinique, ainsi que je l'appris plus tard.

A peine l'appel avait-il commencé, que j'avais senti mes
cheveux se hérisser sur ma tête en reconnaissant que l'usage
était de se désigner par le nom de la famille seulement. Or,
j'avais cru bien faire en inscrivant également mes prénoms,
et Dieu sait que j'en avais une collection respectable, outre
celui d'Albert que mes parents me donnaient toujours. A
mesure que le moment approchait où mon tour allait venir,
je me sentais prêt à tomber en défaillance.

« Triple imbécile, me disais-je, ne pouvais-tu consulter
ton voisin avant d'écrire cette liste effroyable ? Toute la
classe va se moquer de toi... »

La gorge serrée par une angoisse inexprimable, j'attendais le moment fatal, quand un incident vint soudain mettre
ma terreur à son comble. M. Delacour, non sans quelque
hésitation, et en laissant un peu tomber sa voix, venait d'appeler le nom de Piffard. Aussitôt un externe beaucoup plus
grand et vraisemblablement plus âgé que la plupart d'entre
nous, avait répondu d'un ton nasillard :

« Présent! »

Tous les yeux se tournèrent vers lui.

Or, le malheur voulait qu'avec ce nom patronymique, déjà suffisamment difficile à bien porter, le *nouveau* possédât un appendice nasal sensiblement au-dessus de la moyenne, à la fois comme longueur et comme volume.

A peine cette série de faits était-elle tombée sous le coup de l'attention générale, que toute la classe partit comme un seul homme d'un éclat de rire homérique.

Moi seul, avec le pauvre Piffard, je ne riais pas. Dans le sort qui le frappait, je voyais seulement un funeste avant-coureur de celui qui m'attendait.

Cependant, un mot du professeur avait rétabli l'ordre.

« Messieurs, avait-il dit, je n'aime pas à punir, mais quand on m'y oblige, je punis bien... La première fois qu'une hilarité aussi inconvenante se produira, je prendrai dix responsables et je leur certifie qu'ils n'auront plus sujet de rire.

— A la bonne heure, me disais-je, voilà ce qui s'appelle parler... Il n'y a pas de danger qu'ils s'y frottent... »

Cependant, à mesure que mon tour approchait, je sentais toutes mes terreurs renaître.

Enfin mon voisin répondit. C'est moi qui allais être appelé... Il y eut un instant de silence, puis M. Delacour dit simplement:

« Besnard! »

Ouf! J'étais sauvé... On peut penser si je répondis volontiers : présent! C'était comme si l'on m'eût ôté un poids de cent livres de la poitrine.

Ma joie fut pourtant de courte durée. J'étais à peine remis

de cette chaude alerte, quand un papier tout ouvert passa de main en main et finit par m'arriver. Il était à mon adresse et ainsi conçu :

Faites passer à Besnard.

———

Comment va ton oncle de Chartres?

Je restai un instant à me demander ce que signifiait cette question saugrenue. A l'heure qu'il est, je serais aussi en peine de l'expliquer que je l'étais alors. Mais, quel que fût le sens mystérieux de cette formule, un fait me paraissait évident; c'était l'intention qui l'avait dictée. On voulait se moquer de moi.

Qui était-ce?... Je n'eus qu'à jeter un coup d'œil sur la classe et à regarder au banc d'en bas pour apercevoir la face grimaçante de Tanguy tournée vers moi d'un air plus insolent que jamais.

J'hésitai un instant sur le parti à prendre, puis retournant le billet, j'écrivis au verso :

Faites passer à Tanguy.

———

Mon oncle de Chartres
présente ses compliments au macaque
d'Océanie.

La réponse était presque aussi bête que la question. C'est pourquoi il me sera permis de constater qu'elle eut un succès fou. A mesure qu'elle circulait dans la salle, je voyais les figures s'épanouir une à une. La mine de Tanguy, en

lisant le billet, fut si impayable, que le surnom de *Macaque*
lui en resta pour toujours. Je n'ai certes pas à m'en glori-
fier. Il n'y a pas de plus sotte habitude que celle de donner
des sobriquets; il n'y en a pas de plus cruelle et de mieux
faite pour détruire la bonne camaraderie qui doit régner
entre écoliers. Mais enfin Tanguy avait mérité son sort, je
l'avais par hasard touché à l'endroit sensible, et cette petite
escarmouche servit du moins à me faire voir que le seul
moyen de mettre les rieurs de son côté, au collège comme
au régiment, comme partout, est de ne jamais se fâcher d'une
épigramme, mais de ne jamais la laisser sans riposte.

Cependant l'appel des noms avait pris fin. M. Delacour
nous dicta un thème latin pour la classe du soir. Puis il nous
donna la liste des livres que nous devions nous procurer,
et, finalement, il procéda à une sorte d'examen rapide de
quelques-uns d'entre nous.

Je ne fus pas du nombre de ceux qu'il interrogea, mais
je suivis avec attention les questions et les réponses, et il
me parut décidément que je pourrais être à la hauteur de
la situation. En tout cas, j'aurais pu résoudre la plupart des
petites difficultés qu'il proposa, et, deux ou trois fois même,
il m'arriva de répondre à demi-voix sans être interrogé, ce
qui me valut un coup d'œil approbateur du maître.

Sur ces entrefaites, dix heures et demie sonnèrent, et un
roulement de tambour annonça la fin de la classe. Ces deux
heures avaient passé comme un éclair.

Après avoir rapporté nos cahiers à la salle d'étude, nous
eûmes une « récréation » d'un quart d'heure, et je me retrouvai dans la cour des petits avec les trois divisions qui y
prenaient leurs ébats. En général, on trouvait le temps trop

court pour organiser des jeux, et l'on se contentait de causer bruyamment.

J'errais assez mélancoliquement d'un groupe à l'autre, quand j'aperçus Jacques Baudouin, qui semblait aussi embarrassé que moi, ou même un peu plus, à cause de sa blouse bleue. L'instinct amical qui m'entraînait vers lui, aussi bien que notre isolement réciproque, me poussèrent à lui adresser la parole.

« Veux-tu jouer aux billes? » lui demandai-je.

J'avais pu déjà constater que le tutoiement était de rigueur, et j'aurais été désolé de ne pas me conformer aux usages reçus, quelque étrange qu'il me parût de m'adresser sur ce ton à un enfant que je voyais pour la première fois.

La figure sérieuse de Jacques s'éclaira d'un sourire.

« Très volontiers! » dit-il.

Et, tirant aussitôt de sa poche cinq à six billes de grès de l'espèce la plus ordinaire, il les aligna sur le sol après avoir tracé la figure classique à l'aide d'un fétu ramassé à terre.

J'exhibai, à mon tour, non sans une vanité secrète, un sac de cuir qui contenait, avec quelques billes grises, des billes de marbre blanc et de verre colorié, qui en sont comme la monnaie d'or et d'argent, — et nous nous mîmes à l'ouvrage.

Je n'étais pas de force avec Baudouin. Mais à peine avait-il eu le temps de me gagner une douzaine de billes, quand une voix aigre dit auprès de nous :

« Ah! voilà le *wapowteuw* qui m'accusait ce matin!... »

Nous levâmes les yeux. C'était encore Tanguy qui était devant nous, et ses paroles désignaient évidemment Baudouin.

C'est ainsi que celui-ci le comprit. Allant droit au petit créole, il l'empoigna par les deux épaules, le secoua comme il aurait pu le faire d'un jeune prunier, puis il lui dit sans se fâcher :

« Mon garçon, je suis de la montagne, et je n'aime pas qu'on *m'ennuie*. Tiens-toi-le pour dit... »

Tanguy se le tint pour dit, car il ne souffla pas mot. Une fois de plus, d'ailleurs, le tambour vint le tirer d'affaire en nous rappelant à l'étude.

Quant à moi, Baudouin avait définitivement fait ma conquête.

CHAPITRE III

La salle d'étude, que j'avais à peine eu le temps d'entrevoir jusqu'à ce moment, était une grande pièce éclairée par deux larges fenêtres et meublée d'une chaire pour le maître surveillant, d'un poêle de fonte dont le tuyau allait se perdre dans une feuille de tôle clouée à la place d'une vitre, et d'une rangée de tables à pupitres autour desquelles nous étions assis sur des bancs de bois.

Si je suis bien informé, les tables à pupitres ont maintenant à peu près disparu dans les lycées. Elles ont été remplacées par des planches noires et légèrement inclinées, derrière lesquelles s'ouvrent sur le mur, au-dessus de la tête de l'élève, une ligne de petits buffets ou casiers destinés à recevoir les livres et papiers.

Il est incontestable que la tablette mobile du pupitre servait à abriter bien des méfaits sous son toit protecteur. J'ai vu sous quelques pupitres, dans le cours de ma vie scolaire, plus d'une opération culinaire qui ne figure pas au programme officiel des études. J'ai très intimement connu des générations de souris blanches qui n'avaient jamais eu d'autre demeure ; des vers à soie qui y avaient commencé et achevé leur laborieuse carrière ; d'innocents cochons d'Inde ; de sémillants moineaux, et jusqu'à un aimable hérisson, qui paraissaient s'accommoder assez bien de cet étrange asile.

J'ai vu circuler des mots d'ordre anarchiques, s'ébaucher des complots, se conclure des alliances et même se livrer des batailles sous ce même abri tutélaire.

Ma bonne foi reconnue m'oblige donc à reconnaître que les pupitres s'étaient de longue date signalés à la vindicte universitaire, et qu'en disparaissant de nos mœurs, ils ont obéi à la loi éternelle qui condamne toutes les institutions vermoulues.

Et pourtant, ce mot de pupitre éveille en moi des souvenirs si chers et si tendres qu'en vérité je ne puis m'empêcher de plaindre ceux qui n'en connaissent pas la douceur. Le pupitre était, dans la grande ruche commune, le petit coin individuel et le foyer domestique en miniature. C'était le terrain réservé où l'enfant pouvait s'isoler au milieu de la foule indifférente. Même quand il lui était interdit de le mettre sous clef, — ce qui était la règle ordinaire, — il était rare que le pupitre ne prît pas à un degré singulier l'empreinte de son possesseur.

Il y avait des pupitres brillants d'ordre et de propreté, arrangés comme de petits salons, et où les livres bien rangés, les cahiers à l'alignement, les plumes et crayons en bataillon serré, disaient clairement que leur maître, un

esprit sage et prudent, saurait marcher d'un pas égal et sûr
dans le sentier de la vie.

Il y avait des pupitres chaotiques, où la grammaire de
Lhomond dormait au hasard sur un dictionnaire tout déchiré,
où plumes, livres et papiers s'entassaient et s'enchevêtraient
dans un désordre sans nom.

Il y avait aussi des pupitres sans caractère, comme leur
possesseur, et dont on n'aurait jamais pu dire s'ils étaient
rangés ou non.

Mais il en était peu où l'on n'eût pas trouvé, en cherchant
bien, un petit sanctuaire consacré aux souvenirs de la
famille, — un réduit quelconque où une photographie, un
paquet de lettres maternelles, souvent un objet insignifiant,
en apparence, représentaient les absents pour l'exilé.

Pour moi, cet objet privilégié était en ce moment un
beau buvard de maroquin noir que ma mère m'avait donné
la veille, et l'idée de faire mes devoirs sur les pages imma-
culées de ce papier rose me semblait presque une profa-
nation. Je l'ouvris pourtant avec componction sur le pupitre
qui m'avait été assigné, et, sans perdre de temps, je me
mis en devoir de commencer mon thème.

Par malheur, je n'avais pas encore de dictionnaire ni de
livres d'aucune sorte, et je ne tardai pas à être arrêté par
un mot dont j'ignorais l'équivalent latin.

Je jetai un regard sur le pupitre de mes deux voisins, et
je vis que celui de droite s'était mis comme moi à son thème,
tandis que celui de gauche semblait plutôt disposé à ajourner
cet intéressant exercice. C'était un assez grand garçon au
teint blafard et aux cheveux ébouriffés, que j'avais entendu
appeler Perroche.

« Que tu es bête ! me dit-il avec la rude franchise du
soldat. Tu n'as pas de dictionnaire, et au lieu d'en profiter
pour ne pas faire ton thème, tu me demandes le mien ?

— Perroche ! dit le maître qui du haut de sa chaire l'avait
vu me parler, voilà que vous commencez déjà de causer à
l'étude... Vous devez pourtant avoir eu le temps depuis
deux mois... »

Tout le monde regarda Perroche, tandis que je rougissais
jusqu'aux cheveux à l'idée que j'étais son complice. Mais
lui, sans s'émouvoir :

« Pardon, m'sieu ! il n'y avait pas d'étude à la maison,
et je ne pouvais par conséquent pas causer *à l'étude*... »

Cette réponse, aussi sotte qu'impertinente, eut le privilège
d'enchanter mes condisciples. Mais elle eut aussi celui
d'attirer les foudres scolaires sur la tête de Perroche.

« Je vois que vous ne voulez pas manquer une retenue
cette année, dit le maître, je vous inflige donc deux cents
lignes pour réplique inconvenante. Et tâchez de ne pas
récidiver, car je n'aurais plus la patience dont vous avez si
souvent abusé ! »

Perroche essuya sans broncher cette mercuriale qui
m'aurait fait rentrer sous terre. J'en étais honteux pour lui,
et très fâché d'avoir été la cause involontaire de cet incident.
Un instant même je fus tenté de le déclarer au maître. Mais
je ne sais quelle sotte fausse honte me retint, et l'instant
d'après il était trop tard, toute l'étude s'était remise au
travail.

Au surplus, mon voisin semblait accepter sa punition avec
la philosophie la plus complète. Lignes et reproches avaient
glissé sur lui comme la pluie sur la peau d'une limace. Ce

n'était pas du dédain, ce n'était pas du mépris, du dépit ni même de l'orgueil qui se peignait sur sa figure atone et sans expression. C'était l'indifférence la plus sereine, la plus absolue.

Évidemment deux cents lignes n'étaient qu'une goutte imperceptible dans l'océan de pensums que Perroche se préparait à affronter au cours de son année.

Je restai quelques moments à le regarder, tout stupéfait, et je vis qu'au lieu de commencer un travail quelconque, il s'amusait à tracer sur son papier blanc une caricature de M. Pellerin, le maître d'étude.

Cependant, j'avais pris possession du dictionnaire, et en quelques minutes, j'avais fini mon thème, qui était fort court et assez facile.

Comme je rendais le livre à mon voisin, il reprit la parole à voix basse :

« Tu vas me passer ta *copie*, me dit-il sans détour.

— Pourquoi faire?

— Pour faire la mienne, donc ! »

L'explication m'intriguait bien un peu, mais je ne crus pas pouvoir repousser la première requête d'un camarade qui m'avait si obligeamment prêté un livre. Il fallait pourtant que je me sentisse en faute, car c'est à la dérobée, sous le pupitre, que je lui glissai mon devoir.

Aussitôt Perroche, déployant subitement une activité dévorante, commença de transcrire mon texte sur son papier.

Quand il eut fini, il me rendit ma copie, en disant avec un soupir de satisfaction :

« Voilà. »

Il avait l'air positivement enchanté. Je doute qu'Archimède ait eu une physionomie plus radieuse quand il se promena tout nu dans Syracuse, au sortir du fameux bain qui lui avait servi à résoudre son problème. Aux yeux de Perroche, un thème ne représentait évidemment pas une certaine somme de connaissances à acquérir, ou de difficultés à vaincre : c'était une corvée, rien de plus, et, pourvu qu'elle fût esquivée d'une manière ou d'une autre, tout était pour le mieux.

A peine eut-il achevé son devoir de cette façon expéditive, qu'il commença d'attraper des mouches et de les soumettre au supplice du pal, sur des tortillons de papier, pour les lâcher ensuite dans l'étude.

En vrai chasseur qu'il était, mon père était très humain pour tous les animaux petits ou grands, et m'avait de bonne heure inspiré les mêmes sentiments. J'ai toujours eu horreur de voir torturer une pauvre bête qui ne peut pas se plaindre, et le jeu barbare auquel se livrait Perroche ne m'inspira qu'un profond dégoût.

Je détournai les yeux pour ne plus être témoin de cet ignoble spectacle. Ils tombèrent sur mon voisin de droite, Mandrès, qui, depuis une heure, n'avait pas levé la tête, et travaillait consciencieusement à son thème.

Rien qu'à voir sa figure sérieuse, ses yeux rivés sur son pupitre, les manches de lustrine qu'il avait eu soin de tirer sur ses bras avant de se mettre à l'œuvre, l'aspect calme et résolu de toute sa personne, — on comprenait qu'on était en présence d'un de ces vaillants lutteurs qui emportent de haute lutte toutes les victoires. Il faisait son thème comme un bœuf tire sa charrue, patiemment, courageusement, tête baissée.

Pas un mot qu'il laissât passer sans le chercher dans son dictionnaire, et sans recourir, dans son rudiment, à la déclinaison ou à la conjugaison qui pouvait en éclaircir les désinences. Celui-là n'avait pas hâte d'avoir achevé son devoir, non ! Il voulait avant tout en extraire tout ce qu'il pouvait donner.

Par moments il s'arrêtait, il posait sa plume infatigable, et, la tête dans ses deux mains, les pouces sur ses oreilles, il se marmottait à lui-même quelque règle de syntaxe ou quelque temps irrégulier. On aurait presque été tenté de le plaindre de prendre tant de peine à ce qui, pour d'autres, est si aisé, si l'on n'avait tout de suite vu que, dans ce sillon péniblement tracé, profondément creusé, la semence porterait tous ses fruits.

Et de fait, quand je me reporte à ce que sont devenus ceux de mes camarades que j'ai retrouvés dans la vie, j'en vois de plus brillants en apparence, mais je n'en vois pas qui aient atteint dans leur carrière la position éminente que le monde accorde dans la sienne à Mandrès, — aujourd'hui l'un des plus illustres chirurgiens de la Faculté de Paris.

Midi sonna.

Il suffisait de voir la mine épanouie de la plupart des élèves, quand le roulement de midi se fit entendre, pour s'assurer que le dîner était à leurs yeux le grand événement de la journée.

En moins de trois minutes, grands, moyens et petits, division sur division, avaient pris place à table.

Le réfectoire était une longue salle, soutenue d'espace en espace par des colonnes de fonte, et qui occupait tout le rez-de-chaussée d'une des ailes du lycée, au-dessus des cuisines. Les tables de marbre étaient propres et presque élégantes, avec leur linge blanc, leurs gobelets d'argent et leurs carafes d'*abondance*.

Ce qui me frappa d'abord fut l'épaisseur des assiettes; je crois bien qu'on aurait pu s'en servir pour jouer au palet, sans courir risque de les casser.

Nous étions douze élèves par section, et, aux deux bouts de la salle, des tables rondes étaient dressées pour les maîtres.

Le potage nous attendait tout servi. Aussi n'était-il pas précisément à la température exigée par Brillat-Savarin.

« Pas de danger de se brûler la langue, » me dit Perroche en s'asseyant.

Il faut lui rendre cette justice que, s'il était paresseux à l'étude, il ne l'était plus au réfectoire. A table il n'était plus question de se faire aider par les camarades. Je n'avais pas porté deux fois ma cuiller à mes lèvres, que déjà l'assiette de Perroche était vide. Cela lui permit naturellement de s'abandonner à ses instincts critiques.

« Voilà pourtant ce qu'on ose appeler du bouillon ! fit-il à demi-voix. Si ce n'est pas honteux !... De l'eau grasse, tout simplement... Et encore, quand je dis grasse !... »

En ce moment, le proviseur, qui venait d'entrer au réfectoire en compagnie d'un autre personnage, passait devant notre table. Il vit que Perroche avait déjà expédié sa soupe et s'approcha de lui :

« Eh bien ! Perroche, nous n'avons pas perdu notre appétit, à ce que je puis voir ? dit-il en souriant. Désirez-vous une autre assiette de potage ? »

Mon opinion intime est que Perroche aurait bien voulu refuser. Mais il n'en eut pas la force.

« Oui, monsieur le proviseur, » répondit-il assez penaud.

M. Ruette fit un signe au garçon qui circulait avec une grande soupière d'étain et qui vint remplir l'assiette de mon voisin. Nous avions fort envie de rire, tous tant que nous étions, mais Perroche avait réponse à tout. A peine le proviseur avait-il le dos tourné, qu'il reprit impudemment ·

« En voilà une affaire, hein, parce qu'il me fait donner deux fois de la soupe!... Ne dirait-on pas que c'est de sa poche?... »

Il n'en perdait pas d'ailleurs un coup de cuiller.

Au potage succéda le bœuf, servi en tranches minces sur de grands plats. Ce fut pour Perroche l'occasion d'un nouveau tour de force masticatoire, accompagné de libres commentaires. En deux bouchées, il fit disparaître sa ration, puis il reprit :

« Ce qui m'étonne toujours, c'est que le bœuf du lycée puisse arriver à être aussi coriace. Je pense qu'on le fabrique tout exprès pour l'économat; on ferait beaucoup mieux de le découper en semelles imperméables pour l'armée : c'est le seul usage auquel il soit propre. »

Les autres élèves, ou n'entendaient pas ce que disait Perroche, ou n'y faisaient pas attention. Mais Baudouin et moi, qui étions près de lui, fûmes si impressionnés de ses critiques qu'il nous fut impossible de toucher au plat.

Ce que voyant, le compère me dit :

« Tu sais, si tu ne manges pas ton bœuf, tu feras aussi bien de me le passer. C'est dur, mais ça tient de la place! »

Au fond, je n'étais pas fort inquiet pour mon dîner, par la raison que tante Aubert m'avait bourré mes poches de chocolat. Mais je me dis pourtant que je serais bien sot, à l'avenir, de faire attention à ce que racontait ce vilain glouton, et de me dégoûter de ce qu'il avalait si vite. Aussi, dès qu'on eut mis sur la table le second plat, qui était du gâteau de riz découpé en tranches, Baudouin et moi nous attaquâmes de bon cœur notre morceau, comme faisaient les autres, et nous le trouvâmes, ma foi, excellent. Ce fut en vain que Perroche le déclara aussi dur et aussi sec qu'une planche. Nous fîmes la sourde oreille.

Un dessert d'amandes et de raisins secs compléta ce dîner frugal, mais sain, très sagement approprié, comme je le compris plus tard, aux besoins d'un écolier et en général d'un être intelligent, qui ne doit pas vivre pour manger, mais seulement manger pour vivre.

Au moment où nous allions nous lever, j'eus une idée qu'il me sera permis de qualifier de lumineuse : ce fut de mettre mon chocolat sur la table et de le partager avec mes camarades.

Cet acte de munificence me valut d'emblée la faveur de toute ma section, et j'eus en sortant la satisfaction profonde d'entendre Perroche porter sur mon compte le jugement suivant :

« C'est un bon *zig* qui ne *fait pas suisse.* »

Ce que peut bien être un *zig*, je l'ignorais alors, et je n'oserais pas affirmer que je le sache mieux aujourd'hui. Mais j'appris bientôt que *faire suisse* signifiait « être égoïste, garder pour soi seul une friandise ou une aubaine. »

Je me suis toujours demandé quel plaisir les enfants bien élevés pouvaient trouver à parler ainsi l'argot des barrières.

Notre dîner n'avait guère pris que vingt minutes, et la récréation qui le suivait était la plus longue de la journée,

car elle se prolongeait jusqu'à une heure et demie. C'était
le moment où les parents étaient admis à voir leurs enfants
au parloir, et, quoique nous fussions à peine rentrés de la
veille ou du matin, il y avait déjà des mamans pour faire
appeler leur garçon.

Cet office incombait au tambour Garelou, qui s'en
acquittait consciencieusement, en criant à pleins poumons
à travers la claire-voie le nom de l'heureux élu.

Garelou n'était pas, on le voit, un mince personnage,
surtout si l'on considère qu'à ses importantes fonctions il
joignait encore celle d'exécuteur des hautes œuvres ou
gardien du cachot, qui s'appelait « le séquestre » au lycée
de Châtillon. Il fallait même qu'il fût doué d'une activité
peu commune pour suffire à d'aussi lourdes responsabilités
et ne jamais être en faute dans les devoirs multiples et
rigoureusement exacts qu'il avait à remplir, de cinq heures
du matin à neuf heures du soir. Aussi avait-il emprunté à la
régularité mécanique de son existence une allure étrange-
ment raide et automatique.

On faisait beaucoup de contes à cet égard dans le lycée.
S'il fallait en croire de mauvais plaisants, Garelou était
construit en acier forgé, avec échappement à cylindre,
mouvements compensateurs et six trous en rubis. Il se
remontait tous les huit jours comme un tournebroche, et
c'est ce qui expliquait l'exactitude désespérante qu'il mettait
à commencer son roulement entre le premier et le second
coup de chaque heure réglementaire. Il ne mangeait jamais,
mais une grande quantité de liquides alcooliques lui était
indispensable pour huiler ses ressorts, et c'est ce qui
donnait à son nez une teinte rouge aussi foncée.

Ces détails biographiques venaient justement de m'être communiqués par un des élèves de ma table, peu d'instants après que nous étions revenus dans la cour, quand, à mon extrême surprise, j'entendis mon nom hurlé d'une voix tonnante par ledit Garelou.

« Besnard ! Besnard ! »

Je courus vers la claire-voie, et je me trouvai en présence d'une espèce de géant, vêtu d'une veste noire, d'un pantalon jaunâtre et d'un tablier de cotonnade bleue, troussé dans sa ceinture. Il était chaussé d'espadrilles qui donnaient à sa démarche quelque chose de mystérieusement silencieux, et coiffé d'un béret verdâtre. Il n'y avait rien dans tout cela de bien extraordinaire ; mais ce qui l'était, c'était la figure de Garelou. Elle était d'un ton terreux, toute bouffie, comme s'il avait eu une fluxion sur chaque joue, et c'est entre ces deux hémisphères que s'élevait majestueusement le nez cramoisi qui donnait lieu à des accusations si persistantes. Quant à la bouche, elle était gigantesque.

Je me demandais si c'était à force d'aboyer des noms à travers la claire-voie qu'il l'avait développée à ces dimensions inaccoutumées, quand je m'aperçus que la figure tout entière du tambour exécutait une série de contractions effrayantes.

On aurait dit une tête de caoutchouc essayant de parler. Les yeux se fermaient, les joues se gonflaient, le nez s'abaissait, et, dans l'antre béant d'une bouche violemment contournée, une grosse langue épaisse s'agitait désespérément.

Après une lutte qui dura bien une minute, le tambour finit par articuler :

JE ME TROUVAI EN PRÉSENCE D'UNE ESPÈCE DE GÉANT.

« Ch... ch... chez... le... censeur ! »

Le malheureux était effroyablement bègue, bègue au point d'être presque muet quand il ne braillait pas à pleins poumons. Il eut beaucoup de peine à me faire entendre, plus encore par gestes qu'autrement, que je devais monter au cabinet du censeur.

« Chez le censeur? me disais-je. Que peut-il avoir à me dire? Aurais-je déjà mérité une censure? »

Je m'interrogeais mentalement en me dirigeant vers la porte sur laquelle j'avais remarqué dans la matinée : *Cabinet du Censeur*. Mais j'avais beau me creuser la tête, je ne pouvais voir dans toute ma conduite le moindre acte répréhensible.

Tout à coup, l'idée du thème que j'avais communiqué à Perroche me revint en mémoire. Je me dis que, par un procédé mystérieux, le censeur était déjà informé de cette faute, que j'allais être sévèrement réprimandé, puni peut-être... C'était bien mal débuter! moi qui avais promis à maman de n'être pas puni une seule fois!...

Je l'étais déjà, car certes je souffrais cruellement à cette pensée: C'est le cœur agité des plus sombres pressentiments que je tirai le cordon de la sonnette, si faiblement d'ailleurs, que je m'étonne d'avoir été entendu.

« Entrez, » dit une grosse voix.

Je me trouvai en présence du personnage que j'avais vu au réfectoire en compagnie du proviseur. Il n'avait pas l'air bien terrible; son humeur, comme je le reconnus plus tard, était même des plus joviales; mais ma mauvaise conscience lui prêtait l'aspect du juge le plus sévère.

« C'est vous, Besnard? reprit-il.

— Oui, monsieur le censeur, répondis je tout palpitant.
(Je suis sûr que mon cœur battait au moins cent dix
pulsations.)

— Eh bien ! vous n'avez pas fait votre *devoir*, ce matin ?... »

Le mot était employé au sens scolaire. Le trouble de ma
conscience me le fit entendre au sens général. Je crus être
accusé d'avoir manqué à mes devoirs en communiquant ma
copie, alors que le censeur me soupçonnait simplement de
n'avoir pas fait mon thème.

— Oh ! monsieur le censeur, j'en suis si fâché ; mais cela
ne m'arrivera plus !... commençai-je à balbutier.

— Ce n'est pas votre faute, puisque vous n'aviez pas de
livres. Mais peut-être auriez-vous pu emprunter le dictionnaire d'un de vos voisins... »

Cette ironie me paraissait sanglante.

« Du reste, je vais vous faire donner vos ouvrages classiques, » reprit Minos en se levant.

Il ne savait rien !... Je le suivis dans une salle voisine,
qui, avec ses casiers et ses rayons chargés de volumes,
avait l'aspect d'un magasin de librairie. Il donna à un
employé qui s'y trouvait l'ordre de me remettre tous les
livres réglementaires de la classe de sixième. Puis, me
laissant là, il rentra dans son cabinet. J'étais sauvé.

CHAPITRE IV

LES RACINES GRECQUES.

DEUX HEURES DE DISTRACTION. — LE DORTOIR.

En revenant à la cour des petits, je trouvai organisée une grande partie de barres. J'avais toujours été grand partisan de ce jeu. Je m'empressai donc de m'y joindre aussitôt qu'il y eut une place vacante dans un des deux camps, et j'ose dire que je fis quelque honneur à mon pays natal par la vitesse de ma course et l'heureux effet de quelques pointes audacieuses. Mais encore ici Baudouin me battit et nous battit tous. Personne n'avait le pied aussi léger que lui.

Je remarquai, tout en jouant, que Perroche ni Tanguy ne se mêlaient à la partie. Ils étaient avec quelques autres groupés dans les coins ou adossés au mur, causant comme des petits vieux, ou regardant d'un œil morne et terne le spectacle de l'activité générale. J'ai eu bien souvent, depuis lors, l'occasion de constater qu'il n'y a pas de plus mauvais indice sur le caractère d'un enfant que de ne pas aimer les jeux de son âge, et surtout les jeux qui exigent un certain déploiement de force ou d'adresse.

Pour moi, je me donnais corps et âme à la partie, et n'y
eussé-je gagné que de revenir à l'étude avec des joues animées, la circulation plus active et la vie plus énergique dans
tout mon petit être, l'avantage aurait certes été suffisant.
Mais j'y trouvai quelque chose de plus encore et qui se pro-
duisit comme par enchantement : c'est qu'au moment où le
tambour annonça la fin de la récréation, j'étais aussi débarrassé de ma timidité première, aussi à l'aise avec mes camarades que si je les avais connus depuis des années. Nous
avions fait campagne ensemble, je les avais poursuivis, saisis, délivrés ou déjoués dans cette petite guerre pour rire.
La glace était rompue. J'étais initié. Je puis dire qu'à dater
de ce moment seulement je me sentis réellement lycéen.
Mais je l'étais déjà jusqu'au bout des ongles.

L'étude d'une heure qui nous restait, avant la classe du
soir, était destinée à apprendre les leçons. Les nôtres se
composaient, ce jour-là, de déclinaisons grecques que tout le
monde était censé savoir déjà et d'une décade des *Racines*
de Lancelot. Ce ne fut qu'un jeu pour moi, car j'avais le
bonheur de posséder une excellente mémoire. Mais je constatai avec peine le mal que le pauvre Mandrès était obligé
de se donner pour arriver au même résultat.

Pendant une heure entière il resta l'œil fixé sur son livre,
se répétant à voix basse avec acharnement les passages qu'il
s'agissait de retenir. Et pourtant il n'y parvint que très imparfaitement, car, au moment où le maître répétiteur l'appela, cinq minutes avant le roulement du tambour, pour
dire sa leçon, il ne put obtenir que la note « passable, » et,
un quart d'heure plus tard, quand il s'agit de la réciter à
M. Delacour, il l'avait déjà presque entièrement oubliée.

Sa figure ne trahit pourtant, en présence de ce résultat, ni désappointement ni dépit. Elle respira seulement une énergie presque sauvage, comme s'il disait intérieurement à sa mémoire :

« Nous verrons qui aura le dernier mot ! »

La plupart des autres élèves dirent leur leçon d'une manière assez satisfaisante.

Quant à Perroche, que j'avais eu le loisir d'observer, il ne s'était même pas donné la peine d'en parcourir le texte. Il avait tout simplement déchiré la première page de ses *Racines grecques*, et quand le maître d'étude l'appela devant sa chaire pour subir l'épreuve préparatoire, il était tout prêt.

Tout prêt, bien entendu, à sa manière. C'est-à-dire qu'il colla assez adroitement la page sous le rebord de la chaire et, les yeux modestement baissés, commença de *lire* sa leçon.

Il apportait à cet exercice une attention si soutenue, qu'il ne remarqua même pas que M. Pellerin, se levant doucement et baissant la tête par-dessus ledit rebord, avait percé à jour cette ingénieuse supercherie.

Un éclat de rire général salua ce dénouement, et Perroche revint à sa place plus riche de trois cents lignes. Cela portait à cinq cents son total de la matinée.

Il semble qu'il aurait pu s'en tenir là et profiter de quelques minutes qui restaient encore avant la classe, pour prendre au moins une idée de ses leçons. Point. Après un instant d'hésitation, je le vis très occupé à transcrire dans la paume de sa main gauche et jusque sur ses ongles les vers naïfs de Lancelot.

Il achevait ce travail titanesque quand le tambour se fit entendre. Il est parfaitement certain qu'il aurait eu beaucoup moins de mal à apprendre par cœur ces rimes bizarres et si, faciles à retenir, qu'à en tatouer sa peau gluante d'une manière d'ailleurs à peu près illisible. Mais Perroche appartenait à cette classe nombreuse de gens qui se donnent beaucoup plus de peine pour prendre le contre-pied de tous les devoirs et courir au-devant de tous les désastres, qu'il n'en faut pour suivre le droit chemin et arriver tranquillement au but.

Il en fit d'ailleurs bientôt l'expérience.

A peine étions-nous en classe, que M. Delacour, constatant un zéro en face de son nom sur le « cahier de correspondance » tenu par le maître répétiteur, le nomma le premier pour réciter sa leçon.

Il ne s'agissait plus ici de s'avancer au pied de la chaire. Il fallait simplement se lever, et de sa place réciter couramment, tandis que M. Delacour tenait ses yeux fixés sur vous.

Perroche, jetant un regard rapide sur son livre ouvert devant lui, débita avec un aplomb merveilleux :

« A fait un, prive, augmente, admire.

— Ἀκξω, j'exhale et j'aspire.

— Ἀϐαξ... »

Ici il s'arrêta court et agita désespérément sa main gauche devant lui comme un homme qui se noie. Mais hélas! il ne parvint à saisir que des fragments fort incohérents et répéta deux ou trois fois en ânonnant :

« Ἀϐαξ... Ἀϐαξ... »

— Comptoir, damier, buffet, soufflèrent ses voisins.

— Ἀϐαξ... couloir... ramier... soufflet.

— Comptoir, damier, buffet, répliqua M. Delacour. Vous entendez mal ce qu'on vous souffle, monsieur Perroche... Continuez. »

Nouveau geste désespéré du bras gauche.

« Ἄβαξ, comptoir, damier, buffet.

« Ἄβρος, lâche et mou... »

Les mouvements du bras gauche devinrent si extraordinaires que M. Delacour en conçut des soupçons.

« Ne pouvez-vous tenir vos mains tranquilles ? » demanda-t-il ironiquement.

Perroche les abattit aussitôt, ânonna vaguement des sons indistincts, répéta deux ou trois fois :

« Ἄβρος, lâche et mou, lâche... et mou. »

Puis il recommença ses gestes natatoires.

« Approchez donc un peu, monsieur Perroche, que je voie pourquoi vous agitez tant vos bras ! » dit le professeur.

Le malheureux s'avança à pas lents vers la chaire.

« Plus près que cela, reprit M. Delacour. Voyons un peu vos mains !... »

Perroche tendit la main droite.

« C'est la gauche, monsieur Perroche, que je veux voir. »

Il en montra le dos.

« Le dessous de la gauche, monsieur Perroche. »

Il la tourna, mais fermée.

« Allons, encore un effort ! Ouvrez ces doigts de rose, » reprit M. Delacour.

Le tatouage classique apparut dans toute son horreur. M. Delacour mit son lorgnon, examina ce travail de patience comme on regarde un noyau de cerise sculpté ; — puis, reprenant son sérieux, il dit gravement à Perroche :

« C'est bien. Allez vous asseoir. Je ne vous punirai pas
cette fois. Vous vous êtes donné tant de mal pour ne pas
savoir votre leçon!... Mais ne péchez plus, ou gare la
bombe ! »

Perroche revint tout radieux à sa place.

« Je ne croyais pas en être quitte à si bon marché ! » dit-
il à demi-voix en s'asseyant.

C'est tout le repentir que lui inspira la mansuétude du
maître.

Ce fut bientôt mon tour d'être inquiet quand, après la
récitation des leçons, on passa à la correction des devoirs.

M. Delacour, probablement sous l'influence de la petite
scène qu'il venait d'avoir avec Perroche, eut la curiosité de
donner un coup d'œil au devoir de ce jeune cancre. Peut-être
le trouva-t-il autre qu'il ne l'attendait. Toujours est-il qu'il
s'empressa de le comparer rapidement avec les autres devoirs de l'internat.

En deux minutes il arriva au mien et constata le plagiat.
Je ne doute pas maintenant qu'il ne l'ait attribué d'emblée à Perroche, même sans me connaître. Mais, sans doute,
afin de me punir, il feignit de croire que j'étais le coupable.

« Voici un devoir qui ressemble singulièrement à celui de
Perroche. Est-ce que par hasard vous seriez voisins à l'é-
tude? » me dit-il.

J'étais rouge comme une pivoine et je baissais la tête en
silence.

« Comment donc! mais il n'y a pas un mot de changé...
C'est tout à fait remarquable !

— C'est que nous nous sommes servis du même diction-

naire! dit effrontément Perroche. Besnard n'avait pas encore
le sien, et je lui ai prêté le mien.

— Sans doute avec votre copie! reprit M. Delacour. Seulement Besnard aurait bien dû ne pas copier vos fautes par
la même occasion... »

Quelle honte pour moi! j'aurais voulu être à cent pieds
sous terre. Je venais précisément de voir avec plaisir, au
cours de la correction, que j'avais résolu les petites difficultés de mon thème, et, au lieu d'obtenir l'approbation du
maître, je n'avais que ses moqueries...

Enfin nous passâmes à d'autres exercices, et la classe
s'acheva sans incidents notables. Je remarquai seulement
la déférence marquée et l'espèce de considération spéciale
que le professeur accordait à un élève externe nommé Parmentier.

C'est à lui qu'il posait toutes les questions difficiles, et
presque toujours Parmentier répondait à merveille. J'appris
bientôt que c'était le grand triomphateur de l'année précédente. Il avait eu tous les premiers prix sans exception de
la classe de septième. C'était un petit garçon blond et pâle,
assez chétif d'aspect, avec de grands yeux bleus très doux
et des tempes si transparentes qu'on y voyait sous la peau
tout un réseau de veines bleues. A sa tenue, à sa politesse
parfaite, à la coupe même de sa petite veste noire et de
son grand col rabattu, il était aisé de voir qu'il appartenait à une famille d'habitudes délicates et raffinées.

Comme je l'appris bientôt, son père, un modeste employé
aux archives de la ville, était un érudit et un lettré qui diri-
geait lui-même son éducation, tout en lui faisant suivre les
cours du lycée. Les résultats de cette collaboration affec-

tueuse étaient si remarquables que tout le chef-lieu était déjà fier d'Henri Parmentier et comptait sur lui pour illustrer un jour le département.

Je ne savais encore rien de tout cela au cours de cette première journée. Mais l'ascendant du mérite personnel est si fort, quand il se joint surtout à cette courtoisie et à cette bonne grâce des formes extérieures qui est comme la monture d'un bijou précieux, que je me sentis instinctivement attiré vers mon petit camarade. J'aurais voulu devenir son ami, l'avoir pour compagnon de mes jeux aussi bien que de mes études. Malheureusement il était externe, et les rapports entre les deux classes d'élèves étaient si rares et si exceptionnels, qu'il pouvait arriver, et il arrivait souvent, à deux lycéens de faire toutes leurs études ensemble sans avoir échangé dix paroles.

J'ai dit que la classe s'était terminée sans incident : je me trompe. Au moment même où le tambour commençait son roulement, on entendit partir du second banc une exclamation toute militaire :

« Mille bombes !... Est-ce que vous ne pouvez pas faire attention ? »

M. Delacour leva la tête en sursaut :

« Qu'y a-t-il donc, Piffard ? » demanda-t-il.

Piffard avait sauté sur ses pieds. Il était debout, avec un grand pantalon bleu qui comptait manifestement deux ou trois ans de service dans la gendarmerie départementale et un veston de drap soigneusement brossé, le cou étranglé par un col de crin, tout rouge de colère. Mais il fit un effort sur lui-même.

« Ce n'est rien, monsieur, dit-il assez confus. C'est seulement cet *homme* qui vient de laisser tomber de l'encre sur *mes effets.* »

L'élève ainsi désigné était justement un des plus petits de la classe, et *les effets* en question n'étaient autres que les cahiers de Piffard.

L'idée d'appliquer ces dénominations soldatesques à la vie scolaire nous parut si irrésistiblement comique que nous sortîmes tous en riant et que le mot fit fortune. A dater de ce jour, on ne dit plus au lycée que « un homme » pour un élève, et dans la classe de sixième, tout spécialement, on trouva au moins une occasion par jour de parler de ses « effets ». Le plus drôle, c'est que Piffard ne s'aperçut jamais de l'intention satirique cachée sous cette imitation, et nous-mêmes nous ne tardâmes pas à l'oublier.

En redescendant du quartier à la cour pour la récréation du soir, nous défilâmes devant un guichet où un domestique, debout devant une grande corbeille de pain, nous en passait à chacun un énorme morceau au bout d'une fourchette.

C'était le goûter réglementaire, mais la plupart des élèves avaient apporté de la maison un pot de confitures ou un sac de fruits secs. Des échanges fraternels ne tardèrent pas à s'organiser, et bientôt la cour des petits eut tout l'aspect d'une Bourse aux friandises.

Sur ces entrefaites, un nouvel élément fit son apparition sur le marché.

Si l'on m'avait dit le matin, quand j'étais passé respectueusement devant la loge du concierge, que ce grave personnage ne dédaignait pas, durant la récréation du soir, de se transformer en marchand en plein vent; si on m'avait conté que, muni d'un grand éventaire porté sur un pliant en X, il

venait installer successivement sa boutique volante dans chacune des trois cours, j'aurais eu, je l'avoue, quelque peine à
admettre seulement la possibilité d'une telle métamorphose.
Le père Barbotte avait plutôt l'air d'un président de cour
d'assises ou d'un sénateur que d'un marchand de pommes.

Mais tel est le privilège éternel de la gravité naturelle,
qu'il pouvait se livrer à ce négoce primitif sans rien perdre
de sa dignité. S'il avait discuté, autour du tapis vert d'un
congrès, le sort d'une province, je doute qu'il eût pu dé-
ployer un sérieux plus sacerdotal qu'en nous vendant dix
centimes ce qui lui en coûtait trois. En vérité, il avait plutôt
l'air de nous obliger par pure condescendance que de profiter en toute sécurité d'un monopole fructueux, et je ne me
rappelle pas lui avoir jamais offert ma monnaie de poche en
échange de ses sucres d'orge sans un vague sentiment de
reconnaissance.

Entre ces transactions commerciales et une partie de billes
avec Baudouin, la récréation d'une heure passa comme un
éclair. Le moment vint de rentrer à l'étude.

Les quinquets étaient allumés sous les grands abat-jour
de tôle, et le quartier présenta bientôt l'aspect le plus animé,
quoique le plus silencieux. Ce n'étaient que coups de crayon
rapidement passés le long de la règle, grammaires feuille-
tées, dictionnaires fiévreusement consultés. Nous avions
deux heures devant nous jusqu'au souper pour faire nos devoirs, et la plupart de mes camarades, un peu effrayés du
thème grec qui nous avait été donné, paraissaient craindre
de ne pas arriver à le finir à temps.

Pour moi, je ne me pressais pas. Sous la dictée même du
professeur, j'avais commencé de bâtir mentalement ma tra-

duction, et j'étais sûr de pouvoir très rapidement en combler
les lacunes à l'aide du dictionnaire. Ma seule crainte était
que Perroche ne me demandât encore à copier mon devoir,
et, comme je n'étais pas d'avis de recommencer cette péril-
leuse expérience, j'avais résolu de ne finir mon travail qu'au
dernier moment même.

Au lieu donc de me mettre à l'œuvre sans tarder, je fis ce
que j'avais déjà vu faire à plusieurs élèves, quelque étrange
que me parût cette habitude. Je levai la main vers le maître
d'études et je fis claquer mon doigt médium contre mon
pouce.

Cette pantomime sauvage signifiait que je demandais à
aller consulter un livre dans la petite bibliothèque commune placée auprès de la chaire.

Le maître me fit un signe affirmatif, et, l'instant d'après,
je me trouvais face à face, ou plutôt face à dos avec une
centaine de volumes d'histoire, de biographie, de voyages
et de science familière.

Or toute ma vie j'ai eu pour les livres de voyages une
prédilection des plus marquées; mais cette passion n'avait
jamais pu être satisfaite que très imparfaitement, car la bibliothèque de mon père était loin d'être complète sous ce
rapport.

Qu'on juge donc de mon enthousiasme, ou plutôt de mon
ivresse, quand j'aperçus au milieu de ces livres un ouvrage
que j'avais depuis longtemps l'ambition de lire : *les Voyages
du capitaine Cook !*

Me précipiter sur le volume, l'emporter à ma place et me
plonger dans cette lecture absorbante fut, comme on dit,
l'affaire d'un instant.

A partir de ce moment, je ne fus plus de ce monde; je me vis avec l'illustre navigateur partant de Plymouth ou de Gravesend, arrivant à Taïti, découvrant Botany-Bay, décrochant des noix de coco ou me faisant bercer en pirogue sur les vagues du Pacifique.

J'étais en train de repousser en imagination une attaque de sauvages polynésiens, armés de casse-têtes et de flèches empoisonnées, quand le tambour de Garelou éclata subitement dans la galerie sonore, et tout le monde plia ses papiers.

Il était sept heures et demie! Il y avait deux heures que j'étais plongé dans le rêve! Je n'en croyais pas mes oreilles. Mais il n'y avait pas à dire. J'avais laissé couler le temps, mon devoir n'était pas fait, et j'allais débuter dans ma classe par un acte de négligence impardonnable.

J'étais très honteux et, pendant que nous nous rendions au réfectoire, je me reprochais amèrement de m'être laissé aller aussi indiscrètement à ma passion favorite.

Au même instant, une des recommandations formelles que m'avait faites ma mère me revint en mémoire :

« Si jamais tu te trouves en faute, m'avait-elle dit, ne cherche pas à dissimuler ton erreur. Acceptes-en virilement les conséquences. Va droit à ton maître et confesse-lui ton tort avant même qu'il songe à te le reprocher. Tu ne peux pas savoir, mon cher enfant, combien de regrets et même de punitions, en tout cas de misères morales et de troubles de conscience, tu t'épargneras par cette franchise. Dis toujours la vérité, rien que la vérité, toute la vérité, et dis-la de toi-même avant qu'on te la demande. » Je n'avais pas plus tôt pensé à ce conseil maternel, que je pris la résolu-

tion de le suivre et de déclarer, soit au maître répétiteur,
soit à M. Delacour, la raison qui m'avait empêché de
faire mon thème.

Je ne jurerais pas qu'il n'y avait pas un petit élément de
vanité dans mon affaire : au fond, j'aurais été très humilié
qu'on pensât que, si je n'avais pas fait mon devoir, c'était
par incapacité. Mais ma résolution n'en était pas moins bonne
à tout prendre, car je ne me dissimulais pas qu'après avoir
avoué ma passion désordonnée de la lecture, on ne manquerait pas d'y mettre des entraves. Et la preuve qu'elle était
bonne, c'est que je ne l'eus pas plus tôt prise que je me
sentis en paix avec moi-même.

Je fis donc honneur à notre souper de viande froide et de
salade, et cela fait, je me dirigeai vers le dortoir avec tous
mes camarades de la petite division. Les « moyens » seuls
avaient la permission de veiller jusqu'à neuf heures et les
« grands » jusqu'à dix. Huit heures sonnaient comme nous
montions l'escalier du troisième étage.

Le dortoir de ma section était une longue salle au parquet
soigneusement ciré, aux murs peints à la cire. De chaque
côté s'alignaient deux rangées d'une vingtaine de couchettes
en fer, dont la régularité faisait plaisir à voir. Au bout opposé à la porte d'entrée, se trouvait sur une estrade un lit à
rideaux blancs pour le maître d'études. Au chevet de chaque
couchette, une chaise de paille, et, sur la blanche couverture, le linge de nuit de chacun, sans oublier le fameux
bonnet de coton.

Tout en me déshabillant, je me demandais si cette singulière coiffure était obligatoire, ou s'il me serait permis de
dormir la tête nue, comme j'en avais l'habitude. A tout ha-

sard et moitié par sentiment de discipline, moitié par amour de la nouveauté, je me décidai à essayer le casque à mèche.

Je ne l'avais pas plus tôt rabattu sur mes deux oreilles, comme je venais de voir faire à Mandrès qui occupait un des lits parallèles au mien, qu'un sentiment de chaleur insupportable me démontra que, faute d'habitude sans doute, il me serait tout à fait impossible de dormir avec un pareil couvre-chef.

Je me déterminai donc à l'ôter et à rester nu-tête, non sans quelque crainte d'un rappel à l'ordre de la part du maître qui se promenait d'un bout à l'autre du dortoir.

Quand je l'eus vu repasser huit à dix fois devant moi sans me faire la moindre observation, je commençai pourtant à me rassurer, et bientôt j'oubliai complètement ce grave sujet de souci.

M. Pellerin n'avait pas tardé à tourner le bouton de la lampe et à se mettre à son tour entre les draps. Le dortoir n'était plus éclairé que par la lueur douce d'une veilleuse qui confondait toutes les formes et faisait paraître infinie cette longue rangée de lits blancs. Le silence était complet. C'est à peine si, de temps à autre, un ronflement sonore en troublait l'intensité.

La nouveauté de la scène, la multitude des impressions que je venais de récolter dans cette journée rapide, l'indécision de ce qu'allait être pour moi cette vie de collège dans laquelle j'entrais à pleines voiles, — tout cela me tenait éveillé. Je crois bien qu'au fin fond de mon être je m'attendrissais un peu sur ma situation, et je la comparais, avec des velléités de faiblesse, aux douces soirées de la maison, aux caresses de ma mère et de tante Aubert.

JE ME DÉCIDAI A ESSAYER LE CASQUE A MÈCHE.

Mais, comme j'allais peut-être m'abandonner à l'amertume vaine de ces regrets, mon attention fut tout à coup attirée par un murmure venu du lit voisin. On aurait dit quelqu'un qui chuchotait ou qui se livrait à un monologue à voix basse.

J'avais été élevé à considérer comme de très mauvais goût d'écouter ce qui n'était pas destiné à mes oreilles, et je fis de mon mieux, pendant quelques instants, pour ne pas entendre...

Mais, peu à peu, la voix était montée à un diapason plus élevé, et des mots étranges arrivaient jusqu'à moi :

« Ἀβρός, nuit, temps où l'on erre... »

C'était Mandrès qui répétait ses leçons dans le silence de la nuit !

Je m'endormis au rythme cadencé de cette musique, et dans mon sommeil je répétai, moi aussi :

« Ἀγαθός, bon, brave à la guerre... »

CHAPITRE V

Un roulement de tambour, soudain, retentissant, impitoyable, obstiné, éclatant dans le corridor, à la porte même du dortoir, me réveilla en sursaut.

Cet appel était si brutal et si impérieux qu'il semblait impossible de ne pas lui obéir. Je ne pris pas le temps de regarder autour de moi, et je sautai à bas de mon lit.

Alors je m'aperçus que j'étais seul à obtempérer à la sommation, et que personne encore n'avait bougé. Mandrès, pourtant, avait les yeux ouverts et me regardait.

« Ce n'est pas pour nous ! me dit-il avec un air de regret ; c'est pour les *grands* et les *moyens*. Nous n'avons pas la permission de nous lever avant six heures. N'est-ce pas *bassinant* ?

— Quelle heure est-il donc ? lui demandai-je en me replongeant sous ma couverture.

— Cinq heures et demie. Depuis huit heures du soir

jusqu'à six heures du matin, cela fait dix heures qu'on nous
oblige à rester au lit. C'est au moins deux de trop ! Mon
oncle le docteur dit que huit heures de sommeil sont tout ce
qu'il faut à un garçon de notre âge. Avec leurs récréations
et leur dortoir, c'est effrayant, le temps qu'ils nous font
perdre ! au moins treize heures sur vingt-quatre !... »

C'était pourtant vrai ce que disait là Mandrès. Même dans
cette vie de lycée si bien réglée pour la santé du corps et
de l'esprit, pour le développement des facultés mentales et
pour la préparation systématique à la grande lutte de la
vie, — la proportion du temps réservé au travail n'était
même pas égale à la moitié de la pleine journée !

Encore fallait-il en déduire les jours de congé, les
vacances, les non-valeurs innombrables. En somme, au bout
de l'année, la moyenne du temps réservé à l'étude ne devait
pas dépasser cinq à six heures par jour. Et c'était là un
chiffre théorique ! A quoi se réduirait-il si l'on portait en
compte les heures perdues, les distractions, les lectures
frivoles et le reste ?... Véritablement, quand on songe à ce
qu'un enfant doit apprendre dans ses neuf à dix années de
collège, s'il ne veut pas avoir imposé à sa famille des sacrifices
inutiles, il faut convenir qu'il est inexcusable de ne pas
donner à l'étude suivie, consciencieuse, passionnée, tout le
temps qui lui est dû, sans en retrancher une minute.

Mandrès se trompait, fort évidemment, quand il accusait
le règlement de donner trop de temps au sommeil et à la
récréation. Le sommeil est une nécessité physique à laquelle
tous les êtres vivants, les jeunes surtout, sont soumis,
et à laquelle ils ne peuvent tenter d'échapper sans un
danger grave pour leur santé. La récréation est un besoin

tout aussi impérieux. Mais il est certain que les maîtres
font d'ordinaire la part assez belle à ces deux créanciers,
et qu'à peine de perdre son temps au collège, un élève
doit employer utilement toutes les heures assignées à l'é-
tude.

Je vis bientôt le maître répétiteur se lever silencieusement et procéder à sa toilette, de manière à être prêt au
moment de notre lever à nous, qui ne tarda pas à arriver.
Un second roulement de tambour en donna le signal.

Chose singulière pourtant, cette fois encore personne ne
bougea. Mandrès et moi fûmes les seuls à nous jeter immédiatement à bas de notre lit. Les autres se contentèrent
pour la plupart de se retourner dans leurs draps et
d'exprimer par un soupir ou un bâillement le chagrin qu'ils
éprouvaient d'être arrivés au moment fatal. Quelques-uns
même ne se donnaient pas cette peine et restaient les yeux
fermés, comme s'il avait été possible de dormir encore après
un roulement de tambour prolongé durant une bonne minute
au seuil de la porte ouverte à deux battants.

Voyant Mandrès se diriger sans retard vers la ligne de
lavabos disposés à l'extrémité du dortoir, dans une espèce
de salle de toilette, je fis comme lui, et bien m'en prit ! J'eus
de l'eau à discrétion, de la place et du temps pour me
débarbouiller à l'aise.

En revanche, ceux qui avaient flâné dans leur lit et qui
ne s'étaient arrachés aux délices de la paresse que sur les
injonctions réitérées de M. Pellerin, trouvèrent bientôt la
salle encombrée et l'eau presque inabordable. Leur toilette
fut donc plus sommaire que ne l'auraient exigé les principes
de la propreté puérile et honnête, et se borna à un semblant

de caresse donné au bout de leur nez avec le petit coin mouillé d'une serviette.

Or, si l'on songe que la même cause devait fatalement amener les mêmes effets tout le long de l'année, on est amené à se dire que ces jeunes garçons ne pouvaient guère manquer de devenir, après quelques semaines de ce régime, de véritables curiosités naturelles. Très évidemment, en exécutant des coupes perpendiculaires sur leur peau, comme on ouvre une tranchée dans le sol pour poser une lignes de rails, on aurait trouvé sur leur épiderme des couches successives et stratifiées de substances non décrites par les traités d'anatomie. Peut-être un nouveau Cuvier aurait-il aisément reconstitué par ce procédé l'histoire de leurs matinées et calculé combien de jours, ou mieux, hélas ! de mois et d'années ils avaient passés sans se nettoyer à fond...

Mais laissons ce sujet ingrat.

En arrivant à l'étude, je m'aperçus que mon voisin Perroche n'était pas présent. Cela m'intrigua un peu, et je demandai à voix basse à Mandrès s'il savait ce qu'il était devenu.

« Perroche ? me dit-il. Oh ! il aura fait comme il ne manque guère de faire une fois ou deux par mois. Il sera resté au lit en se disant malade. »

Je n'osai pas insister et demander de plus amples explications, car il était clair que Mandrès n'était pas d'humeur babillarde et avait hâte de se mettre au travail. Le malheureux n'avait pas encore fini son thème grec, quoiqu'il y eût travaillé pendant toute l'étude de la veille !

Cela me rappela que, moi aussi, j'étais en retard et me

donna l'idée d'essayer si je ne pourrais pas faire mon thème
et apprendre mes leçons dans le temps qui me restait avant
la classe. Je me mis à l'œuvre sans plus tarder, et de si bon
cœur, que j'eus le bonheur de tout terminer pour le moment
du déjeuner que nous faisions à sept heures et demie.

Ainsi j'étais délivré du souci d'avoir à avouer mon étour-
derie de la veille ! Mais c'était une expérience pour moi, et
je me promis désormais de commencer, tous les soirs, par
faire mon devoir et apprendre mes leçons. Je serais libre
alors de donner à la lecture le temps qui me resterait après
ces travaux réguliers.

Au surplus, j'avais eu une fausse alerte, comme il arrive
si fréquemment, quand on ne connaît pas encore les usages
locaux. Le devoir et les leçons, que je croyais destinés à la
classe du matin, n'étaient exigibles, ce jour-là, qu'à la classe
du soir. Nous étions au mardi, jour réservé traditionnellement
à la *composition* hebdomadaire ou devoir exécuté au concours
sous les yeux du professeur, et le fait était supposé si connu
de tout le monde, qu'à peine M. Delacour avait-il cru nécessaire d'y faire allusion la veille. Il avait dit seulement :

« Demain, version latine. »

Je ne me rendis compte de la chose qu'en voyant mes
camarades se munir de leur dictionnaire pour aller en
classe. Je fis toutefois comme eux et, en effet, à peine
avions-nous pris place, que le professeur nous dicta une
vingtaine de lignes de texte latin qu'il eut soin, après cela,
de mettre à notre disposition en l'affichant contre le bois de
la chaire. Puis il tira un livre de sa poche et se mit à le
parcourir pendant que nous restions livrés à une lutte
silencieuse avec notre version.

Pour la première fois je subissais cette sorte d'ivresse que
ne manque guère de produire le concours sous toutes ses
formes. La tête en feu, toute mon attention fixée sur le texte
que j'avais devant moi, je l'étudiais ardemment, je tournais
et retournais ma traduction, je reprenais chaque mot, pour
le peser dans tous les sens, j'en cherchais dans mon dictionnaire et dans mes souvenirs l'équivalent français le plus
exact. La version était difficile, plus difficile que ne l'avaient
été jusqu'ici mes devoirs, mais je trouvais dans cette difficulté même un attrait et un encouragement de plus.

Un instant je levai la tête, et je vis que toute la classe
était aussi sérieusement occupée que moi. Personne ne
causait ou ne perdait de temps, tout le monde cherchait à
faire de son mieux, tant l'amour-propre est un puissant
levier! En vérité, quand je reporte mes souvenirs à tout le
cours de ma vie scolaire, je ne me rappelle pas avoir jamais
vu une punition nécessaire un jour de composition. Il est
bien incorrigible, celui qui ne s'efforce pas, au moins ce
jour-là, de donner sa meilleure note, — que cette note soit
un *ut* de poitrine ou seulement un pauvre *la !*

Et pourtant il y a des exceptions lamentables : Perroche,
par exemple. S'il était resté malade, c'était évidemment à
cause de la composition.

Nous eûmes bientôt de ses nouvelles. Vers la fin de la
récréation de midi, il arriva frais comme une rose, — aussi
frais du moins que le comportait la nature de son teint. —
Il était prodigieusement vexé. Je le vis qui gesticulait dans
un groupe et je courus aussitôt de ce côté pour avoir de ses
nouvelles.

« Oui, disait-il avec indignation, croiriez-vous que, depuis ce matin, on ne m'a donné que de la tisane de guimauve, et sans sucre encore?... Pas même une tasse de chocolat ou de café au lait! Pas un simple biscuit! Diète absolue. Naturellement, quand j'ai vu la tournure que prenaient les choses, j'ai voulu descendre avant le dîner : impossible d'obtenir mon *exeat* à temps!... Le proviseur a fait un nouveau règlement pour l'infirmerie... on n'en sort plus qu'à midi et demi! Avis aux amateurs.

Comme Perroche achevait ce récit lamentable, quelqu'un dit :

« Attention ! voici le *pion !* »

Ce n'était pas la première fois que cette expression était employée devant moi, et je me demandais ce qu'elle signifiait, quand je vis M. Pellerin, notre maître d'études, approcher du groupe dont je faisais partie.

C'était lui, ce jeune homme à l'air doux et simple que j'avais vu passer tout le temps des études à prendre des notes en lisant dans sa chaire, — lui qui ne demandait rien aux élèves, sinon de se conformer aux règlements et de travailler en silence, — c'est lui qu'on appelait, presque à portée de son oreille, de ce nom grossier.

Ceux qui s'en servaient avaient-ils seulement conscience du sens blessant de ce mot? Je ne le pense pas, et, pour leur honneur, je l'espère. M. Pellerin, comme bon nombre des jeunes gens qui se soumettent à ce dur noviciat, était un homme d'un vrai mérite. Le désir de ne pas imposer des sacrifices exagérés à sa famille l'avait décidé, au sortir des bancs, à accepter, pour quelques années, cette vie de dévouement et de responsabilité. Déjà en possession du grade de licencié, que bien peu d'entre nous devaient atteindre, il

9

se préparait vaillamment au concours de l'agrégation, et, certes, cette existence calme et courageuse ne méritait que le respect et la sympathie de tous.

Voilà pourtant l'homme que des gamins de dix à douze ans se permettaient d'appeler *le pion!* Ce serait triste si ce n'était avant tout ridicule !

Il était arrivé jusqu'à nous et nous regardait de son œil pur et grave.

« Perroche, dit-il en nous abordant, M. le censeur vient de m'informer que vous serez consigné à la prochaine sortie pour vous être fait prendre avec des provisions de siège sous votre chevet. »

Ce fut un éclat de rire général.

Quelqu'un proposa, en manière d'ironie, de porter Perroche en triomphe. Cela fut fait à l'instant. Quand nous l'eûmes ainsi promené sur nos épaules tout autour de la cour, nous lui demandâmes curieusement ce qu'on lui avait confisqué.

« Un saucisson de Lyon, dit-il tout piteux. Et je n'y avais pas encore touché ! »

ON PORTA PERROQUE EN TRIOMPHE.

CHAPITRE VI

MON COPAIN BAUDOUIN. — LA PROMENADE.

LE LÉZARD VERT.

Le jeudi était le jour réservé, avec le dimanche, à une promenade générale hors de la ville. Baudouin et moi nous l'attendions avec impatience, non pas seulement, comme on pourrait croire, à cause de la nouveauté de cet épisode dans notre vie scolaire, mais parce que, à certains signes mystérieux, nous avions cru deviner chez le tailleur l'intention de terminer nos uniformes pour ce moment solennel.

En quoi nous nous trompions de moitié, comme nous eûmes le loisir de nous en apercevoir. Reconnaissant sans doute l'impossibilité de satisfaire à cet égard les impatiences de tous les *nouveaux*, le petit bossu avait pris dans sa sagesse le parti de n'en satisfaire aucun. Pas un uniforme complet n'était prêt quand on nous appela chez lui, immédiatement après dîner! Pour un élève, il avait fini seulement le pantalon, pour l'autre la tunique, pour un troisième le gilet.

En ce qui me concerne, c'est un pantalon qui m'échut en

partage. Il était si large et si long que deux individus de
ma taille auraient pu aisément y tenir à l'aise. Mais l'insi-
dieux bossu m'assura que je ne me plaindrais pas longtemps
de cette ampleur, attendu que je ne pouvais manquer de
grandir très vite sous l'influence de mon nouveau régime.
D'ailleurs, il n'y avait rien de mesquin et de piteux comme
d'avoir des habits étriqués, rien d'élégant au contraire et de
confortable comme d'être à l'aise dans ses vêtements.

Ces considérations eurent l'effet désiré et apaisèrent immédiatement mes scrupules. Je relevai le bord de mon pantalon de manière à le réduire à des proportions plus raison-
nables, et quand j'eus coiffé un képi à ganses d'or, choisi
dans une grande caisse qui en contenait une centaine, je me
trouvai fort satisfait de ce commencement de transformation.
Après tout, me disais-je, dans l'artillerie et dans la cavalerie,
les officiers n'ont pas de tunique, mais une veste seulement.
C'est le képi qui fait le fond de l'uniforme, et à distance je
ferai encore mon effet.

Quant à Baudouin, il était plus heureux que moi. Probablement en raison de sa blouse, qui avait dû paraître dange-
reuse pour l'effet général, il avait obtenu une tunique en
partage.

Au moment où je cessai de me contempler dans la glace
pour tourner mes regards vers mon copain, il était très occupé à boucler son ceinturon, et cette opération était si difficile qu'il semblait prêt à éclater comme un obus. Le fait
est qu'il avait beaucoup trop serré ledit ceinturon, dans l'intention manifeste de faire fine taille. Quand il eut enfin réussi
à l'agrafer, il pouvait à peine respirer. A l'exemple des
dames qui s'abandonnent au même travers, il prétendit,

d'ailleurs, quand je lui en parlai, qu'il était parfaitement à
l'aise.

« Vois plutôt, » me dit-il en rentrant son abdomen pour
me montrer qu'il restait encore de la place entre sa tunique
et son ceinturon.

Il avait une mine impayable avec ses longs cheveux, sa
grosse figure joufflue sous un petit képi, cette taille de
guêpe dans une tunique tout flambant neuve, et là-dessous
un pantalon jaune en tire-bouchon et de gros souliers ferrés.
Mais enfin il était très satisfait de lui-même, selon l'habitude
des gens qui ont un habit neuf, et je me serais reproché de
détruire ses illusions, s'il ne m'avait dit tout à coup :

« Ce n'est pas pour te flatter, mais tu as une drôle de tête,
avec ta veste et ton képi... Et ce pantalon !... Mon pauvre
ami, on pourrait encore y loger un pain de douze livres... »

Ce sarcasme me piqua au vif.

« Parbleu, lui dis-je, je te conseille de parler ! Si tu te
crois l'air martial dans ta tunique, tu te mets joliment *le doigt
dans l'œil !*... Rentre donc tes cheveux sous ton képi, mon
bon, ou l'on va te prendre pour un de ces caniches habillés
en généraux que l'on montre par les rues... »

On voit que nous nous empressions d'utiliser les fleurs
d'argot du collège, que nous avions déjà cueillies dans la
conversation de nos camarades.

Cet échange d'aménités aurait pu d'ailleurs nous mener
loin s'il n'avait fallu redescendre immédiatement dans la
cour. Mais notre unique préoccupation était désormais de
savoir quel jugement la division porterait sur notre tenue.
Ce n'est pas sans un certain battement de cœur que nous
fîmes notre entrée.

O humiliation ! personne ne daigna seulement s'apercevoir des changements survenus sur notre personne... Cette indifférence tomba comme un seau d'eau froide sur notre dépit et nous le fit oublier à l'instant. Mais la leçon était bonne, ce n'est pas seulement au collège, c'est dans le monde aussi que les gens trop préoccupés d'eux-mêmes sont exposés à en recevoir de pareilles.

A une heure précise, tout le lycée était rangé en bataille dans la cour des grands. Le proviseur et le censeur passèrent sur le front de ligne comme des généraux inspecteurs. Puis, division par division, nous défilâmes sous la grande porte pour nous diriger vers le but de promenade qui nous avait été assigné.

Bien souvent, depuis, j'ai refait cette manœuvre, et je l'ai toujours vue accompagnée des mêmes incidents.

A peine étions-nous arrivés dans la rue, où nous marchions deux par deux en marquant le pas, avec notre maître d'étude au flanc, que notre colonne se trouvait grossie de cinq à six personnes ; évidemment, elles avaient attendu, aux environs du lycée, l'heure de notre sortie. C'étaient les vendeurs de sucre d'orge et de coco, un marchand de *plaisirs* avec sa cliquette, une bonne vieille femme qui colportait un panier de gâteaux suspects : toute une légion d'*intrigants*, comme disait le père Barbotte, qui lui faisaient, le jeudi et le dimanche, une concurrence active.

Ah ! il aurait bien voulu avoir le droit de leur interdire le pavé, comme l'entrée du lycée leur était défendue, et comme il se permettait même, par un étrange abus d'autorité, de leur en défendre les abords immédiats ! Mais, à dix ou quinze mètres de la porte, sa juridiction s'arrêtait, et de sa fenêtre

grillée, derrière laquelle il suivait d'un œil morne notre
sortie en rangs pressés, il avait la mystification bi-hebdoma-
daire de nous voir devenir la proie de ces vampires, tandis
que sa grandeur, à lui, l'attachait à la loge.

Il faut dire que ses préventions contre cette race détestée
étaient parfois justifiées. Plus d'une fois il arriva qu'un
élève se trouva quasi empoisonné en rentrant, pour avoir
fait trop indiscrètement honneur aux bonbons de ces confi-
seurs ambulants, et le lycée rit encore du désappointement
que nous eûmes un jour. Nous avions acheté, en grand
mystère, au prix de cinq francs pièce, une douzaine de serins
des Canaries que nous avions triomphalement rapportés dans
nos poches. Or trois jours ne s'étaient pas écoulés, que les
prétendus canaris avaient entièrement perdu leur belle
couleur jaune, et se révélèrent à nous sous leur plumage
naturel! C'étaient des moineaux francs, ingénieusement
peints comme la mère d'Athalie!

Nous allions le nez au vent, les oreilles rouges, lorgnant
les boutiques, humant au passage les bruits de la ville, hâtant
le pas vers le dehors.

Bientôt le Vieux-Pont de la Lèze était franchi, le boulevard extérieur laissé derrière nous.

« Rompez les rangs! » disait M. Pellerin.

Et nous nous envolions sur les deux bords de la route, au
gré des préférences et des amitiés. C'est là qu'on échangeait,
tout en marchant, les confidences intimes, qu'on se disait sa
pensée tout entière sur la vie, sur les hommes et sur les
choses. C'est là que le professeur était analysé, le censeur
censuré, le proviseur disséqué, et les petits camarades bien
arrangés; c'est là qu'on causait de tout, spécialement de

tout ce qu'on ne savait pas, avec l'assurance d'un âge qui ne connaît pas d'obstacles.

Puis on arrivait au but fixé pour la promenade, le champ de courses du Gros-Tesson, ou quelque grande prairie bordée d'arbres du côté de Fougerolles, ou le sommet du coteau d'Herbignac, ou encore une clairière toute semée de violettes dans le bois de lièges de Gacé.

Là, on faisait halte, et les parties de jeu s'organisaient : saute-mouton, cheval fondu, la balle, la fossette ou la marelle, selon les goûts ou la saison. On cherchait des grillons dans les chaumes et des nids dans les bois, on se faisait des nez postiches avec des gousses de tilleul, on se poursuivait, on se chamaillait et parfois on se battait un peu.

Enfin, l'heure écoulée, on repartait, on retournait au lycée avec des poumons dilatés, la circulation plus active, le cœur plus gai et l'esprit plus libre; c'est avec un appétit tout neuf qu'on faisait honneur au goûter de pain sec ou aux petites pommes du père Barbotte. Le vieux malin y gagnait encore à ces promenades, quoi qu'il en pût dire !

Ce jour-là nous étions allés jusqu'à la mare des Provenchères. Je marchais avec Baudouin au dernier rang, car M. Pellerin ne tenait guère à nous montrer dans notre équipement incomplet, et je crois bien qu'assez volontiers il nous eût laissés en arrière. Nous aussi, maintenant que nous pouvions nous comparer à nos camarades, nous avions le sentiment de l'insuffisance de notre tenue, et nous nous faisions aussi petits que possible.

Mais ce fut l'affaire d'un quart d'heure ou deux, le temps de sortir de la ville. A mesure que nous approchions des champs, nous nous sentions dans notre véritable élément, comme

une plante enfermée deux ou trois jours dans un apparte-
ment clos et qui se retrouve au grand air.

Tout, autour de nous, nous présentait des objets fami-
liers : les sillons où les paysans s'apprêtaient à jeter le grain,
nous semblaient de vieux amis que nous avions plaisir à
revoir ; il n'était pas jusqu'aux buissons, jusqu'aux brins
d'herbe que nous ne fussions disposés à saluer avec enthousiasme. Nous nous trouvâmes bientôt tous deux dans
un état d'exaltation inconsciente qui nous obligea à causer
de notre pays natal et à échanger l'un avec l'autre des renseignements plus précis que nous ne l'avions encore fait.

« Tu es un bon marcheur pour une veste de velours, me
dit Baudouin.

— Parbleu ! crois-tu que je ne marchais pas chez nous, à
Saint-Lager ? Mon père me prenait souvent à la chasse avec
lui, et c'est un fameux chasseur, je t'assure. C'est lui qui en
tue des lièvres et des cailles, et des perdreaux, et des canards
sauvages !

— Ton père c'est ce monsieur que j'ai vu entrer avec
toi chez le proviseur ?

— Oui, et toi tu étais avec ta maman ?

— N'est-ce pas que c'est une fière femme ? dit Baudouin.
En voilà une qui est vaillante et qui ne boude pas sur
l'ouvrage ! Elle est veuve, vois-tu ; mon père est mort quand
j'étais tout petit, et c'est elle qui le remplace, qui mène tout
chez nous. C'est elle qui a voulu que je reçoive de l'éducation. Elle se prive de tout pour me mettre au lycée. Je
voudrais bien obtenir une bourse. »

Ici Jacques eut un gros soupir.

« Mais je n'aurai jamais ce bonheur.

10

— Pourquoi?

— Parce que je suis trop bête. Tu as bien vu, hier, comme
j'ai mal récité ma leçon. Dans mon thème latin, j'avais fait
plus de vingt fautes, et dans mon thème grec plus de quarante. C'est ce qui me désole, vois-tu. Maman a de l'ambition pour moi, mais je crains de ne pouvoir pas la satisfaire
et lui rendre un peu de ce qu'elle fait. Je crois bien que je
n'arriverai à rien.

— Bah! il suffit de bien s'appliquer. Nos devoirs n'ont
rien de difficile, après tout, et, en leur donnant l'attention
nécessaire, ce n'est pas la mer à boire.

— Tu crois? me dit Baudouin en me regardant de ses
gros yeux sérieux. Je voudrais te croire, et je t'assure que je
fais de mon mieux pour prendre goût à mes leçons, mais je
ne puis pas. C'est plus fort que moi... Tiens, par exemple,
les *racines grecques* qu'on nous fait apprendre, je n'ai jamais rien vu d'aussi absurde, cela n'a aucun sens, je suis
dégoûté de me fourrer des niaiseries pareilles dans la tête...

— C'est peut-être que tu t'attaches trop à l'apparence un
peu bizarre de ces racines, lui dis-je. Leur simplicité même
aide à les retenir; et c'est là le grand point.

— Pourquoi le grand point? A quoi bon savoir des racines
grecques? Je serai bien avancé quand je les saurai toutes!

— Évidemment tu seras bien avancé: tu sauras le grec,
ni plus ni moins.

— Je saurai le grec parce que je me serai mis dans la
cervelle: Àбρος, *lâche et mou, beau, bien fait?*

— Évidemment, puisque ces racines sont le fond de tous les
mots grecs: Quand tu les sauras toutes, ce sera comme si tu
avais le dictionnaire dans la tête. »

Cet argument parut faire une vive impression sur Baudouin.

« Je n'avais jamais pensé à cela... c'est pourtant vrai!... Je vois qu'il faudra que je prenne goût à ces racines... »

Il s'arrêta un instant et parut hésiter.

« Je vais te dire une chose qui te paraîtra drôle et qui l'est en effet, reprit-il; je crois que je ne suis pas comme les autres enfants. Rien de ce que vous faites ne m'amuse. Je joue aux billes, aux barres, à cache-cache, mais cela ne m'intéresse pas du tout. Je le fais seulement pour ne pas me singulariser. Eh bien! c'est la même chose pour les thèmes et les versions, l'histoire et tout le reste. Je ne puis pas arriver à me persuader que tout cela soit vrai. Il me semble que ce ne sont que des mots, des sons enfilés les uns avec les autres et vides de sens. Il n'y a qu'une chose que je comprenne, vois-tu, c'est cela! »

Il étendit la main vers le paysage qui se déroulait devant nous.

« Oh! cela, poursuivit-il, je ne me lasse jamais de l'admirer! J'aime à contempler une vache, un arbre, un oiseau, une pierre même, pendant des heures entières. Il me semble qu'ils ont un langage à eux, qu'ils me le parlent et que je le comprends... Mais tu ris, je le vois bien... Tu me crois fou pour sûr!...

— Ma foi, non, dis-je en me mettant à sauter à cloche-pied. Mais tu es un bizarre enfant... Bah! assez causé!... Jouons à saute-mouton jusqu'à ce grand arbre là-bas, veux-tu? puis tu le regarderas tout à ton aise. »

Baudouin se prêta de bon cœur à ma fantaisie, et nous nous mîmes à sauter alternativement l'un par-dessus l'autre.

L'idée eut du succès, et en moins de cinq minutes toute la division s'était mise à en faire autant. C'était bien ce que j'espérais. J'étais de première force à ce jeu-là, et j'avais pris à Saint-Lager, en m'exerçant avec les enfants du village, l'habitude de faire des « plongeons » terribles à trois ou quatre mètres de distance. Cette exhibition de mes talents me valut immédiatement la popularité sur laquelle j'avais compté.

Cependant nous étions arrivés au grand arbre qui se trouvait, comme nous le vîmes alors, tout au bord de la mare des Provenchères, et, comme je l'y avais engagé à demi malicieusement, Baudouin se mit à contempler avec une profonde attention ce beau spécimen du règne végétal. Il avait bien raison de dire qu'il ne ressemblait pas aux autres enfants. Il est de fait que je n'avais jamais vu un enfant regarder ainsi un tronc d'arbre avec cette intensité et cette dévotion.

Je cessai pourtant de m'occuper de lui. Nous étions au point désigné pour la halte ; tout le monde s'était disposé sur le bord de la mare, et j'avais bientôt trouvé une nouvelle occasion d'exhiber mes talents campagnards, soit en faisant de magnifiques ricochets, soit en lançant des cailloux dans l'eau à une distance que bien peu de mes pâles imitateurs pouvaient atteindre.

Bientôt ce fut un nid qu'on désigna sur un ormeau gigantesque à quelques mètres de là, et il était manifestement indispensable de combiner un plan pour s'en emparer. Quel bonheur s'il était possible d'y trouver encore les jeunes !

La saison était bien un peu avancée pour cela. Mais qui ne tente rien n'a rien, et l'enfant, comme l'homme, ne vit que d'espoir.

La grande difficulté était d'arriver à escalader l'ormeau jusqu'aux maîtresses branches, et ce n'était pas chose facile, car il était trop gros pour être embrassé et en outre fort glissant. Mais, d'autre part, cette épaisseur même avait l'avantage de nous offrir un abri contre les regards de M. Pellerin, qui n'aurait peut-être pas absolument approuvé cette entreprise de dénichage.

Après quelques pourparlers rapides, je décidai deux de mes camarades à s'appuyer contre le tronc, du côté où nous n'étions pas vus, et à me faire la courte-échelle pour arriver aux basses branches. Je parvins à en empoigner une et bientôt à m'établir sur elle. Dès lors le plus fort était fait. Je n'eus plus qu'à m'élever successivement d'une branche à l'autre, sous l'abri de son feuillage protecteur, quoique bien jauni déjà, pour arriver en quelques minutes au sommet de l'arbre.

Le nid était maçonné dans l'aisselle d'un des rameaux de la flèche terminale. Mais cette flèche, qui d'en bas paraissait à peine grosse comme mon poignet, était, en réalité, aussi large que ma cuisse et parfaitement suffisante pour me supporter.

Je me mis donc en devoir de l'embrasser entre mes jambes et mes bras, et quelques efforts suprêmes m'amenèrent au but.

Le nid était vide, heureusement, vide d'oiseaux tout au moins. Mais un joli lézard vert ocellé, en se promenant le long des branches de l'ormeau, venait sans doute de s'y introduire et de s'arrêter un instant dans cette mignonne nacelle aérienne, car il parut tout étonné de voir une tête humaine surgir au-dessus de lui et le déranger dans sa solitude.

Franchement,   avait bien le droit de se croire à l'abri
des importuns.

La jolie bête me regarda dans le blanc des yeux, comme
on dit. Si elle avait été physionomiste, elle aurait bien vu
que je ne lui voulais pas de mal. Mais sans doute elle se dit
qu'elle n'avait rien à perdre à mettre quelque distance entre
nous deux, car, après un moment d'hésitation, elle fila hors
du nid et courut jusqu'au bout du rameau.

Arrivé là, elle comprit qu'elle se plaçait dans une impasse
et revint vers le nid, puis, par un mouvement subit, elle se
jeta de côté et essaya de descendre.

Mais, de ce côté, elle rencontra l'obstacle de mes bras et
de mes jambes qui embrassaient fortement le tronc, et aussitôt elle recula épouvantée.

Pour la troisième fois, elle rentra dans le nid.

Cette fois, vivement offensé de sa méfiance, je coiffai de
mon képi l'ouverture béante et je fis monsieur le lézard pri-
sonnier. Il ne me resta plus qu'à introduire doucement ma
main sous le képi et à me rendre maître de la bestiole.

C'était un jeune lézard vert de la plus belle eau, avec de
beaux yeux noirs et doux, une petite bouche bleu clair et
une délicieuse rangée de gros points blancs et noirs sur son
habit à queue d'hirondelle.

Je ne l'eus pas plus tôt en main qu'il fut bien évident pour
moi qu'à aucun prix je ne pourrais me séparer de lui.

En conséquence, après avoir déposé un baiser sur sa
petite tête, je l'introduisis délicatement dans l'ouverture de
ma veste, entre mon linge et mon gilet. J'ai lieu de supposer
qu'il ne se trouva pas trop mal dans ce modeste et simple
asile, car après deux ou trois tours sur la circonférence de

ce nouveau monde, il se décida à se tenir tranquille sur mon
estomac.

Toutes ces opérations n'avaient guère pris plus d'un quart
d'heure, mais m'avaient si entièrement absorbé, que j'en
avais oublié tout le reste. Y avait-il encore une division, des
camarades, un maître d'étude? Peuh! s'ils existaient, ils
étaient bien loin, tout en bas, petits comme des fourmis...
Et le lycée? Ah! le voilà là-bas, tout au loin, perdu parmi
les maisons de la ville et à peine reconnaissable à la grande
tour rouge de son horloge...

Qu'il fait bon respirer l'air frais et pur, et voir d'ici tous
les champs, les fermes, les chemins entre-croisés, et le grand
ruban d'argent de la Lèze, qui s'écoule vers Saint-Lager...
Ah! que ne puis-je voir aussi loin! J'aimerais tant de donner
un coup d'œil à la maison, sans être vu, et de savoir ce que
font tous les miens à cette heure...

Mais quoi? est-ce que je ne le sais pas? Maman brode
tranquillement assise près de la fenêtre du jardin... Tante
Aubert trottine dans la maison derrière Jeanneton. et papa
est sans doute à la chasse avec son vieil ami Duroc le per-
cepteur.

Mais quelle est cette voix d'en bas?

« Hé! Besnard!... nous allons partir!... Descendez! Mais
tenez-vous pour dit de ne jamais recommencer des ascensions de ce genre, elles sont contraires au règlement... »

C'est M. Pellerin qui m'appelle. Il m'a donc vu sur l'arbre! Me voilà frais! Vite, ne perdons pas de temps.

Je m'empressai de commencer ma descente, qui s'effectua d'abord le plus heureusement du monde. Mais comme
j'approchais des branches inférieures, le fond neuf de mon

trop large pantalon s'accrocha à un éclat de bois et se déchira sur une longueur de quinze à vingt centimètres. Fort
heureusement il se déchira! car s'il avait résisté, je serais
resté suspendu à cinq mètres du sol dans la plus ingrate des
situations.

Cette humiliation suprême me fut épargnée. Je retombai
sur mes pieds, réduit, en fait de pantalon, à la condition d'un
petit garçon qui n'est pas encore sorti des mains des femmes,
mais sans autre avarie.

J'avais laissé deux de mes camarades auprès de l'arbre;
j'en retrouvai trente.

« Eh bien! le nid était-il habité? me demanda-t-on de tous
côtés.

— Habité par l'oiseau le plus extraordinaire que j'aie
jamais vu, répondis-je en introduisant ma main dans ma
poitrine et en y prenant le lézard.

— Blagueur! Il n'y avait rien, n'est-ce pas?

— Voyez s'il n'y avait rien! »

Ce fut un concert d'exclamations admiratives. Il n'y avait
pas un de mes camarades, j'en suis certain, qui n'eût donné
tout au monde pour être à ma place et posséder la jolie
bête.

« Où est Baudouin? m'écriai-je, que je lui montre ma
capture.

— Commencez au moins par raccommoder votre culotte, »
me dit M. Pellerin en prenant une épingle à l'intérieur de
son habit et poussant l'obligeance jusqu'à la placer lui-même
de manière à dissimuler mon malheur.

Je pris à peine le temps de le remercier pour courir vers
Baudouin, que je voyais à une centaine de pas, paisiblement

VOULEZ-VOUS ME FAIRE CADEAU DE VOTRE
PETIT CHEF-D'ŒUVRE?

assis sur un tertre au bord de la mare. Il était si absorbé
par ce qu'il tenait entre ses doigts, qu'il ne remarqua même
pas mon air de triomphe.

« Qu'y a-t-il donc? » fit-il enfin en levant ses yeux dis-
traits quand j'arrivai auprès de lui.

Je lui montrai le lézard.

« Oh! la jolie bestiole, fit-il. Il faut l'appeler Émeraude...
Laisse-moi la prendre dans ma main, veux-tu?

— Mais tu vas salir sa robe. Que diable fais-tu là à tri-
poter de la terre humide? Tu as les mains toutes noires...

— Oh! ce n'est rien... Je voulais essayer d'imiter cette
grande vache blanche qui nous regarde là. Mais c'est trop
difficile, je n'ai rien fait qui vaille... Si tu voulais...

— Quoi donc?

— J'aimerais de prendre ton lézard comme modèle! Je
suis sûr que je le réussirais mieux. »

La proposition fut tout à fait de mon goût. Je m'assis auprès de Baudouin, tenant Émeraude dans ma main ouverte.
Lui, il pétrissait sa glaise. Bientôt, sous ses doigts agiles, elle
s'allongea, s'effila en queue écailleuse, s'ouvrit en fine
mâchoire. Avec un petit ébauchoir qu'il s'était fait, il cares-
sait son œuvre, la rectifiait et la modifiait si bien, qu'en
moins d'un quart d'heure il eut achevé un portrait ressem-
blant de mon lézard, et de grandeur naturelle, encore!

Un cercle s'était formé autour de nous.

« Baudouin, dit le maître, voulez-vous me faire cadeau
de votre petit chef-d'œuvre? Je le donnerai au boulanger
qui le fera cuire au four, et je le garderai en souvenir de
vous. Quand vous serez devenu un artiste de mérite, rappelez-vous que votre *pion* vous l'a annoncé le premier.

« — Oh! monsieur, dit Baudouin, rouge jusqu'aux oreilles, bien volontiers. »

Il fallut pourtant rentrer au bercail, reprendre le chemin du lycée. Émeraude reprit sa place sur mon sein, en attendant qu'elle reçût dans mon pupitre une hospitalité définitive.

Quant à Perroche et à Tanguy, ils avaient passé leur après-midi en retenue, à écrire plusieurs fois de suite le récit de Théramène.

CHAPITRE VII

GRANDEUR ET DÉCADENCE D'UN TRIOMPHATEUR.

MON RIVAL PARMENTIER — AU PARLOIR.

Le samedi me réservait deux agréables surprises. La première à la classe du matin. La récitation des leçons venait de s'achever, quand M. Delacour, prenant un papier sur la tablette de la chaire, nous dit :

« Messieurs, je vais vous donner le résultat de la composition en version latine. Je dois commencer par vous déclarer sans détour que je n'ai pas été précisément émerveillé de la manière dont elle a été faite. Pas une seule copie n'est véritablement bonne ; la plupart sont au-dessous du médiocre, et quelques-unes sont tout à fait mauvaises. Je ne voudrais pas juger la classe sur d'aussi piètres spécimens, et j'espère que les souvenirs encore tout chauds des vacances ont une part d'action dans cette infériorité générale. Mais il ne faut pas vous dissimuler que vous avez beaucoup à travailler si vous voulez vous mettre au niveau de ce que doit être un bon élève de sixième... Cela dit, voici l'ordre des places. »

Tout le monde écoutait. On aurait entendu voler une mouche.

« Premier, Besnard !... Deuxième, Parmentier !... Troisième, Verschuren !... Quatrième, Cazaubon !... Cinquième, Piffard !... Sixième, Mandrès !... »

La lecture de la liste se prolongea longtemps. Mais, dès le deuxième nom, elle n'était plus pour moi qu'un murmure vague et monotone. La surprise et la joie faisaient passer un éblouissement devant mes yeux, bourdonner mes oreilles et battre mon cœur avec violence. J'avais rougi jusqu'aux cheveux quand toute la classe, à l'appel de mon nom, s'était tournée vers moi.

Parmentier, qui jusqu'à ce moment avait probablement ignoré mon existence, fit comme les autres et sembla prendre la mesure de ce nouveau lutteur. Néanmoins, il n'y eut pas un murmure, pas un chuchotement, tant chacun était intéressé dans le résultat de cette première épreuve.

Enfin la lecture prit fin. Un mouvement se fit dans la classe.

« Eh bien ! descends donc au *banc d'honneur !* » me dirent mes voisins, étonnés de voir que je ne bougeais pas.

C'était un peu par ignorance de ce qu'on entendait par là, beaucoup parce que j'étais complètement abasourdi du bonheur qui me tombait sur la tête comme une tuile, et à la pensée de la joie que ma mère aurait à l'apprendre. Voyant pourtant que Parmentier, Verschuren, Cazaubon, les dix premiers enfin prenaient place au banc inférieur, devant le professeur, dans l'ordre de classement, je ramassai mes cahiers et je vins m'y asseoir aussi, au bout laissé libre pour moi.

J'étais donc en possession pour huit jours de ce poste enviable et envié !

Si mon premier mouvement avait été la surprise, le second, je dois en convenir, fut une défiance absolue de mes forces et de la possibilité pour moi de garder ce rang. Parmentier, devenu mon voisin, était visiblement préoccupé, mais je crois bien que je ne l'étais guère moins.

C'est presque machinalement que j'écrivais le devoir du jour sous la dictée du professeur. Tandis que la plume courait sur le papier, obéissante aux sons que percevait mon oreille, mon esprit était ailleurs. Je m'interrogeais moi-même, je reconnaissais le peu que je savais, et je me disais que je n'avais pu devoir cette place inespérée qu'au hasard ou à la médiocrité universelle des compositions. Mais en même temps je sentais que ce succès m'élevait au-dessus de moi-même, me révélait la possibilité de vaincre, me faisait une obligation de la lutte à outrance.

« Personne ne peut se promettre d'être toujours premier, me disais-je. On est plus ou moins bien disposé le jour de la composition, on a l'esprit plus ou moins lucide, le sujet est plus ou moins à votre gré ; et enfin ce n'est pas d'une façon absolue que l'on est jugé, mais par comparaison avec l'effort de soixante autres concurrents... Donc, il y a une part de chance, une part qui appartient au prochain, dans ce steeple-chase... Mais ce que chacun a le droit et le devoir de se promettre, c'est de faire tout son possible, à chaque classe, à chaque étude, à chaque instant de l'année, pour mériter ce premier rang, et c'est ce que je me jure de faire !... Je suis au *banc d'honneur*, réservé aux dix premiers de la semaine ; eh bien ! il faut à tout prix que je ne le quitte pas une seule fois dans le courant de l'année ! »

Comme j'achevais de prendre avec moi-même cette héroïque résolution, la dictée finissait. Je me demande combien de bévues j'avais pu y introduire ! Pour commencer de tenir mon serment d'Annibal, j'aurais assurément beaucoup mieux fait de porter toute mon attention sur ce travail. On a du temps de reste au dortoir, en récréation ou en promenade, pour faire des projets. AGE QUOD AGIS, — *fais bien ce que tu fais*, est un précepte qu'il est bon d'appliquer à tout dans la vie, à la dictée orthographique comme à l'élaboration des plans de campagne. J'eus bientôt l'occasion de m'en apercevoir.

La dictée avait pris fin ; c'était un de ces exercices que M. Delacour avait l'habitude de corriger séance tenante, sans nous laisser le secours du dictionnaire ou de la grammaire, afin de mieux nous faire toucher du doigt l'énormité de nos erreurs.

En ma qualité de premier, il me fit l'honneur de m'appeler au tableau noir, pour transcrire phrase par phrase le texte français qui nous avait été dicté et donner la raison de mon orthographe.. Une douche d'eau glacée, me tombant sur la tête à la fin d'une partie de barres, ne m'aurait pas causé une impression plus désagréable que cette exhibition publique au milieu de mon triomphe.

Je suis obligé de l'avouer à ma honte, l'orthographe n'avait jamais été mon fort. En tout cas, ce que j'en savais était plutôt le résultat d'une habitude machinale ou d'un certain flair instinctif, que d'une théorie complète et vraiment scientifique. En un mot je possédais plutôt le don peu apprécié dans les écoles primaires, qu'on appelle « l'ortho-

J'EFFAÇAI JUSQU'A LA MOINDRE TRACE DE CRAIE.

graphe naturelle », que je n'avais des principes solides. C'était une des lacunes de mon éducation. Qui n'a pas les siennes? En outre, c'était la première fois de ma vie que j'étais appelé à répondre en public, et cela au tableau, pendant une épreuve prolongée, sur le front d'un amphithéâtre où soixante paires d'yeux étaient braquées sur le petit campagnard, obscur il y a dix minutes, et tout à coup placé en pleine lumière! Comme j'aurais volontiers abdiqué, à ce moment, les onéreux devoirs de ma souveraineté!... Mais le vin était tiré, — il ne restait qu'à le boire.

Je m'avançai vers le tableau, de l'air le plus assuré qu'il me fut possible de prendre ; je saisis l'éponge comme un homme qui se noie empoigne une planche qui flotte à sa portée; j'effaçai avec un soin méticuleux jusqu'à la moindre trace de craie qui pouvait avoir été laissée sur le tableau, et j'attendis.

M. Delacour reprit la dictée de la première phrase, et j'écrivis comme ci-dessous :

« *Les blés que nous avons vu semer sont déjà mis en grange, mais ceux que nous avons vu germer ne sont pas encore coupés.* »

Quand j'eus fini, M. Delacour demanda, à ma sincère horreur :

« Qui voit une ou plusieurs fautes dans cette phrase ? »

Dix mains se levèrent à la fois.

« Vous, Verschuren? dit le professeur.

— Il faut *semés*, *germés*, au lieu de *semer*, *germer*.

— Non, ce n'est pas cela... Vous, Cazaubon ?

— Il faut écrire *vus semer*, *vus germer*, et non pas *vu*.

— Ce n'est pas encore cela... Vous, Parmentier !

— On doit écrire *vu semer*, mais *vus germer*.

— Très bien... Et la raison grammaticale ?

— C'est qu'un participe passé suivi d'un infinitif est variable lorsqu'il a pour complément direct le pronom qui le précède, invariable quand il a pour complément direct l'infinitif qui le suit.

- Parfait... Vous entendez, messieurs. Il est très important de bien retenir cette règle. Pourriez-vous donner un moyen pratique pour distinguer les deux cas l'un de l'autre.

— Quand l'infinitif peut se tourner en participe présent sans que le sens en soit altéré, le participe est variable. Il reste invariable dans le cas contraire. Ici, par exemple, les blés que nous avons *vus germer ou germant*, c'est-à-dire faisant l'action de germer, — tandis qu'on ne pourrait pas dire sans absurdité : les blés que nous avons *vus semant...* »

Pendant toutes ces explications, j'étais resté assez penaud devant le tableau. Je conservai pourtant assez de présence d'esprit pour corriger sans mot dire la faute que j'avais commise et substituer à mon orthographe celle de Parmentier.

« Passons à la seconde phrase, » reprit M. Delacour.

Je l'écrivis ainsi :

« *Feue madame votre tante et moi nous avons été élevées à la même pension.* »

Cette fois encore je me trompais, et ce fut Parmentier qui donna la solution, *Feu* est invariable devant un nom commun, s'il en est séparé par un déterminatif.

La troisième phrase était un vers de Voltaire :

« Au siècle de Midas, on ne voit point d'Orphées. »

Cette fois enfin j'avais eu la chance de ne pas faire de

bévue, et je sus dire que les noms propres prennent la marque du pluriel quand ils sont employés, par extension, comme noms communs, pour désigner des catégories de personnes.

M. Delacour, qui avait l'excellent principe de toujours épargner l'amour-propre des enfants, comme j'eus fréquemment plus tard l'occasion de le constater, profita de ce que j'avais bien résolu cette difficulté pour me renvoyer à ma place et appeler Parmentier au tableau.

Je revins m'asseoir, la tête assez basse et sentant bien que mon prestige momentané avait reçu un coup des plus sensibles. Cette impression ne fut pas modifiée par l'examen de Parmentier, qui résolut à merveille la plupart des petits problèmes grammaticaux de la dictée.

Très décidément l'avantage lui restait. Sans doute, il avait réfléchi de son mieux aux solutions, tandis que je me laissais aller à faire des projets !

Quoi qu'il en soit, j'étais resté fort humilié d'avoir trouvé la roche Tarpéienne si près du Capitole, quand une occasion inespérée se présenta de me relever. Peut-être n'était-elle pas tout à fait accidentelle, et j'ai toujours soupçonné M. Delacour d'avoir ce jour-là cherché à établir entre nous un véritable concours, afin de prendre sur nos capacités une opinion décisive. Il arriva donc qu'aux exercices orthographiques succéda un exercice sur l'arithmétique.

C'est à Verschuren, cette fois, qu'échut le périlleux honneur d'être appelé au tableau, et M. Delacour lui proposa une simple division sur laquelle le brave garçon échoua radicalement.

Mandrès fut appelé à la rescousse, et, après avoir sué

sang et eau sur le tableau, arriva à trouver un *reste* plus
gros que le diviseur.

Piffard lui succéda et trouva un *quotient* de quatre
chiffres, alors que le dividende n'en avait que trois.

Enfin Parmentier revint au tableau et parvint à donner
le véritable quotient; mais interrogé subsidiairement sur la
valeur précise de la fraction surnuméraire qui restait, il ne
sut fournir que des explications insuffisantes.

Le feu de l'émulation courut dans mes veines. Je levai
la main, et comme j'étais seul à solliciter l'épreuve, M. Delacour m'envoya au tableau pour la seconde fois.

Je repris la division de Parmentier en en donnant tant
bien que mal la théorie, j'expliquai comment je reportais
les centaines surnuméraires aux dizaines, les dizaines aux
unités, et je démontrai, à la satisfaction générale, quelle
était la valeur exacte de ces unités qui restaient, une fois
la division faite, comment on énonçait et on écrivait cette
fraction.

Ah! digne Monsieur Thomas, arpenteur-géomètre à Saint-
Lager, comme je vous bénissais dans mon cœur à ce moment!
C'est de vous que je tenais ces connaissances précieuses!...

M. Delacour me dit un *très bien* qui mit du baume sur
mon amour-propre, et je revins à mon banc, triomphant
pour la seconde fois.

La classe s'était remise à penser que, si j'avais été *premier*,
ce n'était pas tout à fait par hasard. Mais j'avais frisé de trop
près la déconfiture pour me laisser griser cette fois par le
succès, et je remarquai fort bien que Parmentier avait pris
des notes copieuses sur cette difficulté arithmétique, sans
doute pour s'en informer au logis.

Aussi, tout le temps de la récréation qui suivit la classe, mes réflexions allaient-elles leur train en jouant aux billes avec Baudouin, et je me demandais comment je pourrais faire pour conserver mes avantages. Des conseils mieux autorisés que ceux de ma jeune cervelle m'étaient réservés pour la journée même.

A peine, en effet, étions-nous sortis du réfectoire pour la récréation de midi, que la voix formidable de Garelou m'appela à la claire-voie :

« Besnard !... Besnard !... »

J'accourus les cheveux au vent.

« Au parloir ! » beugla le tambour.

Il me semblait qu'il n'en finirait pas d'ouvrir cette maudite grille !

L'instant d'après, j'étais dans les bras de maman, sous le tableau d'honneur encore vide. Mon père était avec elle et tante Aubert aussi.

« Pauvre mignon !... Comme il est gentil avec son képi ! (*Je devais être tout simplement hideux.*) Comme il a grandi ! (*En cinq jours tout juste.*) Mais pâli aussi !... Tu n'es pas malade, au moins, mon chéri ? »

C'est tante Aubert qui parlait.

« Non, merci, ma tante, je me porte à merveille. Je ne me suis jamais mieux porté. Je suis premier en version latine !... »

Mon père et ma mère ne furent pas spécialement émerveillés de cette nouvelle ou ne voulurent pas le paraître. Mais ma tante Aubert entra aussitôt en extase.

« Premier ! pauvre chéri ! Je pense bien que tu es premier ! qui voudrait s'aviser d'être avant toi ? Tu es si intelli-

gent, mon bijou!... Et toujours à lire, à travailler. Ne te
fatigue pas au moins! ne va pas te rendre malade!... Le fils
de Valladier, le forgeron, tu sais bien, — mais non, tu es si
jeune, tu ne peux pas te rappeler, — enfin il étudiait trop,
le pauvre jeune homme, il travaillait trop son latin, et il en
est mort, rappelle-toi ça.

— Allons, tante Aubert, n'exagérons rien, dit mon père
en riant, le jeune Valladier avait une fièvre typhoïde, si j'ai
bonne mémoire, et le docteur Bouvier, beaucoup plus que le
vénérable père Lhomond, a sa mort sur la conscience. Mais
causons sérieusement, Albert : comment te trouves-tu de ta
nouvelle vie?

— Le mieux du monde, cher père, et, si seulement je pou-
vais vous voir plus souvent, je serais tout à fait heureux.
Savez-vous qu'il y a cinq grands jours que je vous ai quittés!
Il me semble qu'il y a un an.

— Et moi, dit tante Aubert en donnant un libre cours à
son émotion dans son grand mouchoir bordé de noir, pareil à
une serviette, et moi, *Bébert*, il me semble qu'il y a des années! Les congés du jour de l'an n'arriveront donc jamais?...

— Bon! nous avons le temps d'y penser, dit mon père.
Mais toi, fillot, parle-nous un peu de ta vie. Travailles-tu
bien en classe? T'amuses-tu ferme en récréation? C'est le
grand principe, vois-tu! Es-tu content de tes camarades, et
te trouvent-ils à leur gré? »

Tante Aubert l'interrompit :

« Es-tu bien nourri? As-tu ton café le matin et a-t-on soin
de border ton lit le soir? Pauvre petit, je suis sûre qu'on te
néglige beaucoup... Tu as faim, peut-être? Voici quelques
livres de chocolat que je t'apporte dans mon cabas.

— Grand merci, tante Aubert, ce n'est jamais de refus. Mais je vous assure que nous sommes très bien. Et bon papa, comment va-t-il ?

— Ah ! dit mon père en devenant subitement soucieux, tu lui manques, mon garçon. Il ne sait plus à qui conter ses histoires, le soir. Nous l'aurions amené avec nous ; mais ses maudits rhumatismes l'ont repris, et il n'aurait pas fait bon pour lui de se trouver par les chemins à la fraîcheur... Ah ! tu lui manques, mon garçon.

— Et il me manque joliment aussi, allez ! Écoutez, petit père, et vous aussi, maman, et vous aussi, tante Aubert, vous ne vous fâcherez pas, mais je vais vous dire un grand secret. Quand je me trouve au lit, le soir, tout seul, dans ce grand dortoir, et que je pense à vous tous avant de m'endormir, c'est à peu près le seul moment où j'ai bien le temps, vous comprenez ; — eh bien ! c'est surtout à bon papa que je pense. Il me semble qu'il est perdu pour moi et que je ne le verrai plus. Vous, je sais que je vous retrouverai aux vacances, ou quand mes études seront finies, que nous avons des années et des années à passer ensemble. Mais bon papa, qui est si vieux, est-ce qu'il pourra attendre que je sois bachelier ?

— Parbleu ! nous l'espérons bien ! s'écria mon père, s'efforçant de rire pour cacher son émotion. Le grand-père est droit comme un chêne et se propose bien de vivre jusqu'à cent ans... Allons, n'aie pas de ces idées-là, fillot, parle-nous de tes études. Tu as été premier. C'est bien, il faut tâcher de l'être chaque fois. »

Mon père en parlait bien à son aise. Pensait-il que ce fût si aisé ? Je le lui dis, comme cela me venait.

« Aisé, peut-être pas, dit-il, mais possible, à coup sûr.

Un enfant qui se met dans la tête d'être toujours premier et qui fait tout ce qu'il faut pour cela ne manque pas d'y arriver. Il peut, cette année ou ce semestre, avoir affaire à un gaillard plus énergique que lui, et qui sait mieux s'y prendre pour travailler ; la chance des compositions peut ne pas le favoriser : mais s'il continue à poursuivre son but sérieusement, d'arrache-pied, sans s'en laisser détourner, le moment vient toujours où la fortune se corrige... Pour moi, je te l'avoue, mon enfant, je ne serai pas content à moins que tu n'aies le prix de Pâques... Remarque qu'il n'est pas nécessaire, pour y arriver, d'être le premier chaque fois : il suffit de l'être plus souvent qu'un autre. Tu as bien commencé dès ton arrivée ; eh bien ! il ne s'agit que de continuer !

— Ma foi, je ne demande pas mieux, répondis-je en me grattant l'oreille. Je ferai mon possible en tout cas. Mais j'ai un terrible concurrent dans Parmentier.

— Bon ! qui n'a pas son Parmentier dans la vie ? Crois-tu, par exemple, qu'au concours régional d'agriculture il n'y ait pas plus d'un propriétaire qui serait bien aise de nous damer le pion, à ton grand-père et à moi ? Eh bien ! nous nous escrimons de notre mieux, nous nous tenons à l'affût de tous les perfectionnements, nous ne laissons pas passer une bonne idée sans l'expérimenter, et, ma foi, c'est ainsi que nous enlevons, nous aussi, notre prix de Pâques aux expositions.

— J'essayerai, cher père, je ferai de mon mieux, voilà ce que je puis vous promettre, dis-je tout à fait électrisé par cette comparaison.

— Et ne te fatigue pas trop, surtout, recommanda tante Aubert.

— Ah! Est-ce qu'on peut se fatiguer au lycée? reprit mon père. Toutes les heures sont si bien réglées qu'il s'agit seulement de remplir exactement ses devoirs, minute par minute, pour arriver aisément au but... »

Nous en étions là quand le tambour roula sous la voûte, — et il fallut se séparer.

Maman me serra sur son cœur, tante Aubert exhiba deux ou trois pots de confitures supplémentaires, et de grosses larmes montèrent à ses yeux tandis qu'elle me recommandait en grande confidence de mettre les bas de laine qu'elle m'avait tricotés.

Quant à mon père, après m'avoir quitté, il me rappela pour me décocher cette flèche du Parthe :

« J'ai oublié de te dire quelque chose d'assez important : l'opinion personnelle de M. l'inspecteur d'académie est que tu peux très bien avoir ce prix de Pâques, si tu veux t'en donner la peine... Mon opinion, à moi, c'est que, si tu l'as, on pourrait peut-être reparler, pour les vacances, de ce fameux fusil dont tu as tant envie... mais je te préviens : il me faut deux prix au moins pour cela, — le prix d'excellence, qui en suppose pas mal d'autres à la fin de l'année, — et le prix de gymnastique, que j'estime presque à l'égal de tous les autres ensemble.

CHAPITRE VIII

« Papa en parle à l'aise, me répétais-je en revenant au quartier. Le prix de gymnastique aussi !... Je crains bien de n'avoir guère brillé avant-hier à cet exercice. »

Le fait est que c'est à peine si j'avais donné un instant d'attention distraite à notre première leçon de gymnastique. Encore cette attention s'était-elle exclusivement portée sur le capitaine Biradent, notre professeur. Quant aux mouvements d'ensemble qu'il nous avait fait exécuter, je les avais simplement considérés comme la plus odieuse des corvées. Pour me les faire digérer, il n'avait fallu rien de moins que la figure étrange de celui qui les commandait.

Petit, maigre, droit comme un I, brun comme un pruneau d'Agen, son pays, avec des yeux de faucon, un nez d'aigle et une moustache d'un noir de jais, quoiqu'il eût les cheveux gris, il se serait fait remarquer partout, ne fût-ce que par la vivacité extraordinaire de ses gestes et la volubilité non moins extraordinaire de sa langue. Il s'agitait toujours

13

et parlait sans s'arrêter, avec un accent!... un accent qui
aurait scandalisé les balayeurs sur la promenade du Gravier,
dans la patrie du poète Jasmin...

On ne pouvait guère passer cinq minutes en sa compagnie
sans apprendre qu'il avait pendant douze années consécu-
tives exercé les fonctions de sergent-instructeur au 31e bataillon des chasseurs à pied. Tout le monde sait ou devrait
savoir que cet illustre bataillon n'a pas son pareil dans l'armée française, ni probablement dans aucune armée. Or, à
quoi aurait-il pu devoir cette supériorité incontestée, sinon
aux enseignements du sous-officier Biradent? L'univers en
convenait du reste : le général Didier, aussi bien que le général Regnaud; le général Maury, aussi bien que le général
Albanel, avaient à diverses reprises constaté dans les ordres
du jour l'admirable instruction de la 3e compagnie.

Après avoir noblement payé sa dette à la patrie et s'être
retiré à l'âge réglementaire « avec quatorze campagnes,
deux blessures, trois citations, la médaille militaire et une
pension de deux cent vingt-huit francs trente centimes, »
comme il le rappelait en moyenne dix à douze fois par jour
dans sa conversation, le sous-officier Biradent avait sauté à
pieds joints aux grades supérieurs en devenant capitaine des
pompiers de Châtillon-sur-Lèze. Il avait introduit dans ce
tranquille petit chef-lieu le goût de la gymnastique, qui y
était à peu près inconnue avant son ère, et il n'avait pas
tardé à obtenir les fonctions d'instructeur au lycée.

C'était la mode, quand j'y arrivai, de se moquer de *Bira-
daintlt*, car on ne manquait jamais de prononcer son nom,
à son propre exemple, comme s'il se fût terminé par une
demi-douzaine de *t*. Il avait une manière si véritablement

comique de dire : *une... deusse! — tête à droite...* FIXE ! — *tête à gauche...* AUCHE! qu'il était impossible de ne pas avoir envie de rire en sa présence. Quant à rire ouvertement, c'était une autre affaire : le capitaine n'entendait pas raillerie et avait bientôt fait de vous expédier au censeur avec requête d'une punition exemplaire. Mais comme on se rattrapait aussitôt qu'il avait le dos tourné !

Tout cela ne contribuait guère d'ailleurs à développer parmi les élèves le goût de l'art charmant, — ou pour mieux dire de la science indispensable, — qu'il était chargé de nous inculquer. On exécutait bien les mouvements qu'il ordonnait, mais c'était presque à contre-cœur. Pour mon compte, je n'y avais pas apporté le moindre entrain.

Il faut dire que la première leçon n'avait été rien moins qu'intéressante. Elle avait eu lieu dans la cour, sans appareils et même sans costumes. Le capitaine nous avait rangés sur deux lignes, puis il nous avait répartis en pelotons de dix élèves, et enfin il nous avait fait passer une heure sous la direction de cinq à six moniteurs empruntés aux divisions plus avancées, à exécuter les *tête à droite, tête à gauche,* — *peloton par le flanc droit,* — *à gauche alignement,* et autres exercices élémentaires. J'en étais revenu assez las, mais nullement enthousiasmé.

Néanmoins, le mot de mon père m'avait donné à réfléchir. J'en causai avec Baudouin. J'avais déjà pu remarquer qu'il était fort adroit et très passionné pour tous les exercices du corps.

« Ma foi, me dit-il, je ne suis pas comme toi, cette première leçon m'a beaucoup amusé. C'est tout simplement *l'école de peloton,* comme on la fait faire aux soldats, sais-tu ?

— A quoi bon alors? m'empressai-je d'objecter, nous ne sommes pas soldats !

— C'est clair, mais nous le serons un jour, et d'ailleurs ce qui est bon pour les soldats est bon pour nous, puisqu'il s'agit de développer notre force et notre adresse comme il s'agit de développer la leur... Mais veux-tu que nous fassions une chose? Puisqu'on dit Biradent si bavard, pourquoi ne lui demanderions-nous pas des renseignements à lui-même sur l'utilité de ces exercices? »

Cette idée me séduisit vivement et je l'approuvai sans réserve.

« Oh! j'aimerais tant d'être fort! reprit Baudouin. Fort comme ce Milon de Crotone dont il était question dans la version latine de l'autre jour. C'est ça qui doit être agréable, hein, de pouvoir empoigner un taureau par les cornes et l'arrêter net devant soi! ou bien simplement d'infliger une bonne correction à un gaillard qui veut faire le malin! Eh bien! c'est par la gymnastique seulement qu'on y arrive... »

Cette considération m'avait déjà préparé à aborder avec plus de goût la seconde leçon. Ce qui acheva de me convertir, c'est qu'elle eut lieu cette fois dans le gymnase proprement dit, et que, nos costumes étant prêts, nous eûmes à les revêtir pour les exercices. Ils se composaient d'une simple blouse et d'un pantalon de toile grise avec des sandales et une large ceinture bleue à anneaux d'acier.

Le gymnase était établi dans une grande galerie vitrée élevée, à cet effet, au fond de la cour des moyens et à laquelle les perches, les cordes lisses et à nœuds, les échelles, les trapèzes, les anneaux, les barres horizontales, les chevaux de bois rembourrés et les machines fixes de tout genre dont elle était encombrée, donnaient l'aspect le plus fantastique et à mes yeux le plus nouveau.

Le capitaine se promenait de long en large sur l'arène de sable fin, les mains derrière le dos, la tête penchée sur sa poitrine, les jambes perdues dans un pantalon à la hussarde qui flottait comme une jupe, le buste cambré dans une veste de drap noir.

Il ne parut même pas remarquer notre entrée et attendit que nous nous fussions rangés silencieusement sur deux files et divisés par pelotons à la distance sacramentelle.

S'arrêtant alors tout à coup, il nous fit face, mit sa main dans l'ouverture de sa veste et articula ce commandement :

« Attention!... *A droite alignement... Fixe!* »

Il se mit alors à nous faire répéter les exercices de la première séance. Puis, quand il fut à peu près satisfait de l'ensemble, il nous fit passer à la seconde série de mouvements.

« Nous allons maintenant, dit-il avec son inimitable accent, exécuter le pas gymnastique, d'abord sur place et puis en marchant... Au commandement de *marche!* vous partirez du pied gauche ; vous levez la jambe et la cuisse de manière à ce que la cuisse soit tout à fait horizontale et la jambe verticale, la pointe du pied très basse; puis vous reposez le pied à terre, sans frapper. Vous reprenez le même mouvement du pied droit et vous continuez en comptant une... deusse !... une, deusse !... La position du corps et des bras doit rester verticale, pendant que les membres inférieurs sont seuls en action... ainsi... »

Joignant l'exemple au précepte, il commença de danser sur place. Puis, reprenant la parole :

« Ce n'est pas tout, poursuivit-il. Il s'agit d'exercer vos poumons en même temps que vos jambes, et pour cela il n'y a rien de tel que de chanter. Voici donc la petite poésie que vous allez répéter à pleine voix, tout en marquant le pas :

> « Une... *deusse!* Une... *deusse!* (1)
> Allons en cadence.
> Une... *deusse!* Une... *deusse!*
> Voilà notre danse.
> Une... *deusse!* Une... *deusse!*
> Tenons-nous un peu mieux. .
>
> Mes amis la souplesse
> Va bien à la jeunesse.
> Nous le sentons dans nos membres nerveux.
> Allons, point de mollesse,
> Que personne ne laisse
> Son corps pencher ni se plier en deux!
> Allons, point de faiblesse!
>
> Une... *deusse!* Une... *deusse!*
> Nous allons déjà mieux. »

On peut penser si ces couplets célèbres furent accueillis avec enthousiasme. Quand on propose à des lycéens de dix à douze ans de crier à plein gosier, on peut s'en rapporter à eux pour l'exécution. Elle n'est pas toujours harmonieuse, mais elle est toujours pleine d'entrain.

Nous nous mîmes donc à l'œuvre avec ardeur, et dix minutes ne s'étaient pas écoulées, que nous exécutions déjà le mouvement avec une précision très suffisante, et que les

---

(1) Ce chant pratique est emprunté à l'excellent *Traité de gymnastique* de M. Laisné, où nous avons également puisé quelques indications techniques.

voix fausses étaient, comme disait le capitaine, « rentrées
dans l'alignement. »

Ah ! nous y allions de bon cœur, cette fois, tous tant que
nous étions, même les paresseux et les récalcitrants ! Ce
chant naïf était si entraînant qu'il n'y avait pas moyen de
résister au rythme.

Quand nous fûmes bien fatigués, ce qui arriva vite, car le
pas gymnastique est très pénible au début, le capitaine ordonna un repos, puis nous permit de passer aux exercices individuels sur le trapèze et les anneaux. La surveillance de cette
partie du programme était laissée aux moniteurs, et le professeur reprit aussitôt sa promenade sur le sable de l'arène.

L'occasion nous parut favorable pour l'aborder. Peut-être,
à un autre moment, Baudouin et moi y aurions-nous mis plus
de réserve et de timidité, mais nous étions si surexcités par
l'ivresse du mouvement, que nous ne doutions plus de rien.
C'est Baudouin, au surplus, qui prit la parole :

« Capitaine, dit-il en s'avançant, nous voudrions bien
vous demander quelque chose... »

Le héros, qui était naturellement ombrageux, nous jeta
un regard torve et sembla, d'abord, flairer quelque mauvaise plaisanterie. Mais la figure honnête et franche de Baudouin le rassura sans doute, car il dit assez doucement :

« Qu'y a-t-il, mon garçon ? Parlez.

— Eh bien, Besnard et moi nous avons eu une discussion
l'autre jour à propos de gymnastique. Nous voudrions devenir très forts tous deux, et nous ne savons pas comment nous
y prendre. Peut-être auriez-vous la bonté de nous dire ce
qu'il vaut le mieux faire ?

— Avec grand plaisir, dit le capitaine. Je suis là tout

exprès. Mais la recette est bien aisée : il n'y a qu'à exécuter consciencieusement les mouvements qui vous sont ordonnés, en y mettant toute votre volonté et toute votre énergie. Vous pouvez d'ailleurs les répéter individuellement en récréation. Il n'y a que l'exercice constant, acharné qui puisse donner la force. »

Ici je me hasardai à formuler mon doute.

« Est-ce que ces mouvements d'ensemble que nous venons d'exécuter ont la même importance que les exercices individuels au trapèze ou aux barres parallèles, par exemple ? »

La figure du capitaine s'éclaira d'une espèce de rayonnement, — son sourire à lui. — Le sujet était tout à fait de son goût et je venais, sans m'en douter, de lui tenir l'étrier pour enfourcher son dada.

« Évidemment, dit-il, toute la gymnastique est combinée de manière à ce qu'il n'y ait rien d'inutile dans ce qu'on vous fait faire. Les mouvements d'ensemble sont bien destinés dans une certaine mesure à vous donner l'*esprit de corps*, mais ils sont en même temps la meilleure des préparations aux autres exercices... »

Ici le capitaine s'anima visiblement.

« Songez donc, poursuivit-il, que toute votre chair est formée de muscles distincts et à fonction spéciale, c'est-à-dire d'espèces de cordages plats, par l'effort desquels sont mis en mouvement des leviers qui sont vos os et des poulies qui sont vos articulations. De la puissance de ces cordages plats dépend votre force individuelle. Or, chacun de ces muscles ou cordages plats ayant, comme je viens de vous le dire, un rôle distinct, il faut l'exercer séparément, par le mouvement correspondant, si l'on veut arriver à lui donner

tout l'effet dont il est susceptible. Tel est précisément le but
de ces exercices préparatoires qu'on vous fait exécuter ensemble pour en varier la monotonie... »

La voix du capitaine Biradent s'était élevée, et, petit à
petit, un cercle attentif s'était formé autour de nous.

« Il y a des gens qui disent, reprit-il : — « A quoi bon
ces tours de force? Je ne veux pas être un acrobate ou un
athlète... » Comme si tout le monde n'avait pas, un jour ou
l'autre, besoin de toute sa force, et ne se trouvait pas très
bien de l'avoir exercée? N'est-ce donc rien que de pouvoir
compter sur soi-même au milieu des dangers ou simplement
dans les circonstances ordinaires de la vie? N'est-ce rien de
pouvoir au besoin sauter un fossé, escalader un obstacle,
accomplir une belle ascension de montagne ou repousser
une attaque? Moi qui vous parle, je me suis tiré d'affaire par
la gymnastique dans au moins vingt occasions difficiles ou
périlleuses. Je ne vous dis rien des cas qui se sont présen-
tés dans ma carrière militaire : il est trop aisé de comprendre que la force et l'adresse y sont de première nécessité. Mais je prendrai simplement pour exemple un accident
qui m'est arrivé dans la vie civile et qui peut arriver à
tout le monde... L'an dernier, je passais tranquillement un
soir, vers minuit, dans la rue aux Fèves, quand le sol man-
qua sous mes pieds, et je tombai à cinq mètres de profondeur
dans le fond d'un vieux puits d'égout. Fort heureusement il
était à sec, et j'eus le bonheur, grâce à la gymnastique, de
tomber sur mes pieds, sur les pointes, bien entendu, et
non sur les talons. Mais que faire là, tout seul, à pareille
heure? Fallait-il attendre le lever du jour, avec la perspective de recevoir dans l'intervalle deux ou trois maladroits sur

la tête? C'était peu réjouissant. Fallait-il crier, appeler à l'aide? Quelle humiliation pour un homme bien constitué!... Je me résolus à sortir de là tout seul, comme j'y étais tombé. Mais ce n'était pas chose facile, sans perche, sans échelle, sans appui d'aucun genre! Le puits était lisse comme... comme un puits qu'il était. N'importe! Quand je fus un peu remis de la secousse, je m'appuyai avec le dos contre le mur, sur lequel je posai également mes mains à plat, de chaque côté. Cela fait, j'appuyai mon pied droit contre le mur opposé, et je me raidis sur cette jambe comme si j'avais voulu élargir le puits. Une fois bien arc-bouté de la sorte, je plaçai mon autre pied à côté du premier, mais un peu plus haut. Puis, avançant légèrement mon dos, je m'élevai de quelques centimètres. Je recommençai le mouvement, et, par une suite de progressions vermiculaires, je finis par me trouver à l'orifice du puits. Si je fus satisfait quand ce fut achevé, je n'ai pas besoin de vous le dire, et vous l'auriez été à ma place... Mais assez de bavardage... Aux anneaux!

— Oh! capitaine, encore une histoire, une histoire de guerre cette fois! demanda Baudouin.

— Nous verrons ça plus tard, quand tout le monde aura passé aux anneaux à ma satisfaction... Je vous dirai alors comment la 3ᵉ compagnie du 31ᵉ bataillon monta un jour à l'assaut, grâce à la gymnastique. »

De mémoire de professeur, on n'avait vu des débutants s'acquitter aussi bien de leurs exercices que nous le fîmes sous l'empire de cette promesse. En vingt minutes, nous avions tous subi l'épreuve et nous attendions la récompense de notre valeur.

JE FINIS PAR ME TROUVER A L'ORIFICE DU PUITS.

Le capitaine nous avait regardés faire en silence et s'exécuta sans plus tarder.

« Vous saurez donc, reprit-il en passant la main sur sa moustache, d'un geste qui lui était familier, que nous nous trouvions alors en Algérie, en face d'un petit fort appelé El-Nabeh et qui barrait le chemin de la colonne expéditionnaire. Il n'y avait peut-être pas quatre cents Arabes dans cette bicoque, mais ils étaient si bien commandés et si bien armés, et leur position était si formidable, que depuis cinq jours ils défiaient les efforts d'une division. On manquait d'artillerie de *siège* pour les réduire régulièrement. Les prendre par la famine, ce pouvait être long. On y pensait pourtant, quand le 31ᵉ bataillon de chasseurs à pied reçut l'ordre de rejoindre la colonne. A peine étions-nous arrivés que le général me fit appeler. J'étais alors instructeur de la 3ᵉ compagnie, et elle avait dans toute l'armée la réputation d'une compagnie modèle. Le général me montra un des bastions du fort et me dit : « Biradent, avant vingt-quatre heures, il faut que nous soyons là dedans! » Je répondis : « Général, nous y serons demain matin si vous voulez seulement nous masquer par une bonne canonnade, et occuper les assiégés par une diversion. — A demain matin donc, » me dit-il. Je partis et je commençai par aller reconnaître la position. Puis j'envoyai une corvée me couper dans les bois voisins une soixantaine de bonnes perches de cinq à six mètres de long, au bout desquelles je fis fixer un fort crochet de fer. Enfin je choisis parmi mes hommes les soixante gaillards les plus dégourdis. Cela fait, je les envoyai se coucher. Au point du jour nous étions prêts.

« Le général commença par faire opérer sur tout le front

du fort une série d'attaques simulées qui déroutèrent complètement l'ennemi. Puis il fit ouvrir une canonnade nourrie
contre le bastion, et fit mettre le feu à des fougasses nom-
breuses aussi près du fossé que possible. En quelques minutes, la fumée nous cacha la vue de l'ennemi et nous rendit
en même temps invisibles. Je reçus alors l'ordre d'avancer.

« Suivi de toute la compagnie, je m'élançai dans le fossé
avec mes soixante hommes, chacun portant sa perche. Cependant la canonnade allait son train, la fusillade se mettait
de la partie, les fougasses éclataient toujours et la musique
des trois régiments exécutait ses meilleurs morceaux. Ce fut
un véritable coup de théâtre. Avant même que les Arabes
pussent se douter de ce qui leur tombait sur la tête, mes
hommes étaient arrivés au pied du mur, avaient accroché
leurs perches au rempart, et, grimpant après comme des
singes, le couronnaient sur une étendue de cent mètres au
moins. Toute la compagnie, protégée par nous d'en haut,
suivit si lestement qu'on aurait dit une compagnie de diables.
Nous ne mîmes pas cinq minutes, montre en main, à grimper
tous avec armes et bagages, et à planter le drapeau du bataillon sur le bastion. Les pauvres *Arbis* furent si stupéfaits
qu'ils ne songèrent même pas à résister et jetèrent leurs
armes !... Le général le dit dans son ordre du jour : « On se
demande quels sont les obstacles qui pourraient arrêter une
armée dont tous les hommes seraient aussi bien exercés que
ceux de la 3e compagnie ! » Et il avait bien raison, le général. Mais en voilà assez pour aujourd'hui... En place ! En
place !... *Attention !... A droite alignement...* FIXE !... *Par le
flanc droit...* ARCHE !... »

Et nous quittâmes le gymnase.

CHAPITRE IX

« L'EXEAT ». — SANS EXEMPTION! — LES DÉLICES
D'UN JOUR DE SORTIE.

J'ai eu bien des jours de sortie dans le cours de ma vie
scolaire, mais je n'en ai jamais eu qui m'ait laissé des souvenirs aussi vifs que le premier.

Une semaine à l'avance, j'avais écrit à la maison pour
bien rappeler à mon père que c'était pour le jeudi 3 novembre à dix heures précises. Qu'il n'allât pas l'oublier au
moins! Je ne voulais pas perdre une minute.

J'avais bien un correspondant à Châtillon, — M. Levert,
un notaire, — et au cas où personne n'aurait pu venir de
la maison, il était convenu qu'on m'enverrait chercher de
chez lui. Mais je tenais essentiellement à sortir avec mon
père, et il tenait autant que moi à ne pas me priver de ce
bonheur.

Dès six heures du matin, un garçon de service était venu
chercher la liste de ceux qui comptaient sortir, et à neuf
heures, pendant la seconde étude, les paquets d'*exeat*
étaient revenus de chez le proviseur, munis de son visa.

Avant de nous les distribuer, M. Pellerin les passa en revue.

« Verschuren, dit-il, M. le Proviseur a refusé vos *exemptions*. »

Cette nouvelle causa une vive émotion non seulement chez celui qu'elle touchait personnellement, mais dans toute l'étude. S'il fallait en croire Perroche, ce n'était rien de moins qu'un *coup d'État*. (Il était d'ailleurs fort peu intéressé dans la question, attendu qu'il n'avait peut-être pas, une fois dans sa vie, possédé un de ces précieux bouts de papier, appelés exemptions.) C'était en tous cas une atteinte grave portée à la charte constitutionnelle qui nous avait régis jusqu'ici. L'attitude de Verschuren l'avait sans doute rendue nécessaire.

FAC-SIMILÉ D'EXEMPTION

LYCÉE DE CHATILLON

EXEMPTION

Valable pour le 1er semestre 18... accordée à l'élève N...

Châtillon, le .... novembre 18...

Le *Professeur*,   *Le Proviseur*,
E. DELACOUR.   A. RUETTE.

Sous le nom d'*exemptions,* on entendait, au lycée, des billets imprimés de couleur et valeur variables, qui étaient accordés, soit pour une bonne place obtenue au concours, soit pour des notes satisfaisantes du professeur ou du maître d'études. La place de *premier*, par exemple, ou un *très bien pour tout* sur les notes hebdomadaires valait une *exemption blanche* du proviseur; la place de *second*, ou des *très bien* mêlés de *bien*, une *exemption rouge* du censeur.

Il était de principe que toute punition infligée directement par un professeur ou un maître sans l'intervention des autorités administratives, pouvait toujours être rachetée par un ou plusieurs de ces billets, et c'est ce qui leur valait le nom d'*exemptions*. Une privation de sortie, par exemple, pouvait se conjurer par le payement de deux exemptions rouges; — une retenue ou privation de promenade, par une seule exemption blanche; — un pensum de cent lignes, par une exemption rouge, et ainsi de suite.

On comprend aisément que ce système offrait des facilités singulières à ceux qui étaient d'humeur à en abuser. Un bon élève, une fois son portefeuille bien garni de ces espèces de billets de banque, pouvait affronter, avec la certitude de l'impunité, toutes les colères de son maître d'études. En général, on n'abusait pas de cette faculté, par la raison que les bons élèves s'exposent rarement à des punitions, et un peu aussi chez nous parce que M. Pellerin était aimé; mais enfin il y a des exceptions partout, et Verschuren II en était une preuve. On le désignait ainsi parce qu'il avait un grand frère au lycée, dans la classe de rhétorique.

Excellent garçon au fond, intelligent et laborieux à ses heures, il était presque toujours bien placé aux compositions, et il avait parfois de bonnes notes. Mais, par instants, il lui prenait des lubies de dissipation et de contradiction, et alors il n'y avait pas d'excès auxquels il ne se laissât entraîner. Habituellement, d'ailleurs, il était remuant, tapageur, très peu soigneux de sa personne et déplorablement adonné à l'habitude de faire des niches et des grimaces. Son grand bonheur était de se retrousser les paupières et de *faire l'aveugle* sous son pupitre; ou encore de serrer sous son pied des cornets de papier gonflés d'eau ou même d'encre, qu'il pointait contre le pantalon d'un camarade; — ou de se livrer à quelque autre gentillesse du même ordre.

Il y a un passage d'un vieux livre que je n'ai jamais lu, plus tard, sans songer involontairement à Verschuren II, c'est celui où le joyeux auteur de *Gargantua* raconte que son héros « toujours se chauffourait le visage, acculait ses souliers, se mouchait à ses manches, se grattait où ne lui démangeait point, battait les buissons sans prendre les oisillons et croyait que les vessies fussent des lanternes. »

Le comble de la joie pour lui était d'attirer sur sa tête une punition méritée, puis, le moment venu, de tendre d'un air digne une *exemption* au maître d'études en disant :

« Je *paye.* »

C'est précisément ce qui s'était produit la veille. Depuis quelques jours, Verschuren s'était montré si obstinément indiscipliné, que M. Pellerin avait dû le signaler au censeur pour une privation de sortie. Il n'en avait fait que rire et avait dit très haut :

« Ça m'est égal, je *paye!* » en agitant deux exemptions blanches.

Or c'étaient justement ces exemptions que M. Ruette lui-même, sur l'avis du censeur, venait de refuser. Qui eut la mine basse? Ce fut le pauvre Verschuren. Jamais, depuis ce jour, il ne s'exposa plus aux privations de sortie.

Cependant, chacun des élus avait reçu un billet qui devait lui permettre de franchir la porte extérieure, après l'avoir fait viser par le maître de service à la sortie, et l'avoir remis au père Barbotte.

Voici le fac-similé d'un de ces *exeat :*

LYCÉE DE CHATILLON

EXEAT

L'élève N...

    Sortie du 3 novembre 18...

Le maître répétiteur
de service,   *Le Proviseur,*

                      A. Ruette.

À dix heures sonnantes, l'appel commença. J'attendais mon tour avec une impatience fébrile. Les deux minutes qui s'écoulèrent avant qu'il arrivât, me parurent deux siècles. Enfin mon nom fut jeté aux échos du couloir !

Je dégringolai l'escalier quatre à quatre, et sous la voûte, à l'endroit même où mon père m'avait quitté le jour de mon entrée, je le trouvai tout rose de plaisir et souriant. Si je l'embrassai à l'étouffer, on peut l'imaginer ! Il me le rendit bien.

Maman, toujours maladive, n'avait pu venir ; tante Aubert était restée auprès d'elle ; — nous allions passer la journée tout seuls et faire les garçons.

Les formalités furent vite remplies, le visa obtenu, le
père Barbotte dépassé, — et nous voilà dans la rue !

Quelle ivresse ! que l'air me semblait pur, la vie bonne
et le pavé élastique ! J'avais mon uniforme au grand complet, cette fois, et deux galons sur ma manche, par-dessus
le marché, en ma qualité de *sergent* de ma classe, et j'étais
libre au bras de mon cher papa, et nous avions neuf heures
devant nous ! Je regrette d'avouer que je regardais avec un
dédain absolu les galopins que nous rencontrions sur notre
route et qui ne possédaient pas ces divers avantages. Mais
tous les raisonnements du monde ne m'eussent pas fait
admettre qu'il y eût une situation comparable à celle
d'élève interne au lycée de Châtillon. Faiblesse si l'on
veut, c'était la mienne, mais bonne faiblesse. Heureux ceux
qui savent être contents de leur sort et l'envisager par son
bon côté.

Nous fîmes un tour dans la ville sous les arcades, au
musée. Puis nous nous dirigeâmes vers l'*Hôtel de France*,
où je commençai par aller à l'écurie faire une visite d'amitié
à la *Grise*. La brave bête m'accueillit par un hennissement
familier qui m'émut, mais je n'avais pas le temps de m'a-
bandonner à un seul sentiment. La cloche de l'hôtel nous
appelait à table d'hôte, et mon estomac parlait aussi haut
que la cloche.

Quel festin ! Jamais je ne l'oublierai. Une longue table
avec des verres dans lesquels des serviettes étaient dis-
posées en cascades, des plats montés, des gâteaux monu-
mentaux et des pyramides de fruits. Tout autour, vingt
ou trente convives venus pour affaires à Châtillon, les jurés
de la session d'assises qui allait s'ouvrir, des voyageurs de

LES DÉLICES D'UN JOUR DE SORTIE.

commerce, deux ou trois touristes étrangers. Les garçons
entrant affairés avec des plats énormes, le cliquetis des
verres et des fourchettes, les questions du jour traitées à
haute voix, l'air satisfait de tout ce monde, le bon appétit
et la bonne humeur de mon père, et mon ravissement à moi,
— tout cela m'est resté dans l'œil et dans l'esprit comme
une de ces visions que le pinceau d'un grand peintre eût
seul été digne de fixer sur la toile.

Ce que je bus, ce que je mangeai, je n'en sais trop
rien ; mais je me levai enchanté du repas, enchanté des
plaisanteries d'un gros monsieur à breloques qui était notre voisin de table, et de la tasse de café que j'avais sa-
vourée après le dessert. Pensez que le garçon m'avait
demandé gravement si je voulais un « petit verre! » Je
l'avais refusé, mais c'était une initiation définitive à la vie
d'homme.

« Maintenant, mon garçon, nous allons fumer un cigare
sur le cours, » dit mon père.

Il va sans dire que c'était lui seul qui fumait. Mais il avait
certes bien raison de dire *nous,* car je m'associais de cœur
à cette opération. Le temps était clair et beau : il y avait
de la musique, du monde et des toilettes sur la promenade.
Il me semblait que toute la ville avait les yeux fixés sur
mes galons.

Un cirque ambulant appelait les amateurs à sa représentation de jour, à grand fracas de cymbales et de tambours.
Nous y entrâmes et nous vîmes les chevaux dressés en
liberté, les chiens savants, les clowns, le bouvreuil qui
tirait le canon, et les demoiselles qui passaient dans des
cerceaux. Nous vîmes quelqu'un de bien plus intéressant

encore : Parmentier, assis, en chair et en os, presque en
face de nous, avec deux dames ! C'était à mes yeux le personnage le plus important qu'il y eût au monde, et je m'empressai de le montrer à mon père qui le regarda avec quelque intérêt. Mais quelle ne fut pas à mon tour mon émotion,
quand je me vis de sa part l'objet d'une attention réciproque !
Lui aussi il m'avait reconnu, et il me désignait à ses amies.
Nous restâmes ainsi en présence, nous lorgnant du coin de
l'œil, après avoir échangé un salut qui ne manquait pas de
dignité, et aussi vivement empoignés l'un que l'autre par
cette dramatique rencontre.

On sortit. Un tir ouvrait sa porte tout auprès du cirque.
Mon père, qui ne résistait jamais au plaisir de faire feu,
y entra avec moi.

C'était un long couloir au bout duquel des cibles, des
pipes de terre, des poupées de plâtre et des figures de tôle
s'offraient aux balles des tireurs. Sur le devant, une barrière à hauteur d'appui marquait leur place, et un homme
leur remettait les pistolets tout chargés.

Mon père en essaya une douzaine et eut bientôt fait un
carton digne d'être accroché parmi les plus beaux de la
collection.

Quant à moi, j'obtins aussi la permission d'éprouver mon
adresse.

J'étais profondément ému quand j'abaissai mon arme en
visant au cœur un bonhomme de fer-blanc habillé en général étranger. Au moment où je pressai la détente, ce fut
plus fort que moi, je fermai les yeux.

Paf ! le coup partit en me secouant terriblement le bras.

Aussitôt, en regardant devant moi, je vis *une autre*

poupée de tôle placée à plus d'un mètre du général, et qui représentait un simple sapeur, me faire un salut respectueux. C'est elle que j'avais touchée en visant le général !

Je n'en dis rien à personne et je me gardai bien de risquer un autre coup qui aurait pu nuire à mon prestige.

De là nous allâmes au café, — oui, au *Café du Commerce*, le plus beau de la ville, avec ses murs dorés, ses tables de marbre, son comptoir gigantesque et son lustre monumental. Et qui pensez-vous que j'aperçus dans un coin, tout de suite en entrant ? — Le capitaine Biradent en personne, qui lisait son journal en fumant une énorme pipe, comme un simple mortel. Il ne fit seulement pas attention à moi.

Il était environ cinq heures, et il y avait beaucoup de monde dans la grande salle ; presque toutes les tables étaient occupées. C'étaient des jeunes gens, des officiers en uniforme, tous buvant, fumant, bavardant, tandis que, de l'estaminet voisin, arrivait le bruit des billes d'ivoire s'entre-choquant sur les billards.

« Que veux-tu prendre ? » me dit mon père.

J'étais fortement embarrassé, quand un garçon en tablier blanc me tendit une tablette sur laquelle était inscrite une longue liste de boissons variées. Que de liquides dont je ne connaissais même pas le nom, Dieu merci !

Après une étude approfondie, je jetai mon dévolu sur une liqueur dont le nom me parut plein de promesses : cela s'appelait *crème de cacao*, et je puis dire que c'était d'une saveur médiocre, car j'ai eu depuis la curiosité d'en goûter de nouveau. Mais, ce jour-là, je n'hésitai pas à penser que cela ne pouvait être comparé qu'au nectar versé par la jeune Hébé aux dieux de l'Olympe.

Mon père, lui, se contenta de boire un verre de chartreuse et saisit cette occasion pour me donner un avis que
j'ai toujours retenu :

« Je t'ai amené ici, Albert, me dit-il, pour que tu saches
et que tu voies par toi-même ce qu'est un café. Tu es interne
au lycée, il n'y a pas de danger pour toi à entrer une fois
par hasard et avec moi dans un établissement de ce genre.
Mais quand tu seras grand garçon et livré à toi-même, rappelle-toi bien que, de toutes les habitudes que peut prendre
un jeune homme, il n'y en a pas de plus facile à contracter
et de plus pernicieuse que celle de fréquenter les cafés.
C'est là qu'il gaspille le meilleur de son temps, qu'il noue
des amitiés dangereuses, et qu'il perd le goût du travail. Je
n'ai jamais vu un jeune homme qui évite les cafés manquer
de réussir dans sa carrière. Quant à ceux qui les hantent
habituellement, regarde ce qu'ils deviennent... »

Et mon père me montra, du coin de l'œil, non loin de
nous, un groupe de jeunes gens à la tenue débraillée, au
teint flétri, à l'attitude harassée, misérables pygmées qu'une
chiquenaude aurait jetés à terre, et qui semblaient les spécimens de quelque race dégénérée. Ils étaient là se disputant,
en jouant aux cartes, le privilège de ne pas payer leur
« consommation », fumant sans plaisir des cigares plus forts
qu'eux et buvant de grands verres d'une liqueur verte.

« C'est de l'*absinthe,* reprit mon père, un poison spécial
qui a la propriété d'abrutir les plus forts. Ces messieurs
trouvent apparemment qu'ils ont de l'esprit de reste et qu'il
est indispensable d'en laisser le superflu au fond de leurs
verres. Quelle misère ! Les beaux soldats que cela fera à la
France, le jour où elle aura besoin d'eux !... Quand je vois

des choses pareilles, il me prend envie de sauter sur ces
galopins et de leur tirer les oreilles.... Allons-nous-en,
tiens ! »

Nous nous levions pour sortir quand un mouvement assez
vif, dans le fond du café, attira notre attention. Nous
eûmes la curiosité d'aller voir de quoi il s'agissait. J'étais
certes loin de m'attendre au spectacle dont nous fûmes
témoins.

Deux lycéens de la division des moyens venaient d'être
accostés par le capitaine Biradent qui prenait leurs noms et
les notait sur son calepin. Leur mine déconfite et humiliée,
les cigares qu'ils cachaient maladroitement derrière eux,
les verres d'absinthe qui se trouvaient sur la table où ils
s'étaient assis tout seuls, disaient assez de quel délit les
malheureux s'étaient rendus coupables. Le capitaine Biradent, qui avait reçu, paraît-il, mandat du proviseur pour
réprimer ce genre d'incartades, ne manquait pas, les jours
de sortie, de faire le tour des estaminets de la ville.

Les deux coupables durent quitter immédiatement le café
pour aller avertir leurs correspondants qu'ils rentraient au
lycée sans délai, à peine d'expulsion. Si cette retraite fut
flatteuse pour leur amour-propre, on peut aisément l'imaginer.

Vivement impressionné par ce tragique événement, je me
dirigeai avec mon père vers la demeure de M. Levert. Au
roulement de huit heures j'étais rentré au bercail, et je me
demandais dans mon lit si je ne rêvais pas et s'il était possible qu'une journée passât aussi vite.

CHAPITRE X

Le lendemain vendredi, à la récréation du matin, une étrange nouvelle se répandit dans le lycée avec une rapidité télégraphique. Perroche et Tanguy avaient disparu !... Personne ne pouvait dire de quelle façon, ni depuis combien de temps....

Privés tous deux de sortie, ils avaient fait partie d'une colonne mixte d'élèves de toutes les divisions, envoyée en promenade vers le bois du Gros-Tesson, sous la surveillance d'un maître auxiliaire. Depuis ce moment on n'avait plus leur trace.

Au retour de la colonne pour l'heure du goûter, leur absence avait passé inaperçue. Le maître auxiliaire, connaissant imparfaitement les élèves confiés à sa garde, n'avait pas remarqué qu'ils lui manquaient. Le soir, au dortoir, le vide de deux couchettes avait été mis au compte de retardataires restés chez leurs correspondants. Bref, c'est seulement à l'étude du matin que M. Pellerin constata les

deux absences et reconnut que Perroche et Tanguy manquaient à son total.

Il savait bien, lui, qu'ils avaient été privés de sortie et
ne pouvaient pas, par conséquent, s'être attardés chez leur
correspondant. Il s'était assuré, après le lever, que personne ne restait au dortoir pour cause de maladie. Il n'y
avait donc qu'une conclusion à tirer, — c'est que les deux
illustres personnages s'étaient éclipsés la veille.

Un rapport sommaire au censeur fut immédiatement suivi
d'une enquête rapide, et en moins d'une demi-heure un fait
resta sinon avéré, du moins vraisemblable : c'était au cours
de la promenade *extra muros* que les deux compères
avaient disparu.

Qu'étaient-ils devenus ?

C'est ce que nous nous demandions tous avec une in-
tense curiosité, — curiosité qui fut bientôt portée au comble, quand nous nous vîmes appelés l'un après l'autre chez
M. le Censeur et soumis à un interrogatoire serré sur ce
que nous pouvions savoir à cet égard. Quelle était notre
opinion personnelle sur l'événement ? Perroche ou Tanguy
avaient-ils indiqué des projets d'évasion ? Il était de notre
devoir de dire ce que nous savions, car on pouvait craindre
que les malheureux enfants n'eussent été les victimes de
quelque accident !

La plupart d'entre nous n'eurent naturellement à donner
que des réponses absolument négatives. Quelques-uns de
ceux qui avaient été consignés et qui avaient fait partie de
la colonne envoyée au Gros-Tesson, purent seuls confirmer
l'opinion générale, qui faisait remonter la disparition à
l'heure de la promenade. Verschuren, notamment, donnait

à entendre par ses clignements d'yeux qu'il en savait long
sur l'affaire. Mais, en somme, il ne voulut rien dire.

Ce mystérieux événement fut encore le sujet des conversations à la récréation de dix heures. A midi, on n'y
pensa plus guère. A quatre heures, c'était tout à fait de l'histoire ancienne.

Il était environ sept heures du soir, et nous étions tous
au quartier, plongés dans notre thème grec, quand un
grand bruit de pas se fit entendre dans le couloir. Il y eut
là des va-et-vient, comme un piétinement de galoches et de
grosses bottes, puis un bruit de chaînes et un murmure de
voix confuses. Nous écoutions avec anxiété.

Enfin la porte s'ouvrit. Le censeur pénétra dans l'étude,
et, derrière lui, le spectacle le plus inattendu s'offrit à nos
regards.

Deux gamins déguenillés, à demi vêtus de haillons sor-
dides, chaussés de gros sabots et noirs de peau comme des
ramoneurs, firent leur entrée. Ils étaient *enchaînés* et tenus
en laisse par un gendarme ! Puis venait un maréchal des
logis que nous reconnûmes d'emblée, à certains traits dis-
tinctifs de son martial visage, comme le père de notre
camarade Piffard. Enfin le proviseur fermait la marche.

Tout le monde se leva, selon l'usage, et considéra en
silence le groupe singulier que formaient au milieu de
l'étude les deux prisonniers et leur escorte.

Il nous semblait bien reconnaître Perroche et Tanguy
sous la suie dont ils étaient masqués. Mais l'apparence
qu'ils se fussent ainsi déguisés ! Cela ne paraissait pas possible. On ne se salit pas de la sorte à plaisir, et ne trouve
pas qui veut des loques comme celles qui les couvraient. Le

mendiant le plus endurci aurait rougi de se montrer dans
ce déshabillé. Les malheureux baissaient les yeux vers le
parquet, ce qui achevait de rendre leur physionomie encore
plus malaisée à distinguer.

M. Ruette mit fin à notre indécision.

« J'ai tenu, nous dit-il, à vous ramener vos camarades
dans le brillant costume qu'ils avaient adopté au moment
où la force publique les a appréhendés au corps. Ce joli
monsieur-là que vous vous évertuez vainement à reconnaître, n'est autre que Perroche. Celui-ci est Tanguy. Re-
gardez-les bien, et voyez où les ont conduits vingt-quatre
heures d'école buissonnière. »

Un cri d'étonnement, mêlé pour quelques-uns d'une véritable stupeur, salua cette présentation. Les deux coupables
ne riaient pas, eux. Je les vis distinctement rougir sous leur
noir de fumée.

Le proviseur reprit gravement :

« Profitant de la demi-liberté de la promenade, Tanguy
et Perroche se sont soustraits à la salutaire discipline du
lycée, pour aller courir les aventures. Tristes aventures,
s'il faut en juger par les résultats! Je n'insiste pas, mes
enfants, sur l'énormité d'une faute qui a eu pour effet de
nous causer depuis ce matin de terribles inquiétudes. Je suis
trop heureux que les deux fugitifs aient été retrouvés sains
et saufs, — sinon tout à fait en bon état, — pour les punir
bien sévèrement. Cependant, il ne serait pas juste qu'ils
reprissent tout simplement leur place au milieu de vous,
sans aucun *memento* de leur désertion. Ils seront donc
privés de sortie pendant un mois, et de plus je les condamne
à garder jusqu'à l'heure du coucher l'élégante livrée qu'ils

ont rapportée de leur escapade... Pour une récidive, je serais plus impitoyable, et je renverrais simplement les coupables à leur famille... Maintenant, monsieur le gendarme, voulez-vous avoir l'obligeance de rendre la liberté à vos prisonniers? »

Le brave soldat s'empressa d'obtempérer à l'invitation et d'ouvrir, à l'aide d'une petite clef, la serrure des menottes qui retenaient au bout de leur chaîne les poignets des deux malheureux. Puis, avec son chef, il quitta l'étude.

M. Ruette et le censeur ne tardèrent pas à se retirer aussi, après avoir échangé quelques mots avec M. Pellerin.

Un murmure de réprobation et de chuchotements étouffés s'éleva aussitôt de tous les bancs.

Ahuris, comme hébétés, Perroche et Tanguy étaient restés au milieu de la salle. La lumière crue des quinquets tombait sur eux, éclatante, inexorable, et nous montrait dans toute son horreur le déplorable état de ces enfants prodigues. Ils étaient véritablement affreux à voir et en avaient le sentiment. Que n'auraient-ils pas donné pour pouvoir se soustraire à nos regards?

M. Pellerin eut pitié d'eux.

« Allons, messieurs, qu'on se remette au travail, nous dit-il. Et vous, ajouta-t-il en s'adressant aux deux coupables, à vos pupitres! »

Ils s'y traînèrent lentement.

Tanguy, en arrivant à sa place, cacha sa tête dans ses mains et ne bougea plus. Perroche était toujours mon voisin de gauche : il s'affaissa plutôt qu'il ne s'assit sur son banc.

« Sais tu quelle heure il est et si nous allons bientôt souper? » me demanda-t-il à demi-voix. Il avait une faim de loup.

Comment pouvait-il avoir faim avec une tête pareille ? Mais tel était son tempérament ; au milieu du plus terrible naufrage, il aurait pensé, avant toute chose, au biscuit.

« Encore un quart d'heure d'étude, lui répondis-je, heureux de le voir prendre son désastre par le bon côté.

— *Fichue baraque !* reprit-il, on ne peut même pas manger à son heure !... Quand on est libre, au moins on fait ce qu'on veut, on reste à table tout à son aise, on dîne quatre fois par jour, on mange six fois du dessert si cela vous va !...

— Bah ! Est-ce que vous vous seriez amusés ? » demandai-je, légèrement alléché par ce programme.

Ma passion des voyages se réveillait subitement en moi.

« Ah ! je t'en réponds ! fit Perroche avec un accent qui me parut un peu forcé. Sans ces maudits gendarmes !...

— Perroche, je vous serai très obligé de réserver vos confidences pour la récréation de demain ! dit M. Pellerin qui surveillait les deux coupables. Et vous, Besnard, occupez-vous de votre thème ! »

Le silence se rétablit. Pendant quelques minutes, on n'entendit plus que les plumes grinçant sur le papier. La face de Tanguy restait toujours cachée entre ses mains.

Bientôt, pourtant, je n'y tins plus.

« Pourquoi êtes-vous si noirs et si déguenillés ? demandai-je à Perroche en feignant de chercher un livre dans mon pupitre.

— Ah !... voilà !... fit-il. Nous sommes joliment déguisés, hein ?

— Vous auriez pu choisir un accoutrement plus propre.

— Bah ! pourvu qu'on soit libre, on se moque bien d'être élégant ou non !

— Perroche, je vous y prends encore? reprit M. Pellerin. A la troisième observation, je serai obligé de sévir. »

Assez honteux d'avoir été l'occasion de la mercuriale, je me remis au travail. L'étude s'acheva sans incident. Au fond, Perroche commençait à piquer ma curiosité.

Au réfectoire, l'entrée des deux nègres marrons fit sensation. On se les montrait de table en table, on se communiquait à l'oreille la façon dont leur retour s'était effectué, et l'on ne se gênait pas pour sourire.

Toutes manifestations qui semblaient fort pénibles à l'amour-propre de Tanguy. Il avait les yeux très rouges, comme s'il se fût laissé aller sur son pupitre à un accès de désespoir humide, et mangeait en silence, d'un air sombre et farouche.

Quant à Perroche, sans perdre un coup de dent, il semblait dire par son attitude que nos railleries lui étaient à peu près indifférentes. Enhardi même par nos mines curieuses, il en vint bientôt à se vanter ouvertement de ses prétendus exploits.

« C'est hier soir que nous avons bien dîné ! fit-il tout à coup. Mon cher, figure-toi une omelette grande comme la moitié de cette table, avec un tas de petits morceaux de lard, — quelque chose de savoureux, de fondant, enfin un véritable chef-d'œuvre !

— Et avec l'omelette? » demanda indiscrètement Verschuren.

Perroche parut légèrement interloqué.

« Avec l'omelette?... »

Il chercha dans sa tête et ne trouva probablement rien, car il reprit :

« Ah! dame, c'était à la campagne, tu comprends!... En pleine forêt... Une ferme déserte au milieu des bois! Il ne faut pas demander à des paysans de vous donner ce qu'ils n'ont pas. A la guerre comme à la guerre... mais pour une fière omelette, c'était une fière omelette, — n'est-ce pas, Tanguy? »

Tanguy fit de la tête un signe équivoque et mélancolique. Cela pouvait à la rigueur passer pour une approbation. Mais évidemment ce n'était pas de l'enthousiasme.

« Et les noix, hein, Tanguy, — elles étaient fameuses aussi! reprit Perroche s'échauffant d'autant plus, à la pensée de ce festin rustique, que son complice semblait moins disposé à en vanter les splendeurs. Jamais je n'ai mangé de noix pareilles!

— En somme, vous avez dîné avec une omelette et des noix, reprit l'impitoyable Verschuren. Ce n'est pas très *fameux!*

— Oh! il est clair que nous n'avons pas eu un banquet à trois services! répliqua Perroche du ton d'un voyageur qui a acquis une profonde expérience des quatre parties du monde. Avec tes idées, on resterait toujours dans son trou sans voir du pays. Il faut savoir s'accommoder aux circonstances, que diable! »

Ces réflexions s'accordaient trop bien avec les principes que j'avais toujours vu émettre par les voyageurs célèbres pour n'avoir pas ma chaleureuse approbation.

« Sans doute, m'empressai-je de dire : on est quelquefois bien heureux en voyage d'avoir pour dîner un morceau de *pemmican*, ou même une racine de *manioc...* »

Le *pemmican* et le *manioc* étaient deux de mes articles de foi. Je croyais fermement que ces deux mystérieuses substances faisaient le fond de l'alimentation de tous les grands voyageurs.

«... On n'a pas tous les jours la chance de tomber sur un arbre à *pain* ou d'abattre un *kanguroo* pour se faire un rôti, » ajoutai-je d'un air entendu.

Cette observation parut généralement marquée au coin du sens le plus pratique et fit remonter les actions de Perroche dans l'opinion de toute la table. Quant à lui, il m'en fut si reconnaissant, qu'en quittant le réfectoire pour monter au dortoir, il me dit en me poussant le coude :

« Verschuren est un idiot qui ne comprend rien aux voyages. Je te raconterai toute l'affaire demain matin à la récréation. »

On peut penser si j'attendis avec impatience ce bienheureux moment.

Les deux fugitifs, après un bain copieux, avaient repris la tenue du lycée, et étaient maintenant à peu près présentables, ce qui n'empêchait pas Tanguy d'être toujours sombre comme la nuit. Quant à Perroche, cette toilette avait achevé de lui rendre son aplomb.

« Tu veux bien que Baudouin écoute ton récit avec moi? lui dis-je en courant vers lui.

— Va pour Baudouin! fit-il d'un air majestueux. Mais il faut que vous me promettiez tous deux de ne pas répéter ce que je vais vous raconter, car vous pensez bien que ce n'est pas fait pour le commun des martyrs. »

Nous nous engageâmes sous les serments les plus solennels, et Perroche commença aussitôt :

17

« Vous saurez donc, nous dit-il d'un ton d'oracle, que j'ai toujours eu la passion des voyages. Mais je ne me contente pas, comme certaines gens, des aventures plus ou moins véridiques qu'on trouve dans les livres. Il me faut l'expérience personnelle, l'émotion du danger, la nouveauté des spectacles. J'avais donc résolu depuis longtemps d'explorer les bois de Gros-Tesson, dont on nous permet à peine, en promenade, de longer la lisière.

« Avant-hier jeudi, étant privé de sortie comme à l'ordinaire, il m'a paru que l'occasion était favorable. Mon projet était d'abord de disparaître pendant la promenade et de rentrer le soir avec vous autres, à l'heure où vos correspondants vous auraient reconduits. J'en ai causé avec Tanguy qui m'a demandé à être de la partie. Entre nous soit dit, on ne me reprendra plus à rien entreprendre avec Tanguy. Tanguy est une *mazette*. Du reste, si j'ai consenti à l'accepter comme compagnon de voyage, c'est simplement parce qu'il avait cent sous. Moi, je n'avais que vingt centimes. Vous comprenez que je n'aurais pas pu aller bien loin...

« L'affaire conclue, nous sommes partis en promenade. Aussitôt que les rangs ont été rompus, nous nous sommes cachés derrière une haie, et nous n'avons pas tardé à rester seuls. Quand la division a été hors de vue, nous avons filé du côté opposé.

« Nous n'avions pas fait cent pas vers les bois, que Tanguy commençait à geindre.

— « Où allons-nous, maintenant? disait-il, nous voilà frais! Nous allons nous perdre pour sûr... »

« J'avais bonne envie de le planter là et de le laisser s'en retourner avec la division, mais les cinq francs m'en empê-

APRÈS LA REPRÉSENTATION, IL NOUS TENDIT
SON BONNET.

chaient, vous comprenez !... Bref, nous avons marché, nous avons marché, et nous sommes arrivés au point où la route s'engage dans la forêt. Nous étions déjà pas mal fatigués; aussi nous sommes-nous assis sur un tas de pierres. Tanguy devenait tout à fait insupportable.

— « Nous voilà bien avancés, disait-il. Qu'est ce qu'il y a de curieux ici après tout? C'est bien la peine de tant se fatiguer ! »

« Enfin toutes les objections bêtes que les poltrons font généralement aux voyageurs, — par exemple, les compagnons de Christophe Colomb au moment même d'arriver en Amérique... J'étais très ennuyé, mais que faire? Nous étions en train de nous disputer assez vivement, quand tout à coup nous avons vu venir un homme qui traînait une petite charrette. Sur cette charrette il y avait un orgue de Barbarie...

« L'homme n'est pas plutôt arrivé devant nous qu'il s'est arrêté et qu'il a commencé de moudre son orgue.

« Figurez-vous un gaillard très brun, avec un bonnet en peau de renard, des anneaux d'argent aux oreilles, un foulard rouge au cou et un costume de velours vert bouteille.

« Tout en tournant la manivelle de son instrument, il s'est mis à nous faire des grimaces, — mais là des grimaces comme on n'en voit pas. Il était tout à fait hideux. Puis, tout à coup, il a commencé à siffler, en imitant sur l'air qu'il jouait le chant de tous les oiseaux possibles... Vous pensez si nous aurions aimé de pouvoir en faire autant ! Enfin, quand il a eu fini sa représentation, il nous a tendu son bonnet.

« Ma foi, je n'avais pas envie de lui donner nos pauvres sous, et je lui ai déclaré que nous n'avions pas de monnaie, mais seulement une pièce de cinq francs.

— « Peut-être ces messieurs aimeraient-ils mieux d'apprendre la *mousique?* » nous a-t-il dit alors d'un ton très gracieux, et sans avoir le moins du monde l'air fâché de notre refus.

« Naturellement je lui ai répondu que j'aimerais bien savoir siffler comme lui, et nous sommes devenus très bons amis. Il nous a appris alors qu'il s'appelait le *signor Pantaccione,* et qu'il était le fils d'un prince napolitain; mais sa passion pour la musique l'avait entraîné à entrer au Conservatoire de *mousique,* et après avoir eu tous les grands premiers prix à ce célèbre établissement, il avait débuté avec un succès prodigieux au théâtre de la Scala. Bientôt pourtant, fatigué de la monotonie de ces triomphes, il avait acheté sur ses économies cet orgue de Barbarie que nous voyions là, et il s'était mis à voyager à pied pour son plaisir.

« Son histoire n'était pas sans analogie avec la nôtre. Nous n'avons pas hésité à lui faire confidence du fait, et finalement il a été entendu qu'il consentait à nous recevoir en qualité d'élèves.

« Nous sommes donc repartis avec lui. Sans plus tarder, il a commencé de nous donner les premiers principes de l'art. Par exemple, ce n'est pas très drôle au début, parce qu'il faut se fortifier les poumons, et dans ce but faire des exercices très rudes, — tirer une charrette, en particulier, ou pousser à la roue aux montées... Enfin, il faut passer par là pour bien siffler.

« Nous avons marché très longtemps dans les bois, en nous exerçant ainsi, et, après bien des peines, nous sommes arrivés dans une petite ferme isolée. Il faisait tout à fait

nuit, et je n'ai pas besoin de vous dire que nous avions grand
appétit. Le paysan a commencé par assurer qu'il n'avait rien
à nous donner; mais Pantaccione était un homme de ressource. C'est lui qui, avec des œufs et du lard, nous a con-
fectionné cette glorieuse omelette dont je vous ai parlé.

« Et quelle soirée nous avons passée! Pantaccione n'en
finissait pas de nous raconter des histoires et de nous faire
des tours de passe-passe. Je vous réponds qu'il en sait de
drôles... Mais j'abrège mon récit. Comme nous étions très
fatigués, nous avons demandé à nous coucher, et le fermier
nous a cédé son lit, tandis qu'il restait au coin du feu à causer avec l'ami Pantaccione.

« Voilà ce qui s'appelle s'amuser, n'est-ce pas? »

J'étais presque de l'avis de Perroche, et je me faisais
une peinture délicieuse de ce dîner avec le joueur d'orgue,
grand prix des Conservatoires, dans une ferme isolée, et de
cette soirée passée au coin du feu, à écouter des contes.
Mais Baudouin, moins possédé que moi de la passion des
voyages, était naturellement sceptique.

« Dans tout cela, plaça-t-il ici, je ne vois pas pourquoi
vous êtes revenus habillés en ramoneurs.

— Attends donc! reprit Perroche d'un ton piqué. Tu es
trop pressé, aussi! C'est seulement le lendemain que la
catastrophe est arrivée... Les maudits gendarmes se sont
mis de la partie. Nous étions bien tranquillement endormis
dans un grand lit à baldaquin, et je te réponds que nous
étions disposés à faire la grasse matinée, quand Pantaccione
est arrivé à notre chevet et nous a dit à demi-voix en nous
secouant :

— « Ils sont là !

— « Qui là? avons-nous demandé.

— « Les gendarmes envoyés à votre poursuite... Le fermier les a vus qui montent le coteau. Dans dix minutes ils vont vous arrêter et vous mettre en prison... »

« Cette nouvelle a naturellement achevé de nous réveiller... Que faire? Où nous cacher?

— « Attendez! nous a dit alors le brave Pantaccione. Je vais demander au fermier s'il a quelques vieux habits à vous prêter... Ces costumes de lycéens vous dénonceraient trop... Puis je vous conduirai dans une cachette où les gendarmes ne vous trouveront pas, j'en réponds. »

« Le paysan avait justement quelques vieux haillons qu'il nous a jetés. Nous nous sommes hâtés de les revêtir et de passer par la fenêtre de derrière avec Pantaccione.

« Il nous a conduits dans le taillis, à une très grande distance de la ferme, jusqu'à un endroit où des charbonniers sont établis. C'est très curieux, leur manière de fabriquer le charbon. Ils font de grands tas de bois qu'ils couvrent avec de la terre, et qu'ils allument ensuite par dessous jusqu'à ce que le bois soit carbonisé. Cela prend plusieurs jours, et il y a ainsi des tas qui commencent à brûler, d'autres qui sont en train, et d'autres qui sont refroidis. Il y avait cinq hommes occupés à placer le charbon dans de grands sacs et à le ranger ensuite sous un hangar de branchages. Pantaccione nous a alors engagés à offrir nos services aux charbonniers, afin de dérouter les gendarmes s'ils venaient à passer, puis il est reparti vers la ferme pour voir comment allaient les affaires.

« Probablement il a craint d'être suivi en revenant, car nous ne l'avons pas revu. Ce qu'il y a de malheureux, c'est que, dans notre hâte, nous avions oublié notre argent dans nos poches.

« Il a donc fallu se résoudre à travailler *pour de bon* avec les charbonniers pour gagner notre déjeuner, — encore ce déjeuner ne se composait-il que d'un morceau de pain avec un oignon. Tanguy *faisait une tête!*... Non, c'est là vraiment un trop mauvais compagnon de voyage. Il n'a pas cessé de geindre tout le long du jour... Mais j'étais encore assez content, parce que je voyais une bonne soupe mijoter pour le dîner dans un des fours à charbon.

« Malheureusement, les gendarmes sont arrivés vers cinq heures, et la première chose qu'ils ont faite a été de nous demander nos papiers!... Nous n'en avions pas, bien entendu, et nous avons refusé de dire nos noms. C'est alors que nous avons été arrêtés et conduits à la prison cantonale, puis, sur une dépêche télégraphique du proviseur, ramenés ici.

— Je ne vois pas ce qu'il y a de bien amusant dans tout cela! remarqua Baudouin avec son bon sens ordinaire. Ton Pantaccione m'a tout l'air de vous avoir, tout en se moquant de vous, volé vos habits et votre argent, et vous n'avez gagné à votre escapade que de travailler comme des nègres pour les charbonniers, et à jeun encore! »

Perroche eut un regard de pitié pour ce profane et m'entraîna dans un coin de la cour pour me donner, à moi seul, de nouveaux détails sur la vie sauvage et sur les heures de prison.

Je ne me lassais pas de lui en demander, tout le long du jour, chaque fois que nous nous retrouvions en récréation. La mine déconfite de Tanguy aurait pourtant dû m'avertir que tout n'est pas rose dans ces sortes d'aventures, et le

scepticisme de Baudouin aurait dû réagir sur ma crédulité.
Mais rien n'y faisait. Je me traçais de cette expédition,
même après son triste dénouement, la plus brillante des
peintures. Telle était sur mon imagination l'influence dan-
gereuse de cet ordre d'idées, que, de toute la journée, il me
devint impossible de songer à autre chose. On peut penser
si mes devoirs et mes leçons en souffrirent.

Ces billevesées me poursuivirent jusqu'au dortoir, et je
me rappelle fort bien qu'en m'endormant je ne rêvais plus
que joueurs d'orgues, omelettes au lard et même sacs à charbon. Baudouin se serait bien moqué de moi, si je lui avais
dit la sotte admiration que ce malheureux Perroche avait
fini par m'inspirer. Aussi n'avais-je garde d'en souffler mot.
Mais il n'aurait peut-être pas fallu me presser beaucoup pour
m'engager dans une aventure du même genre.

Par bonheur, je devais bientôt apprendre ce que valent
ces ridicules équipées et à quoi elles se réduisent le plus
souvent.

Le dimanche matin, nous étions au quartier, quand
M. Ruette arriva pour nous donner lecture des notes hebdomadaires. A peine eut-il terminé :

« Messieurs, nous dit-il, je vais maintenant vous communiquer quelques extraits d'un rapport qui m'a été envoyé
par M. le Préfet au sujet de la triste escapade tentée par
Perroche et Tanguy. Vous y verrez à quelles associations, à
quels dangers redoutables mènent en général ces sortes de
plaisanteries.

« Le nommé Pantaccione, — disait le rapport, — est un
malfaiteur de la pire espèce, plusieurs fois condamné pour
escroquerie, et placé sous la surveillance de la police...

C'est en le trouvant vendredi matin sur la route de Gros-Tesson, porteur d'un paquet dans lequel étaient pliés deux uniformes complets de lycéen, que l'attention de la gendarmerie départementale a été éveillée sur cette affaire. Cet homme a été mis en état d'arrestation, et de ses aveux est promptement résultée la certitude qu'il avait imaginé tout un système de fables pour déterminer les nommés Tanguy et Perroche à se revêtir de haillons en échange de leurs uniformes... *Ces deux jeunes imbéciles* ont été retrouvés, six heures plus tard, travaillant dans une fosse à charbon où Pantaccione les avait décidés à se réfugier. Après leur avoir fait traîner la veille sa charrette à bras, *à la place d'un âne* qu'il a perdu récemment, il n'avait rien trouvé de mieux que de les placer là, en les dépouillant de leurs habits et de leur argent. Encore peuvent-ils s'estimer heureux, après avoir passé presque toute une journée sans manger, avoir été écroués à la prison cantonale comme *vagabonds*, et avoir été *mis à la chaîne* pour rentrer au lycée, d'en être quittes à si bon marché!... Ils auront à comparaître comme témoins quand l'affaire de Pantaccione sera appelée devant la Cour d'assises. »

C'était là le dénouement de mes rêves de la veille! Perroche et Tanguy associés à un voleur, obligés bientôt d'aller étaler leur honte devant un tribunal! Il me semblait, en écoutant cette lecture accablante, que je tombais de cent pieds de haut. Ah! comme je me promis bien, maintenant que je voyais où pouvaient conduire de telles aventures, de ne plus jamais en caresser l'idée!

Si tout le lycée se moqua de Perroche et de Tanguy, on peut aisément l'imaginer. Mais ils n'en furent pas quittes à si bon marché. A ces railleries vinrent bientôt s'ajouter les justes reproches et la douleur de leurs familles. Enfin, le journal du département fit de leur mésaventure un récit humoristique qui eut un grand succès de gaieté. Ce récit fut reproduit par les journaux de Paris, et ne tarda pas à faire le tour de la presse étrangère. En moins de six semaines, la moitié du globe sut ainsi qu'il y avait au lycée de Châtillon deux *jobards* nommés Perroche et Tanguy.

Heureusement on ne savait pas qu'il y en avait un troisième nommé Besnard, qui avait été assez niais pour admirer pendant vingt-quatre heures ces tristes exploits.

CHAPITRE XI

L'amitié de plus en plus étroite qui me liait à Baudouin avait été un grand bien pour nous deux. Nous nous complétions en quelque sorte l'un l'autre.

Je lui avais jusqu'à un certain point donné le goût de la lecture et de l'étude sérieuse; et de son côté, plus fort et plus adroit que moi aux exercices du corps, il m'avait très aisément amené à partager sa passion pour la gymnastique.

Sans lui, il est très probable que je me serais laissé gagner aux préjugés de mes camarades, et ils en avaient à cet égard de très enracinés. Une opinion fort répandue au milieu d'eux était que la gymnastique est le talent des imbéciles, et il est malheureusement vrai qu'un certain nombre de ceux qui s'y montraient les moins maladroits étaient classés parmi les plus arriérés en grec et en latin.

D'autre part, quelques gnomes prétentieux, laids et mal bâtis, pareils à des petits vieux, et qui plus que d'autres auraient eu intérêt à se fortifier par les leçons du capitaine,

croyaient se montrer pleins d'esprit en affectant de mépriser
ses enseignements; ils ricanaient sottement au lieu de faire
leurs efforts pour devenir un peu plus pareils à des hommes,
et feignaient d'exécuter les mouvements prescrits au lieu de
s'y mettre de bonne foi.

Les ridicules personnels du maître n'étaient évidemment
pas sans influence sur cet état de choses. On répétait ses
mots, on imitait son accent, et l'on ne pouvait pas imaginer
que rien de bon pût venir de ce personnage hétéroclite.

Aussi n'est-il pas douteux pour moi que, sans mon ami,
j'aurais subi la contagion générale, et que j'aurais probablement cru de bon ton de me complaire dans une misérable
paresse physique.

Mais, par bonheur, Baudouin avait retenu mot pour mot
tout ce que nous avait dit le capitaine; sa raison de paysan
en avait déduit les conclusions logiques, et il s'était mis en
tête de réaliser au plus tôt l'idéal proposé.

« Vois-tu, me disait-il, devenir physiquement habile et
fort n'est pas seulement un devoir envers soi-même, c'est
un devoir envers la patrie. Tout le monde ne peut pas pré-
tendre à être un jour un grand homme. Mais tout le monde
peut se promettre d'être un bon soldat, et doit s'y préparer
consciencieusement. Si tu m'en crois, nous nous exercerons
si bien, nous mettrons tant d'ardeur à saisir les occasions
d'endurcir nos muscles, qu'avant la fin de l'année nous
serons de véritables athlètes! »

C'était parler d'or. Mais Baudouin ne s'en tenait pas aux
paroles. Il joignait l'exemple au précepte; il apportait une
ténacité extraordinaire à suivre tous les conseils du capitaine.

Stimulé par son entrain, autant que par les recommandations de mon père, je mettais toute mon énergie à rivaliser avec lui.

La récompense ne se fit pas attendre. D'abord nous trouvâmes bientôt un véritable plaisir à exécuter les petits tours de force qui nous avaient au début paru les plus difficiles ou les plus monotones. La leçon de gymnastique devint pour nous la plus agréable des récréations. Nous l'attendions avec impatience et nous aurions été désolés d'en être privés.

D'autre part, nous déployions tous deux une bonne volonté si évidente, que le capitaine Biradent commença de nous regarder avec une faveur marquée et prit souvent la peine de nous faire répéter deux ou trois fois le même mouvement, ou de l'exécuter sous nos yeux pour nous montrer comment nous devions nous y prendre.

Ses petits travers, sa figure excentrique et même son accent ne nous choquaient plus le moins du monde maintenant. Je crois même que nous associions dans une certaine mesure cet accent avec son étonnante agilité. Nous n'étions certainement pas éloignés de penser que tous les bons gymnastes doivent un peu gasconner.

Notre force croissait à vue d'œil. Le moment arriva très vite où nous eûmes une telle avance sur nos compagnons plus indolents, que le capitaine jugea nécessaire de nous placer dans une section hors cadre, et composée de nous deux seuls.

Dès lors il nous fut permis d'aborder tous les appareils encore interdits au profane, — les chevaux rembourrés, les mils ou massues persanes, les haltères, les barres de fer, —

sans préjudice, bien entendu, des anneaux, du trapèze, des cordes et des échelles.

Alors on vit se produire un phénomène curieux. Plusieurs de nos camarades, jaloux de nous voir ainsi distingués, se mirent en tête de conquérir les mêmes privilèges, apportèrent plus d'énergie dans leurs efforts, et prirent goût, eux aussi, à la gymnastique. L'émulation joue toujours un grand rôle dans ces sortes de contagions. Le capitaine imagina fort à propos de nous engager dans des luttes deux à deux à l'aide d'un petit bâton court, inflexible, qu'on poussait ou qu'on tirait en sens contraires, soit debout, soit assis, soit à longueur de bras, soit à bras raccourci, dans les attitudes les plus variées.

Bientôt toute la division s'en mêla. Baudouin et moi, jaloux de ne pas perdre nos avantages, nous travaillâmes de plus belle, et le résultat de cette noble ardeur fut que, vers la fin de novembre, le capitaine se laissa aller un jour à nous dire :

« Allons, mes enfants, je suis content de vous. Vous êtes la meilleure division du lycée ! »

Il n'était pas homme à s'en tenir à des compliments. Se disant avec raison qu'il faut battre le fer quand il est chaud et mettre à profit les bonnes dispositions qu'on trouve chez les élèves, il convoqua le proviseur et le censeur à une de nos leçons, et eut avec eux plusieurs conférences. Il devint bientôt évident que les autorités administratives préparaient des réformes importantes. Un jour que j'avais été appelé chez le censeur pour un détail de service intérieur, je me croisai dans le couloir avec le proviseur et le capitaine Biradent, qui étaient engagés dans une conversation des plus animées. Je ne fis que passer rapidement, mais j'entendis la voix glapissante du vieux soldat qui disait ou plutôt qui criait :

« Oui, monsieur le Proviseur, c'est comme j'ai l'honneur de vous le dire. On vante toujours le système d'éducation physique des Anglais. Mais ce serait de la plaisanterie auprès du nôtre, si nous en tirions tout ce qu'il peut donner. Ils font jouer leurs enfants au cricket et à la paume... La belle affaire ! C'est scientifiquement que nous devons développer les forces des nôtres... »

Je n'en entendis pas davantage ; mais il fut bientôt aisé de voir que M. Ruette s'était rendu de bonne grâce aux arguments d'un homme pour lequel il professait une profonde estime, et lui avait concédé tout ce qu'il demandait.

Et d'abord, le capitaine avait obtenu que le concours trimestriel de gymnastique donnerait droit à des points pour un prix de fin d'année publiquement décerné. Afin d'enlever aux externes tout motif de plainte, on autorisa ceux qui en exprimeraient le désir à suivre nos exercices. Je note en passant que Parmentier ne profita jamais de cette permission.

D'autre part, le capitaine avait imaginé de faire tourner plus directement les récréations au profit de notre développement, et à cet effet il fit adopter les mesures suivantes :

Plusieurs jeux qui n'avaient jamais obtenu droit de cité dans les cours du lycée, tels que le ballon, les quilles, le jeu de boules, le grand et le petit palet, devinrent réglementaires. L'administration se chargea de nous en fournir l'outillage, qui fut systématiquement choisi très solide et très lourd.

Le père Barbotte fut averti de ne plus nous vendre que

de grosses balles très dures, et l'exercice de la balle au mur nous fut spécialement recommandé.

« Il n'y a pas de jeu, disait le capitaine, qui développe mieux la force, l'adresse, la justesse du coup d'œil, la souplesse et la grâce. C'est exclusivement à ce jeu favori que les Basques doivent les qualités si remarquables qui les distinguent comme chasseurs et comme soldats. »

Enfin, une autre innovation du capitaine fut d'organiser, une fois par semaine, une promenade au pas gymnastique pour les meilleurs élèves de son cours.

Nous partions du lycée le jeudi matin à sept heures précises, et, à sept heures et demie, nous étions rentrés pour le déjeuner, après avoir fait à jeun nos cinq à six kilomètres autour de la ville. Ah! ce fut dur les premières fois! Il semblait par moments qu'on allait étouffer, tant la respiration devenait haletante, la circulation rapide et les battements du cœur précipités...

Mais on ne voulait pas rester en arrière. On tenait bon. On allait toujours, les coudes au corps, marquant le pas et retenant son haleine. Dût-on tomber mort, on ne lâcherait pas pied!

On ne tombait pas mort. A la troisième épreuve, tout symptôme pénible avait déjà disparu. Nous en arrivâmes très rapidement les uns et les autres, petits et grands, à faire de cinq à sept kilomètres en trente minutes, sans un seul repos. Et nous comptions bien faire mieux un jour, car le capitaine ne manquait pas de nous dire, pour nous piquer d'honneur, que certains de ses pompiers faisaient leurs sept kilomètres en vingt-cinq minutes. Mais aussi c'étaient des hommes qu'on était fier de commander!

UNE PROMENADE AU PAS GYMNASTIQUE.

Le résultat de cet entraînement régulier fut que notre force grandit avec une rapidité qui tenait du prodige. En quelques mois nous avions acquis des poitrines et des épaules qui faisaient plaisir à voir. Mon père et ma mère n'en revenaient pas. A chaque visite qu'ils me faisaient, — et ils ne passaient guère quinze jours sans venir m'embrasser, — ils pouvaient constater un progrès dans ma taille et dans l'état déjà si florissant de ma santé.

Au demeurant, ces exercices, pour lesquels je me prenais avec Baudouin d'un goût de plus en plus vif, n'entravaient en aucune façon mes études.

Quand je rentrais bien las au quartier, de cette bonne fatigue que donne l'effort prolongé, le plaisir de me reposer en passant à des travaux intellectuels était pour ainsi dire tangible. Je me sentais la tête plus libre, la mémoire plus fraîche, toutes les facultés plus actives. Jamais je n'ai mieux fait mon thème ou ma version qu'après une bonne lutte au bâton avec Baudouin, ou une grande partie de balle.

Je dormais bien, je me levais content et dispos, je n'étais pas un instant tenté de perdre mon temps en dissipations ou en flâneries. Il semblait au contraire que la condition physique, dans laquelle tous ces exercices m'entretenaient, ne fît que me plonger dans une atmosphère d'émulation dont l'action s'étendait aux devoirs classiques.

M. Delacour me considérait avec Parmentier comme son meilleur élève. Il l'avait dit à l'inspecteur d'Académie, qui avait obligeamment transmis à mon père cet agréable renseignement.

En somme, quand le mois de décembre s'ouvrit, je n'avais pas été une seule fois puni, j'étais constamment resté au

19

banc d'honneur, et j'avais été très heureux aux compositions. Mes places avaient été : trois fois premier, deux fois
second, une fois troisième et deux fois quatrième. Selon
l'usage, les dix premières places donnaient droit à un certain nombre de points proportionnels, à raison de 10 points
pour le premier et 1 pour le dixième, — et c'est par l'addi-
tion de ces points que se cotaient les chances pour le prix
de Pâques.

Or, j'en avais 70 en tout, et Parmentier seulement 69.
Verschuren et Mandrès nous suivaient, le premier avec
55 points, le second avec 47. Je n'avais qu'à persévérer pour
enlever le prix de haute lutte. Je ne m'abusais pourtant pas
outre mesure sur les probabilités de la victoire finale, car je
savais avoir affaire à forte partie.

CHAPITRE XII

Si j'avais des motifs de satisfaction dans mes études, je n'avais pas été moins favorisé sous d'autres rapports. Mon lézard bien-aimé prospérait dans la niche que je lui avais capitonnée au fond de mon pupitre avec du coton (apporté par un externe), et les mouches, que j'avais soin de tenir en réserve pour lui dans une cage *ad hoc,* ne lui avaient pas encore fait défaut, en dépit des premiers froids.

Mon amitié avec Baudouin avait jusqu'à ce jour été sans nuage, et j'étais suffisamment populaire dans la cour des petits. Il était généralement admis que je n'étais pas un « poseur », que je savais me défendre soit avec ma langue soit avec mes poings quand on m'attaquait, et que j'étais de première force à deux ou trois jeux.

J'avais donc lieu d'être aussi heureux que possible, et je l'étais en effet, quand un incident douloureux vint tout à coup jeter sur ma vie un voile de tristesse.

Un soir, en rentrant au quartier après la récréation de

cinq heures, je vis du premier coup d'œil que mon pupitre avait été ouvert et mes livres dérangés. Avec l'instinct de l'éleveur, je me hâtai de regarder derrière le dictionnaire grec-français qui servait de mur protecteur à mon lézard.

Il ne me fut pas difficile de constater que la pauvre bête était très souffrante. Sa petite mâchoire appuyée sur une grammaire française, et ses beaux yeux noirs fermés, il respirait plus fréquemment qu'à l'ordinaire. Je lui tâtai la patte et je sentis qu'au lieu d'être fraîche comme doit l'être la patte de tout saurien bien constitué, elle était brûlante. Je le pris dans ma main, et c'est à peine si le pauvre petit souleva un coin de sa paupière pour me regarder tristement.

Plus de doute! mon lézard commençait une maladie!

Je ne crois pas qu'une mère, constatant que son cher bébé vient d'être pris de convulsions, éprouve un serrement de cœur plus douloureux que celui dont je fus saisi. Jamais un homme qui a été élevé en qualité d'externe ou de demi-pensionnaire, jamais même une bonne femme passionnément attachée à son chien ou à son chat, ne pourra se faire une idée exacte de mon désespoir.

Pour lui trouver un terme de comparaison, il faut remonter à l'histoire et à la fameuse araignée de Pélisson.

Sur le premier moment, je ne songeai qu'à caresser mon lézard et à lui donner sur mon cœur sa place de prédilection. Mais bientôt l'idée me vint que les secours de l'art médical pourraient peut-être ne pas lui être inutiles. Car enfin, si le docteur savait soigner les enfants et les grandes personnes, à plus forte raison devait-il savoir soigner les lézards. Je pris la résolution de m'adresser à lui à cet effet.

Le malheur voulut qu'entre ce moment et le lendemain matin à sept heures, moment sacramentel de la visite médicale, il n'y eut pas de récréation. Je ne pus donc pas faire part de mon projet à Baudouin, qui peut-être m'en aurait détourné. Je me contentai de l'agiter dans ma tête, et mes devoirs durent en souffrir ce soir-là plus que de raison.

J'emportai mon lézard avec moi, d'abord au réfectoire, puis au lit. Il passa une très mauvaise nuit, et je ne la passai guère meilleure. Deux ou trois fois, je crus qu'il allait rendre le dernier soupir.

Enfin le jour revint, et à peine le garçon de salle fut-il arrivé au quartier pour prendre la liste des élèves qui demandaient à voir le médecin, que je me fis inscrire.

A sept heures je fus appelé avec les autres « malades », et nous fûmes conduits à l'infirmerie.

Le docteur était là, assis dans un vaste fauteuil, devant une petite table, et nous défilions un à un devant lui. Il tâtait les pouls, auscultait les poitrines, percutait les thorax, regardait les langues et formulait des prescriptions qu'un secrétaire écrivait sous sa dictée. Le censeur était présent et assistait sans mot dire à ce défilé.

Quand mon tour approcha, je compris tout à coup l'énormité de ma démarche, et j'aurais bien voulu être à cent lieues de là. Mais il était trop tard pour reculer. L'émotion qui s'était emparée de moi m'empêchait même de songer à chercher une échappatoire.

Mon nom fut appelé. Je fis deux pas en chancelant et je me trouvai en présence du docteur.

« Eh bien, mon enfant, qu'y a-t-il donc? » me demanda-t-il avec bonté, en voyant que je restais tout interdit et silencieux.

Cet accent de bienveillance me rendit un peu de courage.

« Ce n'est pas pour moi, Monsieur le docteur, c'est pour mon lézard que je suis venu, murmurai-je en tirant la pauvre bête des profondeurs de ma poche. Je ne sais pas ce qu'il a, mais il me semble très malade. »

Là-dessus, le censeur, le secrétaire, l'infirmier et mes camarades se mirent à rire avec une spontanéité qui me parut l'indice du caractère le plus barbare. Rire de ce que mon pauvre lézard était malade! Quels êtres sans cœur!... Seul le docteur n'avait pas sourcillé.

« Votre lézard est malade, mon enfant? me dit-il. Eh bien! il faut le soigner. Le lézard est un animal qui a droit à toute notre sympathie, puisqu'il est l'ami de l'homme. Voyons un peu cela. »

Il prit gravement dans sa main gauche ma petite *Émeraude*, la caressa du bout du doigt, la palpa doucement, puis, introduisant le manche effilé de son bistouri entre les mâchoires de la bestiole, il lui regarda le fond de la bouche.

Sans doute il y vit quelque chose d'insolite, car, après avoir déposé mon lézard sur sa table et avoir choisi dans sa trousse une toute petite pince d'acier, il se mit en devoir de porter cet instrument dans la gorge de mon favori.

Comment dire mon angoisse? J'aurais certainement plus volontiers subi moi-même cette opération que de la voir infligée à ma petite *Émeraude*.

Tout le monde était sérieux maintenant et suivait avec intérêt les mouvements du chirurgien. Lui, sans s'occuper

TOUT LE MONDE SUIVAIT LES MOUVEMENTS
DU CHIRURGIEN.

de ceux qui l'entouraient, il était tout entier à son œuvre...

Enfin, cette horrible pince, après avoir tâtonné jusque dans les profondeurs du larynx de mon lézard, revint en arrière... Elle sortit de sa petite bouche bleue et ramena avec elle... un énorme tortillon de papier, à l'extrémité duquel on apercevait encore la mouche qu'il avait servi à supplicier.

C'était là la cause unique de l'indisposition d'*Émeraude!*... Un scélérat sans entrailles, abusant de son innocence et de sa voracité, lui avait donné à manger une mouche ainsi accommodée!... Encore avait-il très probablement pris cette mouche dans ma cage, car on n'en trouvait plus guère dans l'étude... Quel abîme de perfidie et de méchanceté !

Pour le moment, toutefois, j'étais tout entier à la joie de voir mon lézard rouvrir les yeux et témoigner sa satisfaction en nous tirant sa petite langue bifide, selon la coutume de sa race.

« Maintenant le bonhomme se tirera d'affaire tout seul! me dit le docteur. Mais ne vous avisez plus de lui faire manger du papier!... Un lézard n'a pas un estomac d'élève de huitième, que diable! — et, même pour les élèves de huitième, il n'y a rien de plus mauvais que les indigestions de papier, » ajouta-t-il en se tournant vers le censeur qui se mit à rire.

Je partis sans demander mon reste, mais non sans avoir pris des mains du docteur la pièce de conviction en même temps que mon lézard.

A peine rentré au quartier, je m'empressai de dérouler le tortillon, presque machinalement, pour en voir les dimensions.

Je fus douloureusement surpris de trouver que c'était
un morceau de copie au nom de Baudouin, et de son écriture !... Jamais je ne l'aurais cru capable d'une action aussi
noire....

Quand le tambour nous appela dans la cour, je descendis,
frémissant d'indignation, et à peine me trouvai-je en présence de Baudouin, que je le saluai comme suit :

« C'est toi, grand lâche, qui as fait manger du papier à
mon lézard ? »

Baudouin ouvrit ses grands yeux francs, pâlit un peu et
me regarda tout ébahi.

« Oh ! ne fais pas le saint-n'y-touche ! repris-je en écu-
mant de rage. Le docteur a retiré le tortillon du gosier de
la pauvre bête, et le papier porte ton nom écrit tout au
long, de ta propre main... »

En parlant ainsi, je le jetais au nez de Baudouin. Sans
s'émouvoir, il le ramassa, l'examina attentivement et dit :

« En effet, c'est mon écriture.

— Ah ! tu vois bien que tu ne peux pas seulement nier ? »

Baudouin me regarda d'un air tout attristé, haussa les
épaules et me tourna le dos. Mais je ne le tins pas quitte à
si bon marché.

« Quand on est capable de faire des plaisanteries pareilles, on devrait au moins avoir le courage de les avouer
en face, repris-je en courant après lui.

— Est-ce que tu ne vas pas me ficher la paix ? fit-il, visiblement impatienté cette fois. Je veux bien te déclarer que
ce n'est pas moi qui ai joué ce tour à ton lézard. Maintenant, si tu n'es pas content, tu n'as qu'à le dire... »

Je restai fort interloqué. J'aurais eu bonne envie de pour-

suivre la querelle, et même d'en venir aux mains ; mais je
ne pouvais guère me dissimuler que Baudouin aurait sûrement le dessus, et, d'autre part, en niant le méfait, il me
mettait tout à fait dans mon tort. Je fus donc obligé de dé-
vorer ma fureur, en me promettant toutefois d'en tirer une
vengeance éclatante.

De ce jour, je devins très malheureux. Baudouin et moi
nous avions cessé de nous parler, et, quand nous passions
l'un près de l'autre, nous feignions de ne pas nous voir.
Après avoir été pendant deux mois absolument inséparables, et avoir cru notre amitié consolidée pour la vie, nous
étions tout à coup devenus étrangers l'un à l'autre. Nous
poussions même cette affectation de froideur jusqu'à éviter
de prendre part à la même partie de barres ou de balle, et
à raser les murailles dans les couloirs, plutôt que de nous
effleurer en passant. On aurait dit que nous nous considérions mutuellement comme des pestiférés, et, s'il arrivait
par hasard à l'un de nous de toucher un livre appartenant
à l'autre, il le lâchait aussitôt en apercevant le nom dé-
testé, comme si cette pauvre grammaire innocente l'eût
brûlé.

Au fond, nous étions désolés de cette brouillerie. Pour
mon compte, je n'avais pas tardé à reconnaître au-dedans de
moi l'absurdité de mon accusation, et à me dire qu'en
somme le hasard seul pouvait fort bien avoir causé la coïn-
cidence fatale. Je ne doute pas que de son côté il ne regrettât
vivement d'avoir rompu avec moi. Nous perdions tous deux
trop de plaisir et de bonheur à ce nouvel état de choses
pour ne pas le déplorer amèrement.

Mais plus nous en étions fâchés intérieurement, plus nous

nous faisions un point d'honneur de n'en rien laisser paraître et d'affecter l'indifférence.

Quant à faire le premier pas vers une réconciliation, je pense que nous aurions préféré l'un et l'autre nous faire arracher une douzaine de dents molaires.

Le pis, c'est que nous ne perdions pas seulement du bonheur à nous tenir ainsi sottement rigueur. Nous y perdions les avantages positifs que nous avions retirés de notre association. Si Baudouin m'avait donné le goût des exercices du corps, je lui avais, dans une large mesure, communiqué celui de la lecture. La communauté et l'échange des impressions nous avait réciproquement soutenus dans ces voies nouvelles, et nous nous étions habitués à faire ensemble bien des choses qui devenaient tout à fait insipides dans notre isolement.

Au gymnase, pour n'en donner qu'un exemple, autre chose était de passer un quart d'heure à faire tout seul des *rétablissements* sur le trapèze, autre chose de se livrer gaiement à ces ébats en collaboration comme jadis. Et c'est toujours un grand avantage, pour un exercice quelconque, de le faire avec plaisir !

Petit à petit, nous commencions à nous dégoûter, chacun de notre côté, des résolutions prises en commun.

Une autre conséquence plus grave de cet absurde malentendu, fut qu'un peu par bravade et beaucoup par désœuvrement, nous nous laissâmes bientôt aller à former d'autres amitiés moins judicieuses que ne l'avait été la nôtre. Baudouin, chose étrange à dire, devint de plus en plus intime avec Perroche dont l'esprit frondeur lui avait toujours plu, et moi je me liai étroitement avec Verschuren et Tanguy, et

je pris insensiblement un goût de plus en plus vif pour les
niches ridicules que leur féconde cervelle ne manquait pas
de leur suggérer. Jouer, hypocritement et sans danger d'être
soupçonné, un « bon tour » à un de nos maîtres ou de nos
condisciples, devint très rapidement, à leur exemple, mon
idéal de prédilection.

De son côté, Baudouin renonça à savoir ses leçons, se mit,
comme Perroche, à copier ses devoirs, et fit bientôt connaissance avec la *retenue,* où son ami avait, comme disait le
censeur, une place réservée.

C'est ainsi que l'axe de notre vie et de notre conduite se
trouva insensiblement changé en quelques jours. Les conséquences de cette altération ne tardèrent pas à se manifester
d'une façon sensible.

Et d'abord mon caractère s'altéra. De modeste et réservé
que j'avais toujours été avec mes camarades et avec mes
maîtres, je devins bientôt audacieux, impertinent et obstiné,
pour me mettre au ton de mes nouveaux copains. Je pris
l'habitude de répondre à haute voix, et d'une façon que j'es-
sayais de rendre piquante, aux observations les plus légi-
times de M. Pellerin. Mes provisions d'*exemptions* me
mirent quelque temps à l'abri. Mais ma tenue finit par devenir si inconvenante, qu'il fut indispensable de m'envoyer
au censeur et de m'infliger une privation de promenade
sans exemption! De telle sorte qu'au lieu d'aller respirer le
grand air et m'amuser en rase campagne (il gelait justement
à pierre fendre, et c'était la saison des glissades et des boules
de neige), je fus réduit à l'humiliante obligation de passer
trois heures à écrire sous la dictée des « lignes » quel-
conques.

Baudouin était de la fête, et nous faisions tous deux une piètre figure dans cette réunion de cancres, véritable « Cour des Miracles » du lycée. Et mes galons de sergent! Quelle honte pour ces insignes de l'honneur !

Ces fameux galons, au surplus, je ne tardai pas à les perdre. Mécontent de moi-même et des autres, j'eus moins le goût au travail, j'apportai moins d'application à mes compositions, je me laissai distancer, et pour tout dire, en un mot, j'eus enfin, — le 12 décembre, — le dépit amer d'être classé le *treizième* en histoire et d'avoir par conséquent à quitter le banc d'honneur. A cette même composition, Parmentier fut le premier, ce qui lui donna du coup dix points de plus que moi.

Le prix de Pâques était loin désormais!

CHAPITRE XIII

MES NOUVEAUX AMIS. — UNE BONNE FARCE.

Cette déchéance devait avoir un épilogue plus douloureux
encore.

Avec Verschuren, Tanguy et deux ou trois autres, nous
passions maintenant tout le temps des récréations à imaginer de *bons tours* que nous pourrions jouer soit à nos camarades, soit même à nos maîtres. Il n'est pas de traditions
stupides ou méchantes que nous n'eussions mises en œuvre
depuis sept à huit jours. Nous avions planté des becs de
plumes métalliques dans les bancs, et perdu des heures à attendre la grimace de ceux qui s'assiéraient dessus. Nous
avions bouché le robinet de la fontaine avec de la terre,
après avoir bu copieusement, pour qu'il fût impossible à
toute la cour d'en faire autant. Nous avions, un jour de
boue, simulé une bousculade autour de l'éventaire du père
Barbotte, pour lui faire perdre l'équilibre et envoyer ses
pommes, ses tartelettes et ses bâtons de chocolat rouler
pêle-mêle dans la crotte. Nous en étions même venus à fumer une cigarette régulièrement chaque soir dans notre lit,

en nous la passant de main en main, pour rendre une surprise impossible, ce qui avait attiré sur la tête de M. Pellerin une véritable réprimande du proviseur.

Enfin, il n'était pas de sottes inventions que nous n'eussions déjà mises en pratique, quand le désir de me distinguer au milieu de mes nouveaux amis, m'en inspira une plus diabolique encore.

J'ai déjà dit que le nez du tambour Garelou était la seule partie cramoisie de son visage, et que l'opinion publique du lycée attribuait cette teinte éclatante à des habitudes invétérées d'ivrognerie.

« Ce serait *épatant,* m'écriai-je un matin dans l'argot que je me faisais maintenant une gloire de parler, si nous parvenions à griser si bien Garelou, qu'il en oubliât de battre sa caisse ! »

L'idée eut un grand succès parmi mes complices ordinaires.

Nous nous creusâmes la cervelle. Nous étudiâmes la question sous toutes ses faces, et, après de nombreux conciliabules, le plan que voici fut arrêté :

En nous cotisant à sept ou huit, nous parvînmes à réunir *huit francs cinquante centimes,* — somme énorme pour l'époque, disait Verschuren. Ces fonds furent confiés à un externe, — s'il faut le nommer, c'était Piffard, qui courait constamment après une popularité de mauvais aloi; nous lui donnâmes mandat d'acheter deux litres d'eau-de-vie, de les faire emballer avec soin dans une caisse, puis de faire remettre le tout au lycée, à *huit heures et demie du soir,* par un commissionnaire sûr.

L'adresse qui devait être collée sur la caisse fut écrite

L'ADRESSE FUT ÉCRITE PAR TANGUY.....

par Tanguy. Je crois bien qu'il était l'inspirateur de ce per-
fectionnement de l'idée primitive. Elle était ainsi conçue :

Prière de transmettre, sans une minute de délai,
pour cause d'héritage imprévu,
au légataire universel
MONSIEUR GARELOU,
tambour au lycée.

Le but de cette rédaction bizarre était en premier lieu de
frapper assez vivement l'imagination du père Barbotte, pour
qu'il fît immédiatement parvenir la caisse au destinataire ;
en second lieu, d'éveiller chez l'infortuné Garelou des espérances si désordonnées de fortune, qu'il crût devoir célé-
brer cet heureux événement par des libations immédiates.

Pour mieux assurer cet objet, un billet rédigé comme suit
devait être enfermé dans la caisse :

« Le vœu exprès du testateur est que son légataire universel Garelou boive ce vieux cognac à sa santé. De la
prompte et rigoureuse exécution de ce vœu, dépend en
grande partie la validité du testament. »

C'est un mardi que nous avions remis les fonds à Piffard.
Ses dispositions étaient déjà prises, et nous avions tout lieu
d'être assurés que la caisse serait délivrée le jour même.
Notre espoir était que Garelou se hâterait de boire l'eau-de-
vie, ne manquerait pas de s'enivrer, et serait incapable de se
réveiller le lendemain matin pour battre les roulements du

lever. Nous laissions au hasard le soin de développer les
événements.

Jusqu'à l'heure du coucher, nous avions été tout exaltation, et nous n'avions aperçu que les côtés joyeux de la
conspiration. Mais à peine nous trouvions-nous dans nos lits,
au milieu du silence et de l'isolement de la nuit, que chacun
de nous se mit à faire les plus pénibles réflexions sur les
conséquences possibles d'une entreprise aussi aventureuse.
Pour moi, je n'eus pas plus tôt la tête sur l'oreiller, que les
remords commencèrent à m'assaillir, et que je me sentis fort
mal à l'aise.

Je me représentais Garelou, buvant à ce moment même
toute l'eau-de-vie, tombant ivre-mort sur sa table, incapable
de remplir ses devoirs professionnels. Tout le lycée était
révolutionné par l'événement. Une enquête se poursuivait.
Les coupables étaient aisément découverts et punis exem-
plairement. Je ne voyais plus rien de drôle dans tout cela.
Quelle excuse donner à mes parents quand ils me demande-
raient compte d'une si sotte incartade ?

A cette pensée, mon matelas semblait se transformer en
un lit d'épines sur lequel je me tournais et me retournais
sans arriver à trouver le repos.

Combien de temps restai-je dans cette angoisse ? Je ne
saurais trop le dire ; mais elle prenait le caractère d'un cau-
chemar véritable, quand tout à coup, sous la faible clarté de
la veilleuse, une ombre blanche se dressa auprès de mon lit.

Je me soulevai sur mon coude et je reconnus Tanguy en
chemise et en bonnet de coton.

« Besnard, me dit-il d'une voix altérée, est-ce que tu
dors ?

— Non, lui répondis-je, je n'ai pas pu fermer l'œil.

— C'est comme moi... Je crois que nous avons fait une fichue bêtise.

— Je ne me dis pas autre chose depuis deux ou trois heures. Mais que faire ?

— Oui, que faire ? reprit Tanguy d'un ton tragique.

— Si nous allions en causer avec Verschuren ?

— C'est une idée !... »

Il dormait, le misérable, — il ronflait même, sans le moindre remords.

« Quoi ?... Qu'y a-t-il ? Est-ce déjà l'heure ? » fit-il tout ahuri quand je le secouai.

Ce calme nous rassura un peu, Tanguy et moi.

« Comment peux-tu dormir ainsi, lui dis-je, après ce que nous avons fait ?

— Eh bien ! quoi ? après tout ! Est-ce que vous allez m'empêcher de dormir pour cela ?... moi qui espérais justement faire la grasse matinée ! »

Il prit la question par ses côtés bouffons, se moqua de nos inquiétudes. Nous ne demandions pas mieux que d'en rire avec lui, et nous finîmes par là, mais ce fut d'un rire un peu faux et forcé. Pourtant, comme il faisait froid, nous ne tardâmes pas à regagner nos couchettes.

Mais le sommeil ne venait toujours pas. Je comptai successivement onze heures, minuit, une heure du matin, sans parler de tous les quarts intermédiaires. Rarement dans ma vie j'ai passé une nuit aussi abominable.

Enfin je succombai à la fatigue, et je m'endormis d'un sommeil pénible et agité. Mes terreurs me poursuivirent en rêve, et tout à coup je me réveillai en sursaut.

21

Quatre heures sonnaient. Encore une heure et demie à attendre ! Les quarts se succédèrent avec une lenteur désespérante.

Enfin le moment fatal arriva. L'horloge lança dans l'espace les deux coups de la demie après cinq heures... Pour la première fois depuis les vacances, les deux coups s'éteignirent sans qu'un roulement de tambour les soulignât et vint donner le signal du lever pour les grands et les moyens...

C'en était fait ! Le complot avait réussi !

Je me sentais presque soulagé, maintenant que j'étais débarrassé de ce doute affreux. Comme un misérable qui a roulé au fond d'un précipice, j'éprouvais une sorte d'âcre plaisir à me dire que je ne pouvais pas rouler plus bas. Mais il fallait rire. Tanguy et Verschuren, assis sur leur lit, me faisaient des signes d'intelligence. Verschuren poussa même l'endurcissement jusqu'à exécuter une culbute sur ses couvertures, en signe d'allégresse.

Quelques minutes, qui me parurent des siècles, s'écoulèrent. Puis une certaine agitation se manifesta dans les couloirs, des portes s'ouvrirent et se fermèrent. Il y eut des pourparlers, des questions anxieuses... Finalement, après plus d'un quart d'heure d'attente, un roulement timide, inégal, raboteux, qui ne rappelait en rien la grande manière de Garelou, donna le premier signal du lever.

A ce moment, la terreur s'envola. Un fou rire inextinguible s'empara de nous. Ce roulement était si piteux; si pauvre, si mesquin, que les plus obstinés dormeurs se réveillèrent, en demandant d'une voix dolente ce que cela signifiait. Bien entendu, nous n'eûmes garde de le dire.

A six heures, nouveau roulement encore plus misérable que le premier. On sentait que l'exécutant avait le sentiment de son impuissance. Les hypothèses les plus hardies commençaient à s'échanger d'un lit à l'autre.

« Garelou est tombé en enfance, disait l'un.

— Son grand ressort s'est cassé, et c'est le père Barbotte qui tient les baguettes, » suggérait un autre.

Au milieu de ces suppositions, nous gardions un silence prudent et nous attendions la suite des événements.

Elle ne tarda guère à se dessiner.

A peine étions-nous arrivés à l'étude, qu'une circulaire de M. le proviseur fut apportée par le garçon de salle et lue à haute voix par M. Pellerin. Elle était ainsi conçue :

« Un fait de la plus haute gravité vient de se produire.
« Un fidèle serviteur du lycée, Jean Garelou, a été pris pour
« victime d'une plaisanterie qu'il faut qualifier de sinistre
« et de criminelle, puisqu'elle met sa vie en danger. Une
« caisse de boissons alcooliques, adressée de telle sorte qu'il
« fût presque fatalement amené à en vider le contenu, lui a
« été envoyée par une main anonyme. A l'heure qu'il est,
« ce modeste et utile employé est en proie à une attaque de
« *delirium tremens*. Les médecins appelés à son chevet
« ignorent encore s'ils pourront le sauver. L'administration
« souhaite ardemment, pour l'honneur du lycée, que le
« coupable n'appartienne pas à l'internat. S'il en est, par
« malheur, autrement, l'aveu loyal et immédiat d'une faute
« si cruelle dans ses conséquences, pourra seul en atténuer
« la répression.

« Le Proviseur,
« A. RUETTE. »

La lecture de ce document accablant s'était achevée au milieu d'un morne silence. Pâle, le cœur serré par la honte et le désespoir, j'avais écouté avec épouvante ce récit de ce que j'avais fait. Je me représentais le pauvre Garelou se tordant sur son lit de douleur, près de mourir par ma faute d'un supplice sans nom. Ma conscience enfin réveillée me montrait toute l'étendue de mon crime. Mon imagination m'en peignait sous les couleurs les plus hideuses toutes les conséquences possibles : le remords éternel qui pèserait sur moi si le pauvre Garelou succombait, sa famille peut-être sans ressources, le désespoir de mes parents, le stigmate indélébile que ce crime attacherait à mon nom...

Enfin, ne pouvant plus y tenir, impatient de me débarrasser du fardeau qui pesait sur moi, je quittai ma place, je me dirigeai vers la chaire de M. Pellerin, j'en gravis en chancelant les degrés et, me penchant à son oreille, je lui dis d'une voix étranglée par la honte :

« Monsieur, c'est moi qui ai causé ce malheur. J'aime mieux vous le dire tout de suite. »

M. Pellerin me regarda avec une surprise qui me fit mal.

« Vous, Besnard ? me dit-il. Vous êtes le dernier élève que j'aurais soupçonné. »

J'éclatai en larmes.

« Oh ! monsieur, balbutiai-je au milieu de mes sanglots, vous pensez bien que je ne me doutais pas que des résultats pareils fussent possibles.

— Je le crois, mon enfant, me répondit-il, et j'espère que M. le proviseur en sera convaincu comme moi... Il faut aller le trouver... Je vais demander à me faire remplacer et vous accompagner chez lui !... »

Cet aveu m'avait fait du bien. J'étais presque calme quand
je revins à ma place mettre mes papiers en ordre, car je me
doutais que je ne rentrerais pas de sitôt au quartier. Aussi
regardai-je Tanguy avec un mépris mêlé de pitié, quand, au
moment où je passai près de lui, il me dit à demi-voix :

« Imbécile! Au moins, ne va pas nous dénoncer! »

Le proviseur, averti par M. Pellerin, nous reçut immédiatement dans son cabinet. Il ne fut pas surpris, lui, d'apprendre que j'étais l'auteur du crime. Les bouchons por-
taient le nom du marchand de liqueurs, et une enquête
sommaire chez cet industriel avait déjà permis de remonter
jusqu'à Piffard : il était donc probable que le complot était
parti de la classe de sixième.

Piffard devait bientôt, comme je le sus plus tard, donner,
à la première sommation, mon nom et celui de Tanguy.
Pour mon compte, il fut impossible de m'arracher celui d'un
seul de mes camarades. M. Ruette n'insista pas d'ailleurs
sur ce point. Il reçut ma déclaration avec une tristesse profonde, et me vit trop désolé pour m'accabler de reproches.

« J'ignore quelle décision prendra à votre égard l'autorité
académique, me dit-il, mais il faut vous attendre à une sen-
tence d'expulsion. J'ignore même si la justice criminelle ne
sera pas saisie de l'affaire. Présentement, je ne puis que
vous envoyer au séquestre jusqu'à nouvel ordre. Vous allez
vous y rendre sur l'heure. Monsieur Pellerin, veuillez avertir M. le censeur que je dispense Besnard du pensum ordinaire. »

CHAPITRE XIV

SUR LA PAILLE HUMIDE. — UN MYSTÉRIEUX VOISIN.

Je ne décrirai pas mon agonie morale en me rendant au séquestre. Cette prison scolaire était logée à l'étage supérieur de la vieille tour de l'horloge, et se composait d'une assez grande salle obscure, sur laquelle s'ouvraient deux cellules vides, éclairées par des fenêtres garnies de barreaux et d'abat-jour.

Chacune des cellules était meublée d'une table en bois et d'un escabeau, et pouvait être surveillée par un judas percé dans la porte.

C'était l'infortuné Garelou qui faisait ordinairement fonctions de guichetier. Dans le cas présent, ce soin avait été dévolu à un garçon de salle, d'ailleurs assez bon diable, et qui me laissa le choix de ma cellule.

Mais ce détail m'importait bien ! C'est à peine si j'entendis la lourde porte se refermer sur moi, et les verroux glisser dans leurs gardes.

Assis sur l'escabeau, les coudes sur la table et la tête entre mes mains, j'étais dans un état d'accablement profond. Plus je réfléchissais à mon crime, plus j'en comprenais la noirceur et la stupidité. Mes remords étouffaient jusqu'à la notion même de ma situation et m'empêchaient de sentir ce qu'il y avait de pénible et d'humiliant d'être ainsi enfermé comme une bête fauve ou un pestiféré.

D'abord, je ne pensais qu'à Garelou. Je le voyais en proie à une maladie dont le nom seul faisait horreur, mourant peut-être en ce moment même dans des tortures atroces et maudissant son assassin...

Oui, un ASSASSIN! voilà ce que j'étais, moi, — un enfant de onze ans, — le fils d'un honnête homme, d'un magistrat municipal!... Oh! comme je maudissais en ce moment cette triste manie de faire des niches, que j'avais si aisément contractée! Comme je me promettais de ne plus jamais en faire, — non, pas la plus petite, jamais, sous aucun prétexte!...

Mais en aurais-je l'occasion seulement? Si, comme le proviseur l'avait dit, la justice criminelle se saisissait de l'affaire, je serais sans doute condamné à la prison perpétuelle — ou même, qui sait? à la peine de mort!!!

Chose étrange à dire : je m'arrêtai sur cette idée sans trop d'horreur. J'avais enfin trouvé un châtiment à peu près digne de mon crime, et cette découverte allégea sensiblement mon chagrin.

Je commençai à m'attendrir sur moi-même. Comme maman et mon père et bon papa allaient être malheureux!... Et Baudouin, que penserait-il de tout cela?... C'était un bon garçon, après tout, et j'avais été bien injuste avec lui aussi... Ce qu'il y a de certain, c'est que je m'inquiétais beaucoup de savoir quelle impression lui causerait mon exécution.

Et Parmentier? Peut-être serait-il bien aise de voir disparaître un prétendant au prix de Pâques... quoique je ne fusse guère redoutable, maintenant que j'avais été une fois treizième...

Toutes ces pensées m'occupèrent jusqu'au moment où le guichet de ma porte s'ouvrit, et mon dîner, composé d'une écuelle de soupe, d'une ration de bœuf et d'un morceau de pain, fut poussé sur la tablette intérieure par le garçon de salle.

J'aurais bien voulu lui demander des nouvelles de Garelou, mais je n'osai pas. Une sorte de pudeur morale mêlée de terreur me retenait.

« Si j'allais apprendre qu'il est mort ! » me disais-je.

Le guichet se referma.

J'essayai machinalement de manger mon dîner, mais cela me fut impossible. Les morceaux s'arrêtaient dans ma gorge.

Je remarquai, ce qui ne m'avait pas encore frappé, le tic tac monotone de l'horloge ; et je ne sais pourquoi cette circonstance matérielle me donna tout à coup, avec une force nouvelle, le sentiment de mon isolement, de mon malheur et de mon affreuse position.

« Pourquoi chercher à m'illusionner ? me dis-je tout haut. je suis perdu, perdu sans ressource. »

Il me vint une idée bizarre : c'est que je ferais bien, à tout hasard, de mettre ordre à mes affaires et d'écrire mon testament, puisque j'en avais le temps. Le capitaine Cook et beaucoup d'autres navigateurs illustres n'y manquaient jamais avant de s'embarquer. C'était bien le moins qu'on fît de même sous le coup d'une accusation capitale.

Vivement séduit par ce rapprochement, je pris la plume et je me mis à écrire le document ci-dessous :

22

« CECI EST MON TESTAMENT

« ET L'EXPRESSION DE MES DERNIÈRES VOLONTÉS.

« Me trouvant sous le coup d'une grave accusation, mal-
« heureusement trop justifiée, isolé du monde dans un noir
« cachot, et destiné sans doute avant peu à monter sur
« l'échafaud, j'ai résolu de faire amende honorable et de
« ne pas quitter la vie sans avoir publiquement exprimé
« mon repentir. Je demande pardon à mes bons parents du
« chagrin que je leur cause, et je les prie respectueusement
« d'exécuter mes derniers vœux.

« Je lègue mon beau buvard de maroquin à ma chère
« maman, de qui je le tiens; mon couteau à manche d'ivoire
« à mon cher papa pour s'en servir à la chasse et se rappe-
« ler son petit garçon. Je prie mon cher bon papa d'accep-
« ter mon *Robinson suisse*, et ma chère tante Aubert de
« prendre pour elle mon porte-plume de porc-épic. Quant à
« mon lézard vert qui est dans mon pupitre, je désire le
« laisser à mon camarade Baudouin comme un souvenir de
« notre amitié. Qu'il le sache bien, je ne lui en ai jamais
« voulu plus de cinq minutes. Nous ne nous étions pas plus
« tôt brouillés pour ce malheureux lézard, que j'en étais
« très fâché. Je n'ai pas eu le courage de lui demander de
« faire la paix, mais ce n'était pas l'envie qui m'en man-
« quait. Maintenant que je vois comme tout cela est bête, et
« comme il importe, quand on a un bon ami, de le garder,
« je me promets bien, s'il m'en reste le temps ou l'occasion,
« de faire le premier pas, et... »

XIV

CECI EST MON TESTAMENT.

J'en étais là de mon testament olographe, quand le sommeil, que j'avais vainement combattu depuis quelques minutes, s'empara de moi. Je n'avais presque pas dormi la nuit précédente, et, le chagrin aidant, la nature reprenait ses droits. Ma tête s'abandonna sur la table.

Je fus brusquement réveillé, après un temps qu'il me serait impossible de déterminer, par un grand bruit de pas et de verroux, et je compris qu'on était en train de me donner un voisin de cellule.

C'est triste à avouer, mais cela me fit plaisir. Il me sembla que je serais moins seul dans la mienne.

A peine les pas se furent-ils éloignés, et la porte extérieure du vestibule se fût-elle refermée sur le guichetier, que je m'empressai de frapper une suite de petits coups au mur de mon cachot, pour essayer s'il y aurait moyen d'établir une correspondance. A mon extrême satisfaction, une série d'autres petits coups parfaitement distincts, me fut aussitôt répondue.

Plus de doute! J'avais un compagnon d'infortune, et nous n'étions séparés que par une cloison. Mais comment faire pour ouvrir des communications moins élémentaires? Je me suspendis aux barreaux de ma fenêtre, et j'essayai de voir si la cellule voisine recevait le jour du même côté ; mais il me fut impossible de le reconnaître, l'abat-jour opposait à la vue une barrière infranchissable.

Je songeai alors à établir une sorte de langage télégraphique en frappant un coup au mur pour la lettre A, deux coups pour la lettre B, et ainsi de suite jusqu'à Z. Mais il me fut bientôt démontré que l'application de ce procédé à une médiocre phrase était d'une grande difficulté, et d'ailleurs, mon voisin, n'ayant pas la clef de mon alphabet, ne comprit absolument rien à mes tentatives. Il se contenta de répondre obligeamment par quelques coups détachés.

Cet indice de bonne volonté ne fit que porter au comble le désir que j'avais de causer avec lui. Un éclair traversa ma pensée.

Pourquoi ne percerais-je pas dans la cloison, avec mon couteau, un trou assez large pour donner passage à un billet?

Je choisis sous le bord de la table un endroit malaisé à remarquer, et, de la pointe de mon couteau, je commençai le percement. Malheureusement, j'étais tombé sur une brique. Après un quart d'heure de travail, c'est à peine si je l'avais égratignée. Mon voisin, d'ailleurs, restait silencieux. Rien n'indiquait que de son côté il fît des efforts pour venir au-devant de moi.

Peut-être n'avait-il pas de couteau. Mais peut-être aussi ne désirait-il pas entrer en relations directes avec un assassin !

Cette pensée décourageante, jointe à l'évidente difficulté de mon entreprise, allait peut-être me décider à l'abandonner, quand j'aperçus tout à coup, au pied du mur, tout au ras du sol, ce qui me parut être la trace d'un ancien trou mal bouché avec du plâtre.

En un clin d'œil je fus à genoux, vérifiant l'exactitude de ma supposition. Je ne me trompais pas. Un trou, du diamètre de mon petit doigt, avait été percé là, et très sommairement oblitéré. Le débarrasser de son revêtement de plâtre fut l'affaire de quelques minutes, et bientôt mon porte-plume put le traverser librement de part en part.

Je ne doutais pas que ce travail n'eût été remarqué et

suivi par mon voisin. Je me hâtai donc de m'allonger à plat
ventre, sur le sol de mon cachot, pour mettre ma bouche au
niveau du trou, et, après m'être fait tant bien que mal
un porte-voix de ma main creusée en cornet, je dis assez
haut :

« Hem !... Hem !... Qui es-tu ? »

A mon extrême désappointement, je ne reçus pas de
réponse.

Je répétai deux ou trois fois mon appel, mais toujours sans
résultat.

Pourtant il n'y avait pas de doute possible. Je voyais le
jour de l'*autre* cellule ! Mon voisin ne voulait pas me parler ; il n'y avait pas d'autre explication ! Très honteux de ce
faux pas, j'avais renoncé à toute nouvelle tentative de communication, quand je crus percevoir un frôlement dans le
trou que je venais de rouvrir, et je ne tardai pas à en voir
sortir un bout de papier soigneusement roulé.

Je m'en emparai avec avidité, et je le dépliai au plus
vite.

Il n'y avait pas le moindre mot ! C'était simplement une
feuille de papier blanc. Quel était ce nouveau mystère ? Mon
voisin voulait-il se moquer de moi ? Dans une situation aussi
tragique que l'était la mienne, cela me paraissait du plus
mauvais goût. Je repoussai même cette hypothèse comme
trop atroce pour être fondée.

A force de me creuser la cervelle, je finis par en trouver
une autre. Cet envoi de papier signifiait simplement que mon
co-détenu, soit par crainte d'être entendu du vestibule, soit
pour toute autre raison, préférait s'en tenir à la correspondance écrite ! Peut-être même supposait-il que je n'avais

pas de papier, puisqu'il m'en faisait passer une feuille entière... Ce fut pour moi un trait de lumière.

Sautant sur ma plume à l'instant, j'écrivis sans m'arrêter :

> Qui es-tu ?
> Pourquoi es-tu là ?
> Moi c'est pour avoir em-
> poisonné Garelou.
> As-tu un pensum à faire?
> Moi, ma situation est déjà
> si grave qu'on m'en a dis-
> pensé.   A. BESNARD.

Je transmis ma dépêche et j'attendis.

Près d'un quart d'heure se passa sans réponse.

Enfin je vis de nouveau poindre un billet que je m'empressai d'ouvrir.

Nouvelle surprise ! c'était le mien, augmenté seulement
de deux réponses laconiques, écrites dans la marge de mon
papier, à peu près comme suit :

> Qui es-tu ?
> Pourquoi es-tu là ? . . . . POUR M'ÊTRE BATTU.
> Moi, c'est pour avoir em-
> poisonné Garelou.
> As-tu un pensum à faire?. OUI.
> Moi, ma situation est déjà
> si grave qu'on m'en a dis-
> pensé.   A. BESNARD.

Ce qui me frappa tout d'abord, c'est que mon correspondant ne signait pas, et ne répondait pas à ma question sur son identité. Cela me donna de lui la plus triste opinion... Et pourquoi cette fantaisie d'écrire en majuscules sur ma lettre même. Je me perdais en suppositions.

La curiosité fut pourtant plus forte que le dégoût, et j'écrivis un second billet ainsi conçu :

« Pourquoi ne signes-tu pas ta réponse ? Tu ne veux donc pas me dire qui tu es ? »

Cette fois j'eus beau attendre, regarder si rien ne sortait, et même m'abaisser à exécuter contre la cloison des appels répétés, aucun signe de vie ne me fut plus donné...

Pourtant mon voisin était toujours là, je n'en pouvais douter. Je l'entendais marcher, tambouriner sur sa table, et, ce qui était plus fort encore, chantonner... Chantonner au séquestre ! Quel endurcissement !

Cette singulière conduite m'inspira un dédain, mêlé, il faut bien en convenir, d'une forte dose d'impatience.

J'attendis une heure ou deux sans tenter de nouvelles négociations. Puis enfin l'inaction, l'ennui, le sentiment écrasant de ma solitude, eurent de nouveau raison de mes fiertés. Réfléchissant que mon voisin était sans doute absorbé par la lourde tâche qu'il avait à accomplir dans sa journée, je me déterminai à lui offrir ma collaboration. Mon troisième billet, annoncé par plusieurs coups à la cloison, était ainsi conçu :

« Veux-tu que je fasse trois ou quatre cents lignes pour toi ? e m'en chargerai volontiers. »

Cette fois je n'avais pas laissé de marge à mon billet, et je l'avais fait aussi étroit que possible, pour obliger mon sauvage à me répondre dans les formes, — s'il me répondait.

Il voulut bien y consentir, mais ce fut sur le verso de mon bout de papier, et ces deux seuls mots, toujours en majuscules :

« NON, MERCI. »

C'en était trop ! Et je m'étais assez humilié. Un quatrième billet quitta ma cellule. Il portait :

« Je ne suis pas étonné que vous cachiez votre nom ; ne serait-ce pas : MALOTRU ? »

Réponse en marge : « NON. »

Je m'avouai battu et je rompis les négociations.

La journée s'acheva sans nouvel incident. La colère que j'éprouvais contre mon affreux voisin m'empêchait de retomber dans mon désespoir, mais elle ne m'empêchait pas de m'ennuyer.

La nuit vint. Je fus extrait du séquestre et conduit à l'infirmerie, car, même pour dormir, je devais être séparé de mes camarades. A peine étais-je tombé dans mon lit, que je fus saisi d'un profond sommeil. Ce n'était pas celui de l'innocence, mais c'était celui d'un enfant qui a une nuit presque blanche à rattraper.

Le lendemain matin, à peine avais-je été réintégré dans ma cellule, qu'un sentiment de curiosité irrésistible me fit de nouveau frapper à la cloison pour apprendre si mon voisin, lui aussi, était encore au séquestre. Deux coups me répondirent et me fixèrent sur ce point. Mais cette fois j'en restai là et je n'écrivis plus.

Sept heures et demie sonnèrent. Un gros morceau de pain m'arriva pour mon déjeuner.

Je venais de l'entamer avec un appétit que le remords n'avait pas affaibli, quand je sentis tout à coup, sous mes

dents, une résistance extraordinaire. Je recherchai l'obstacle
qui venait ainsi brusquement arrêter mon élan masticatoire,
et je découvris un papier soigneusement plié qui avait été
adroitement logé au fond de mon croûton, et non moins
adroitement recouvert d'un couvercle de mie de pain.

Je dépliai ce papier avec un empressement fébrile...

C'était un numéro du journal manuscrit du lycée!... Car
le lycée possédait un journal dont la lecture se payait ordinairement cinq centimes, et qu'une main amie, en considération sans doute de ma situation tragique, me faisait, pour
une fois, servir gratuitement.

Je le dévorai d'une haleine. Livingstone, quand il fut
retrouvé par Stanley dans les déserts de l'Afrique centrale,
n'interrogea pas plus avidement son sauveur sur les nouvelles de la vieille Europe.

Je me bornerai à reproduire *les Nouvelles de la dernière
heure* du journal du Lycée (*Indépendant de Châtillon*), les
seules qui eussent pour moi un intérêt personnel.

DERNIÈRE HEURE

Au moment de mettre sous presse, nous recevons les renseignements suivants sur la grosse affaire qui passionne en
ce moment le lycée, et à laquelle notre prochain numéro
sera tout entier consacré :

Le tambour Garclou ne va pas mieux. On pense que non
content d'absorber les deux litres d'eau-de-vie qui lui ont
été offerts, il a épuisé d'un seul coup toute la provision
d'alcool du professeur de chimie.

— La question ordinaire et extraordinaire a été rétablie

23

pour arracher à Besnard le nom de ses complices, — mais
il se refuse obstinément à le donner.

— Une exécution a déjà été la conséquence de ces événements. En arrivant dans la cour pour la récréation de
midi, un personnage bien connu sous le sobriquet de *Macaque* s'étant permis de dire que Besnard n'était qu'un *ca-
fard,* Baudouin a pris la défense de l'absent. Il a administré
au *Macaque* une volée que tous les bons esprits s'accordent
depuis longtemps à considérer comme méritée. La police
locale est intervenue et Baudouin a été écroué au séquestre.

Il s'y trouve en ce moment à côté de celui dont il a vengé
l'honneur.

CHAPITRE XV

Le dernier paragraphe du journal avait été pour moi un trait de lumière. Ainsi c'était Baudouin que j'avais pour voisin ! Quoi ! c'est avec lui que je viens d'avoir cette bizarre correspondance ! Quoi ! c'est pour avoir pris ma défense qu'il était au séquestre ! Et s'il avait si subtilement évité de se faire connaître, c'était pour ne pas avoir à m'avouer ce dévouement généreux !

Toutes ces conclusions éclatant sur moi coup sur coup m'étourdirent un instant. Puis je me mis à rire et à gambader comme un fou dans ma cellule. Puis j'appelai Baudouin à haute voix comme s'il eût pu m'entendre. Enfin, je sautai sur ma plume, et j'écrivis un nouveau billet, cette fois avec la certitude d'une réponse :

« Je viens de lire le *Journal du lycée* qu'un bon génie m'a fait parvenir. J'aurais dû me douter que c'était toi, rien qu'à ta manière de ne pas montrer ton écriture ! Je sais tout maintenant, et, que tu le veuilles ou non, je t'envoie tous

mes remercîments et l'assurance d'une affection qui ne finira
qu'avec ma vie.

« Ton ami à jamais dévoué,

« A. BESNARD.

« *Post-scriptum.* Je joins à ma lettre un testament que
j'ai écrit hier avant de rien savoir. Tu y verras que je pensais à toi bien avant d'apprendre que tu avais rossé Tanguy,
pour venger mon honneur.

« 2ᵉ *Post-scriptum.* Écris-moi tout de suite. »

Trois coups joyeux, frappés à la cloison, m'apprirent que
mon message était bien reçu, et, après quelques minutes
d'attente, de nouveaux coups m'apprirent que la réponse
arrivait.

Il me fut bientôt donné de lire ce qui suit, écrit de la
main de mon pauvre Baudouin.

« Ton billet m'a fait à la fois rire et pleurer. Mais ne
parlons plus de ce triste passé. J'avais hier une bonne envie
d'accepter tout de même ta proposition pour les lignes. J'en
ai quinze cents à remettre avant de sortir d'ici, et je n'en
ai fait que trente-sept. Mais j'avais apporté dans ma poche
une poignée de terre glaise, et j'ai été très occupé à faire de
souvenir la tête de quelqu'un que tu connais. C'est trop
gentil à toi d'avoir pensé à moi pour ton lézard. C'est là
une preuve d'amitié que je n'oublierai pas. Mais comment te
dire que j'ai une peur horrible que nous ne retrouvions pas
en vie notre petite Émeraude quand nous sortirons de prison? As-tu pu aviser à son entretien?

« Jacques BAUDOUIN.

« *Post-scriptum*. Au train dont va mon pensum, je ne sortirai pas de ce maudit cachot avant une dizaine d'années.

« J. B. »

Cette réflexion sur le sort de mon lézard me terrifia. Dans le trouble de mon cerveau, je l'avais oublié. C'était impardonnable. Il n'y avait pas un instant à perdre. Ah! si le garçon de salle qui m'apportait mes repas pouvait entrer, peut-être serait-il encore possible de lui sauver la vie... Je n'avais d'espoir qu'en lui! Toutefois, ma joie d'être réconcilié avec Baudouin était si profonde qu'elle finit par l'emporter sur tout. Le cachot, le crime même qui m'y avait amené, mes inquiétudes sur le sort d'Émeraude et sur le mien propre, tout disparaissait devant ce grand fait : j'avais retrouvé mon ami, et c'est à son dévouement pour moi que je devais ce bonheur!... Ah! comme je méprisais maintenant les amitiés menteuses par lesquelles j'avais essayé de remplacer cette affection si vraie! Comme les Tanguy et les Perroche me faisaient horreur! Comme je sentais la vérité indiscutable de cette pensée d'Anacharsis qui nous avait quelques jours plus tôt été donné en thème :

« Anacharsis disait qu'il vaut mieux avoir un ami digne de beaucoup d'estime que d'en avoir dix mille qui n'en méritent aucune. »

Cependant, il ne s'agissait plus de perdre de temps, il fallait se mettre à l'ouvrage, faire le pensum de Baudouin, et le délivrer au plus vite.

Sur ma demande, il consentit à me passer quelques feuillets du livre qu'il avait à copier, et quand midi sonna au-dessus de notre tête, j'avais expédié près de six cents lignes.

Cette ingrate besogne, il est à peine nécessaire de le dire, avait été coupée de billets nombreux, pour nous tenir au courant de nos progrès mutuels. Et tel est l'effet de l'émulation, que Baudouin fit, dans cette matinée, presque autant de copie que moi.

Nous en étions là, quand j'entendis des pas dans le vestibule, et mon guichet s'ouvrit. Je me hâtai d'y courir pour une négociation avec le garçon de salle.

Quelle ne fut pas mon horreur en voyant se dresser devant moi, dans l'encadrement du judas, la face pâle et bouffie de Garelou!

Au premier moment, je me crus en proie à l'un de ces affreux cauchemars qui, depuis la veille, oppressaient mon sommeil. J'ouvris la bouche pour parler et m'élancer vers cette apparition, implorer d'elle mon pardon.

Mais le guichet s'était refermé, et, sur la tablette intérieure de la porte, se trouvait seulement mon dîner. J'essayai de me railler moi-même.

« Bah! me dis-je, c'est impossible, je deviens fou et je vois Garelou partout. J'ai été sous le coup d'une hallucination. »

Tout à coup une idée terrible me traversa la cervelle. Ma bonne Jeanneton avait eu jadis la sottise de me raconter de prétendues histoires de revenants. Elle tenait pour certain, en particulier, que les victimes d'un crime ne manquent guère d'apparaître tôt ou tard à leur meurtrier.

Je me dis que peut-être Garelou venait d'expirer et qu'il s'était ainsi montré à moi pour me reprocher ma coupable indifférence. Comment avais-je pu, depuis quatre ou cinq heures, oublier si complètement l'énormité de mon forfait? Mon trouble et ma terreur furent tels, mes remords si amers, que, pendant plusieurs minutes, je restai anéanti et à genoux à côté de mon tabouret, incapable de communiquer à Baudouin ce qui venait de m'arriver, et plus incapable encore de toucher à mon dîner qui resta sur la tablette.

Je commençais à me remettre de cette poignante secousse, quand, tout à coup, les verroux grincèrent dans leurs gardes, ma porte s'ouvrit, et une voix de stentor, la voix de Garelou, beugla, comme elle beuglait d'ordinaire :

« Besnard !... Besnard !... chez le Proviseur ! »

Alors, une terreur folle s'empara de moi. Sans réfléchir, sans essayer même de m'assurer si j'avais affaire à un spectre ou à un guichetier bien vivant, je m'élançai d'un bond dans le vestibule, je me précipitai tête baissée dans l'escalier, et, toujours courant, j'arrivai chez le Proviseur.

Ne plus être seul avec cette apparition vengeresse, ne plus entendre cette voix formidable, était la seule idée que je fusse encore capable de formuler.

M. Ruette m'attendait, assis à son bureau, l'air grave et sévère, mais serein pourtant, comme s'il avait été délivré d'une lourde inquiétude.

« Vous l'échappez belle, mon enfant, me dit-il avec bonté. Garelou est sur pied. Son accès a pris fin dans la nuit, et, ce matin, il a demandé à reprendre son service. Il ne sait même pas que vous êtes l'auteur de la terrible plaisanterie qui a failli l'emporter. Mais vous, vous ne l'oubliez pas, je l'espère, et les remords par lesquels vous avez dû passer vous serviront de leçon. Rappelez-vous qu'il est méchant et cruel de s'amuser aux dépens des autres, et surtout aux dé-

pens des humbles. C'est l'indice d'un esprit bas, et à ce titre
tout à fait indigne d'un garçon intelligent et brave comme
vous l'êtes, je n'en doute pas... Dieu merci, il ne sera pas
nécessaire que cette affaire sorte du lycée !... Comme je m'y
suis engagé, je vous tiendrai compte de votre propre aveu,
et l'expulsion dont vous êtes passible, — l'expulsion que j'ai
été obligé de prononcer contre Tanguy, — vous sera épargnée.

« Je dois pourtant vous infliger une punition disciplinaire
en rapport avec la gravité de votre faute, et j'ai décidé que
cette punition serait la suivante : privation de congé au jour
de l'an, et privation de sortie jusqu'à nouvel ordre, le tout
sans exemption... Allez, et ne péchez plus. »

Je restais abasourdi, stupéfait, les pieds fixés au sol, incapable de remercier M. Ruette de son indulgence, ou, pour
mieux dire, incapable d'articuler un seul mot.

« Eh bien ! qu'attendez-vous ? » me demanda le Proviseur, voyant que je ne faisais pas mine de m'en aller.

Je tournais mon képi dans mes doigts sans oser me décider
à parler.

Enfin je balbutiai :

« Est-ce que je dois retourner au séquestre ?

— Non, mon enfant, allez reprendre votre place à l'étude,
et en classe. »

Je poussai un soupir de soulagement.

« Et Baudouin ? dis-je tout à coup, enhardi par la bonté
du Proviseur.

— Baudouin aussi, — quand il aura achevé son pensum, »
ajouta M. Ruette avec quelque chose comme un sourire au
coin de la bouche.

Savait-il déjà que je n'étais pas étranger à la confection de ce pensum? On aurait pu le croire. Peut-être les murs du séquestre avaient-ils des yeux et des oreilles?

Sans demander mon reste, cette fois, je m'élançai dans le couloir et de là dans la cour. Ma rentrée y fit sensation, j'ose le dire.

Mais je n'avais plus qu'un souci : Émeraude. J'obtins la permission de monter au quartier, je me précipitai sur mon pupitre, je soulevai en tremblant d'anxiété mon dictionnaire grec-français...

La spirituelle bestiole! voyant que je n'étais plus là pour lui servir ses quatre repas, et qu'il faisait froid, elle avait pris le parti que prennent volontiers tous les lézards en hiver, elle s'était endormie d'un profond sommeil pour deux à trois mois.

LA FACE DE GARLLOU SE DRESSA DEVANT MOI.

CHAPITRE XVI

HISTOIRE DE M. PELLERIN. — UNE BATAILLE.

IMPROMPTU.

Le jeudi qui suivit ma réconciliation avec Baudouin, fut un des jours les plus froids d'un hiver assez rigoureux. Le ciel était d'un gris de plomb. Une bise sèche et mordante sifflait dans les couloirs du lycée, et quand nous descendîmes dans la cour, à l'heure de la promenade, pour l'inspection du Proviseur, nous vîmes bien qu'il avait bonne envie de contremander la sortie.

Il se contenta pourtant d'autoriser ceux d'entre nous qui avaient des engelures à rester au lycée, et, après quelques minutes d'hésitation, prononça enfin le mot sacramentel :

« Allez! »

Nous défilâmes en silence, le nez rouge et les mains dans nos poches, et l'air assez peu martial dans nos tuniques étriquées.

Les rues étaient presque désertes. A peine deux ou trois marchands ambulants, de ceux qui suivaient d'ordinaire nos divisions, nous attendaient-ils à la sortie ce jour-là. Les autres avaient jugé sans nul doute que le temps était trop glacial pour être propre aux affaires.

Un seul d'entre eux, un pauvre bonhomme en cheveux blancs, coiffé d'une casquette de loutre et vêtu d'une mince redingote, assez propre mais terriblement râpée, se joignit à notre colonne. Nous l'appelions *grand-papa Plaisir*, en raison de son aspect vénérable, et de la légère marchandise qu'il portait pour nous dans un long cylindre de fer blanc.

En nous apercevant, selon sa coutume, il n'avait pas manqué d'agiter sa cliquette et de crier : « *Plaisir ! Voilà le plaisir !* »

Sa mine morfondue était si peu en harmonie avec la chanson, que nous ne pûmes nous empêcher de sourire, quoique, à vrai dire, il n'y eût guère sujet à raillerie. Mais ce ne fut qu'un éclair, et, l'instant d'après, nous pensions à tout autre chose.

« Accélérez le pas, c'est le seul moyen de ne pas geler sur place ! » dit M. Pellerin à la tête de la colonne.

Nous ne nous fîmes pas répéter la consigne. Le bonhomme nous suivait clopin-clopant, le dos voûté et sa boîte au bras. Notre pas résonnait sur le pavé, et ce mouvement plus vif nous réchauffait déjà. Bientôt nous eûmes dépassé le boulevard extérieur.

« Oh ! monsieur, un temps de pas gymnastique, avant de rompre les rangs ! » dit Baudouin à M. Pellerin.

M. Pellerin fit un signe d'assentiment. Un, deux, trois ! nous voilà partis. Le pauvre père Plaisir était distancé. Mais il connaissait notre halte ordinaire et ne pouvait manquer de nous y rejoindre.

Quand nous nous arrêtâmes après une course de deux

kilomètres, il n'était plus question d'avoir froid. Toutes les figures étaient épanouies, toutes les poitrines haletantes, et les bouches ouvertes à la fraîcheur de l'air. Il faisait bon marcher sur cette grand'route sèche et dure en faisant craquer sous nos gros souliers la glace des ornières. Les rangs étaient rompus, maintenant, et nous causions.

Naturellement c'est avec Baudouin que je me retrouvais, pour la première fois depuis trois à quatre semaines, et je laisse à croire si nous savions tous deux apprécier ce bonheur, quand M. Pellerin se rapprocha de nous.

« Eh bien! vous voilà réconciliés? nous dit-il d'un air bienveillant et affectueux. J'en suis bien aise pour vous. J'étais très peiné de vous voir brouillés... Maintenant que c'est fini, expliquez-moi un peu pourquoi deux amis aussi bien assortis que vous avaient fait cette sottise... si toutefois, reprit-il en souriant, ma question n'est pas indiscrète et ne risque pas de raviver une querelle mal cicatrisée. »

Nous étions devenus très rouges, Baudouin et moi, à cette allusion très discrète, et cela d'autant plus naturellement, que M. Pellerin nous avait peu habitués jusqu'à ce jour à une pareille intervention dans nos affaires intimes. Je ne sais quoi de doux et d'amical dans sa voix nous empêcha pourtant d'en être blessés, et je compris tout de suite qu'il m'appartenait de répondre.

« Ma foi, monsieur, lui dis-je en devenant de plus en plus rouge au souvenir de mon absurde colère, j'avais été assez sot pour croire Baudouin capable d'une méchanceté, et je l'avais accusé injustement.

— Mais encore, quelle méchanceté? insista M. Pellerin. Est-ce qu'il ne s'agissait pas de votre lézard?

— Oui, repris-je de plus en plus confus. Je croyais qu'il lui avait fait manger du papier !

— C'est bien ce que je pensais... Et avez-vous jamais su quel était le véritable auteur de cette spirituelle plaisanterie ?

— Jamais. Mais il ne m'a pas fallu bien longtemps pour comprendre que ce ne pouvait pas être Baudouin.

— Eh bien ! je puis vous dire qui c'était, si cela vous intéresse encore : nul autre que Tanguy.

— Tanguy ? m'écriai-je avec plus de ressentiment que de surprise.

— Lui-même, reprit M. Pellerin. Je l'ai entendu un jour se vanter du fait comme d'un excellent tour, — et je crois bien que Baudouin l'a entendu aussi, » ajouta-t-il en se tournant vers mon ami.

Baudouin, ainsi interpellé, dut convenir du fait.

« Vous voyez, reprit M. Pellerin, comme il importe de ne jamais accepter à la légère une apparence défavorable à ceux que nous aimons... Si je vous en parle aussi librement, c'est que votre malentendu, dont j'ai suivi avec chagrin le développement, m'a rappelé à moi une autre méprise du même genre, mais bien plus grave dans ses conséquences, car j'en souffre encore après des années... »

M. Pellerin s'arrêta un instant comme accablé par un douloureux souvenir. Nous l'écoutions avec un ardent intérêt.

« Moi aussi, reprit-il, j'avais un ami de collège, un ami bien cher. Il s'appelait Charles Vigier. Nous avions fait toutes nos classes côte à côte, jusqu'à la seconde, et à ce moment seulement nous nous étions séparés, lui pour entrer dans la section des sciences, moi pour suivre le cours de

mes études en vue de la carrière que j'ai définitivement
abordée, — par son échelon le plus modeste, — celle de
l'enseignement des lettres. Mais les récréations, les promenades, nous étaient restées communes, et notre amitié ne
s'était jamais démentie. Un jour pourtant, nous nous brouil-
lâmes pour une vétille, une discussion sans importance, si
peu importante, en vérité, qu'il me serait impossible aujour-
d'hui d'en dire le sujet... Eh bien! imaginez quel fut mon
désespoir quand je reçus la nouvelle d'une épouvantable
catastrophe! Charles Vigier s'était noyé au cours d'une promenade en canot qu'il faisait avec sa mère et ses sœurs.
J'avais perdu à jamais mon ami, sans m'être réconcilié avec
lui!... Encore aujourd'hui, après cinq ans écoulés, je ne puis
arrêter ma pensée sur cet affreux événement sans m'abandonner aux regrets les plus amers. Perdre ainsi un ami bien
cher est déjà terrible, mais se dire qu'on l'a perdu sans
qu'une explication loyale ait effacé les traces d'un futile
malentendu! se dire qu'il a peut-être emporté dans la mort
une pensée amère contre vous! Comprenez-vous ce qu'il y
a de poignant dans cette idée? »

Nous écoutions en silence M. Pellerin, et certes nous sentions vivement ce qu'il nous exprimait avec tant d'abandon
et de chaleur communicative. Pour moi, surtout, qui venais
justement de traverser une crise morale du même ordre,
j'étais si ému que je ne pensais même pas à parler. Mais
Baudouin, qui n'avait pas les mêmes raisons d'être honteux,
s'empressa de relever la conversation que notre pauvre maître avait laissée tomber en achevant son récit.

« Monsieur, demanda-t-il, est-ce que c'est au lycée de
Châtillon que vous faisiez vos études?

— Non, répondit M. Pellerin en relevant sa tête pensive,
non, mon enfant, j'ai fait mes études au collège communal
de S***. Mais pourquoi me demandez-vous cela?

— Oh! pour rien... pour savoir... »

M. Pellerin répliqua par un fin sourire à cette réponse qui
n'en était pas une.

« Pour savoir si j'ai été élevé dans la maison où je suis
maître d'études, n'est-ce pas? dit-il en achevant la phrase.
Cela aurait fort bien pu arriver, et cela arrive en effet fort
souvent. Mais ce n'est pas précisément mon cas. Quand j'ai
eu achevé mes classes au collège de S***, j'aurais bien voulu
pouvoir faire une année ou deux de rhétorique supplémentaire dans un lycée, et me préparer pour le concours de
l'École Normale. Mais mes parents ne sont pas riches; un
tel effort les aurait gênés pour longtemps. J'ai préféré me
présenter à M. Ruette pour une place d'aspirant répétiteur.
J'ai été agréé, on a bien voulu me donner toutes les facilités
possibles pour la préparation de ma licence, et, ma foi, je
crois bien que j'ai gagné au moins deux ans à prendre ce
sentier modeste. »

Nous écoutions avec un intérêt croissant tandis que M. Pellerin nous parlait ainsi de lui-même, simplement et sans
fausse honte. Depuis bientôt trois mois que nous étions placés
sous sa direction, il nous avait bien donné à plusieurs reprises, à Baudouin et à moi, des marques toutes spéciales de
son intérêt et de sa sympathie; mais c'était la première fois
qu'il se laissait aller ainsi à une causerie suivie, à cœur ouvert. Nous en étions absolument ravis, et je ne puis dire le
bien que cela nous fit.

J'ai pensé bien souvent, depuis ce jour, que, dans nos collèges, les maîtres d'études et les élèves vivent trop souvent séparés par une inflexible étiquette. Les uns et les autres ne pourraient que gagner à une plus étroite communion d'idées, à un rapprochement plus intime, — du moins aux heures de récréation et de promenade : ceux-ci des avis utiles, des conseils, des enseignements que le livre tout sec ne donne guère ; ceux-là une douceur de vie de famille, une fraîcheur d'impressions, une détente morale qu'ils ne sauraient trouver dans l'accomplissement technique de leurs devoirs.

Du reste, pour mon compte personnel, je ne faisais guère qu'écouter. La gravité habituelle de M. Pellerin continuait de m'imposer, en dépit de sa bienveillance. Mais Baudouin, avec sa liberté paysanne, n'était pas si réservé.

« Monsieur, reprit-il, vous êtes licencié, n'est-ce pas? Est-ce que c'est un examen bien difficile?

— Difficile? non, pas précisément, si l'on est un bon bachelier et si l'on se prépare sérieusement pendant deux ou trois ans.

— Alors, qu'est-ce que vous faites, tout le temps des études? Pourquoi lire et travailler encore?

— Oh! c'est une autre affaire. J'étudie pour le doctorat et l'agrégation.

— Le doctorat! dit Baudouin en se tournant vers moi avec admiration.

— Oh! le doctorat viendrait encore assez aisément, reprit M. Pellerin. Il ne s'agit guère que de choisir un certain nombre de questions et de les traiter à fond. Mais c'est l'agrégation qui n'est pas commode!

— En quoi donc? demandâmes-nous tous deux cette fois.

— En ce que c'est un concours et non pas un examen.

Pour l'agrégation des lettres par exemple, — c'est celle que je prépare, — il y aura probablement l'année prochaine cinq à six places vacantes. Eh bien! nous serons au moins quarante candidats, et dans le nombre les élèves sortants de l'École normale supérieure, que les juges sont un peu portés à préférer, très naturellement. Il ne s'agit donc pas seulement de bien savoir son affaire, il s'agit de la savoir mieux que les autres, et le programme porte sur tout l'ensemble des littératures grecque, latine, française et étrangères...

— Et quand vous serez agrégé, dit ici Baudouin, quel sera l'avantage?

— L'avantage moral sera d'avoir triomphé d'une difficulté; l'avantage intellectuel de m'être assimilé une grande somme de connaissances; l'avantage matériel d'avoir droit à une chaire de professeur dans un lycée.

— Eh! monsieur, reprit Baudouin, est-ce vraiment la peine de se donner tant de mal pour des gamins comme nous?

— Si c'est la peine, me demandez-vous? Et quel plus noble but pourrais-je me proposer? Est-ce que vous tous, les élèves d'aujourd'hui ou ceux qui vous succèderont sur les bancs du collège, vous n'êtes pas la France de demain? Est-ce que dans l'armée, dans la magistrature, au barreau, dans l'industrie, dans le commerce, dans les arts, dans toutes les branches de l'activité nationale, vous ne représentez pas les forces vives du pays? Est-ce que, de votre instruction, de votre niveau intellectuel et moral, ne dépendront pas la grandeur de la patrie, son rang parmi les nations civilisées, et son existence même? Quelle mission plus haute et vrai-

ment sainte pourrais-je donc me choisir, que celle de vous
préparer à ces devoirs futurs? Pour mon compte, je n'en
connais pas une. Sans doute, il y a des carrières plus bril-
lantes en apparence, plus lucratives surtout, que celle du
professeur : il n'y en a pas de plus véritablement imposante
et qui joue dans la vie sociale un rôle plus capital; il ne
devrait pas y en avoir de plus honorée, si le monde était
sage. Ce que j'en dis est aussi bien pour le modeste instituteur primaire que pour le professeur émérite. Les Allemands
le savent bien, eux! Savez-vous ce qu'ils répétaient constamment en 1871, au lendemain de nos désastres nationaux?
Ils disaient : « Ce n'est pas le fusil à aiguille, c'est le maître
d'école allemand qui a vaincu la France! » Voulant dire
par là, et avec raison, que leurs officiers, leurs soldats même,
étaient plus instruits que les nôtres; aussi il faut voir la
considération dont le corps enseignant est entouré chez eux!
Le nom seul de *Professor* leur remplit la bouche quand ils
le prononcent... Mais tandis que nous bavardons, on dirait
que le temps veut se gâter, » dit tout à coup M. Pellerin
en s'interrompant.

En effet, depuis quelques instants, le ciel s'était graduel-
lement assombri, comme si un voile de fumée se fût rapidement interposé entre la voûte grise et le sol. Le vent était
tombé, et des flocons de neige, rares encore mais très larges, commençaient à descendre silencieusement autour de
nous.

M. Pellerin se demandait déjà s'il ne devait pas donner
l'ordre de rentrer au lycée, quand tout à coup la neige se
mit à tomber en telle abondance, qu'il nous était impossible
de voir à deux mètres devant nous.

« Allons! il n'y a pas de temps à perdre si nous ne voulons pas patauger dans deux pieds de neige, s'écria M. Pellerin. Formez les rangs!... nous allons rebrousser chemin.

— Oh! monsieur!... c'est si amusant!... protestèrent plusieurs voix.

— La consigne est de rentrer si le temps se gâte, répondit péremptoirement notre maître. Tout ce que je puis faire est de vous *laisser* marcher au pas gymnastique, ajouta-t-il en manière de consolation. En rang!... »

La colonne fut bientôt formée.

« Attention!... Une, deux, trois!... Marche! »

Nous voilà repartis vers la ville. La neige tourbillonnait avec furie, et semblait devenir plus dense de seconde en seconde. Nos képis, nos épaules, nos bras, les plastrons de nos tuniques en étaient couverts, en dépit de la rapidité de notre course. Sur la terre une couche cotonneuse de deux à trois centimètres d'épaisseur, étouffait déjà le bruit de nos pas. Tout cela nous paraissait charmant; nous allions droit devant nous, à demi aveuglés par les flocons qui tombaient sur nos yeux et sans crier gare.

Un accident imprévu vint tout à coup déranger cette belle ordonnance.

L'un des élèves placés en tête de la colonne, — Verschuren, s'il faut le nommer, avait trébuché contre un obstacle et venait de s'abattre sur le sol, la tête en avant. Le second rang en avait fait autant sur lui, et aussitôt toute la division, arrivant successivement avec la vitesse acquise, s'amoncela couche par couche sur les trois malheureux. Ce fut une culbute générale, — involontaire de la part des uns, très volontaire de la part des autres.

On criait, on s'injuriait, on riait en se roulant sur la neige, on se bousculait surtout.

Au milieu de la plaine blanche que les prés, maintenant confondus avec la route, formaient à perte de vue, toutes ces petites taches noires éparses sur le sol donnaient l'illusion d'un champ de bataille.

La tentation était trop forte, nous ne sûmes pas y résister.

Avant que M. Pellerin, surpris par cet éparpillement subit de ses forces eût pu nous retenir, nous avions ramassé des poignées de neige, nous nous en étions menacés, barbouillés, bombardés. Les munitions manquant bientôt autour de nous, nous nous répandîmes de tous côtés. La neige, en tombant de plus belle, semblait se mettre de la partie pour augmenter le désordre et la confusion de cette mêlée.

Si nous nous arrêtâmes enfin, ce fut en entendant M. Pellerin, qui depuis un instant était agenouillé au milieu de la route, nous dire sévèrement :

« Paix donc, messieurs ! C'est sur un blessé, — peut-être sur un mort, que vous jouez ainsi !... »

CHAPITRE XVII

Nous nous rapprochâmes tous sous le coup d'une émotion bien naturelle, et nous vîmes alors, ce que nous aurions dû remarquer plus tôt, un corps inanimé, ou qui paraissait tel, étendu dans la neige en travers de la route.

Quel ne fut pas notre étonnement et notre chagrin en reconnaissant en lui le pauvre *grand-papa Plaisir!* Il y avait à peine une demi-heure que nous l'avions laissé à notre arrière-garde.

C'était lui, tout simplement, — ou du moins sa boîte de fer-blanc, — l'obstacle sur lequel notre tête de colonne avait trébuché! Il était si parfaitement couvert de neige et confondu sous la blancheur uniforme de la route, que Verschuren, un peu myope, ne l'avait pas aperçu en arrivant sur lui. Pauvre père Plaisir! que lui était-il arrivé?

Il était là, étendu sur le dos, les yeux fermés et très pâle, sa boîte renversée auprès de lui, ses fines gaufres éparses de tous côtés, réduites par la neige à l'état de crêpes.

M. Pellerin lui essuyait le front de son mouchoir, frap-

pait dans les mains glacées du vieillard, faisait de son mieux
pour le ranimer. Mais le pauvre bonhomme semblait tout à
fait insensible.

Il n'était pourtant qu'évanoui, car une respiration légère
soulevait par moments sa poitrine ; mais ses lèvres bleuies
et la rigidité de ses membres attestaient la gravité de son
état.

« Que faire? Si ce pauvre vieillard reste plus longtemps
exposé au froid, il est perdu, disait M. Pellerin désespéré.
Et comment le réchauffer?... Oh! une idée! Si nous commencions par le frictionner avec de la neige!... Il n'est peut-
être qu'engourdi... »

Comme il se mettait en devoir de le soumettre à ce trai-
tement héroïque, le père Plaisir exhala un profond soupir,
entr'ouvrit les yeux, éternua violemment et parut décidément se ranimer. — Nous nous empressâmes de le soulever
sur son séant, tandis que M. Pellerin, se dépouillant en un
tour de main de son pardessus, le lui jetait sur les épaules.
La chaleur douce de ce vêtement acheva de rappeler le vieillard à la vie.

Il regarda d'abord fixement tout ce monde qui l'entou-
rait, sans paraître se rendre compte de ce qui lui arrivait.
Puis tout à coup, se rappelant ce qui faisait l'objet ordinaire
de ses préoccupations, il passa la main sur ses yeux, se re-
dressa et cria d'une voix rauque :

« Mes gaufres!

— Elles sont là, soyez sans inquiétude, mon brave homme,
lui dit avec bonté M. Pellerin. Mais que vous est-il donc
arrivé, et comment vous trouvez-vous ainsi abandonné sur
ce chemin? »

XVI

PAIX DONC, MESSIEURS! C'EST UN BLESSÉ.

Sans répondre à cette question, le père Plaisir suivait de l'œil le geste de notre maître d'études, il arrêtait ses regards sur sa boîte ouverte, sur ses gaufres éparses dans la neige et foulées aux pieds. Incapable de supporter la vue de ce triste spectacle, il répétait d'une voix douloureuse :

« Mes gaufres ! »

Il y avait tant d'angoisse dans ce regard, tant de désespoir dans ce simple mot, que nous en fûmes presque tous émus jusqu'aux larmes. Il était aisé de comprendre que ce léger bagage représentait sans doute tout le capital circulant du pauvre vieillard, tout le travail et peut-être tout l'espoir d'une semaine. Du reste, il expliqua lui-même son exclamation, en ajoutant d'un ton navré :

« Et moi qui dois encore les œufs et la farine au marchand !

— Allons, ne vous désolez pas ainsi ! reprit M. Pellerin. Tout s'arrangera. Vous voilà revenu à vous : c'est le grand point. Pensez-vous que vous pourrez vous tenir debout ? Voyons, faites un effort. Il ne serait pas bon pour vous de rester là dans la neige. »

Le pauvre homme essaya de se soulever, mais ce fut vainement. Il retomba lourdement sur le sol.

« Baudouin !... Mandrès !... s'écria aussitôt M. Pellerin, aidez-moi un peu... nous allons le prendre sous les bras et le soutenir... Vous, Besnard, ramassez la boîte et les gaufres de ce bon vieillard... Il faut essayer de le ramener en ville, car on ne saurait songer à le laisser là. »

Je m'empressai d'obéir, tandis que mon copain et deux ou trois autres des plus grands élèves aidaient M. Pellerin à relever le père Plaisir. Celui-ci se laissait faire fort docilement et essayait de son mieux à se prêter au mouvement. Il fut bientôt sur ses jambes, soutenu d'un côté par M. Pellerin, de l'autre par Mandrès, tandis que Baudouin, le prenant à bras le corps, l'étayait par derrière.

Tout le monde, au surplus, voulut s'en mêler, et ces efforts réunis contribuèrent si bien à former une sorte de litière vivante, que, moitié traîné, moitié porté, le brave bonhomme fut bientôt en route vers Châtillon.

Il n'était plus question de marcher en rang maintenant. Nous avancions lentement sur ce long ruban de neige, en une grosse masse confuse. A tout instant, il fallait s'arrêter pour prendre haleine ou se relayer. Les larges flocons, qui n'avaient pas cessé de tomber en tourbillonnant autour de nous, achevaient de donner à notre singulier cortège la physionomie d'un épisode de la retraite de Moscou, Je fermais la marche avec le cylindre vide. Quant à la cliquette, Verschuren avait réussi à s'en emparer, et, comme il était toujours d'humeur folâtre, en dépit de la bosse au front que lui avait value sa chute, il n'avait fallu rien moins qu'un coup d'œil sévère de M. Pellerin pour l'empêcher de jouer de cet instrument primitif, en marquant le pas sur le flanc de la colonne.

Tant bien que mal, après une heure d'efforts, nous arrivâmes aux premières maisons de la ville. Il ne pouvait être question de la traverser ainsi, et M. Pellerin avait hâte de procurer un peu de repos au pauvre vieillard : il résolut donc de s'arrêter à l'auberge du *Cheval Blanc*, dont l'enseigne parlante s'étalait à l'entrée du faubourg, et à cet effet, il dépêcha Baudouin en avant pour tout expliquer à l'hôtesse.

Quelques minutes plus tard, le père Plaisir était assis au

coin d'un grand feu dans une vaste cuisine tout étincelante
de cuivres. Nous nous étions massés autour de lui, heureux
de le voir se raviver à la flamme pétillante d'un énorme
fagot, et pas fâchés d'ailleurs de prendre, nous aussi, notre
part de cette aubaine.

« Eh bien! comment vous trouvez-vous maintenant? demanda M. Pellerin au brave homme, quand il le vit bien
réchauffé.

— Beaucoup mieux, grand merci, monsieur!... sans vous
je serais sûrement mort de froid sur la route! répondit-il
d'un ton pénétré de la plus vive gratitude.

— Mais comment étiez-vous tombé là? reprit M. Pellerin.

— Je ne sais. Je me hâtais derrière vous, pour arriver à
la halte, quand j'ai été pris d'un éblouissement, et je me suis
abattu à terre... Je ne me rappelle pas autre chose.

— Le pauvre homme n'a peut-être pas mangé de la journée! » se dit à demi-voix M. Pellerin.

Et il s'empressa de commander à l'hôtesse un grand bol
de lait chaud bien sucré, avec une cuillerée d'eau-de-vie.

Ce lait fumant! rien que le parfum qu'il exhalait, quand
l'hôtesse l'eut déposé sur une petite table, devant le pauvre
vieux, vous faisait venir l'eau à la bouche par ce froid de
loup!

Dix ou douze d'entre nous levaient déjà la main pour demander l'autorisation de se faire administrer un cordial du
même genre, requête dont nous attendions tous le résultat
avec un légitime intérêt; mais M. Pellerin, nous prenant à
part dans un coin, nous dit aussitôt :

« Messieurs, ceux d'entre vous qui désirent se faire servir
du lait le peuvent assurément. Mais laissez-moi vous dire

qu'il y aurait un bien meilleur emploi à faire de votre monnaie de poche. Dans vingt minutes, une demi-heure au plus,
nous serons rentrés au lycée, et votre goûter vous attend ;
une tasse de lait de plus ou de moins ne vous avancera guère,
et voyez quel bien peuvent faire les quelques sous qu'elle
vous coûterait, si vous les laissez tomber dans la poche du
père Plaisir !... Toutes ses gaufres sont perdues... C'est tout
simplement la faillite ouverte sous ses pas, que nous empê-
cherions par une souscription opportune.

— Oh ! monsieur, merci de nous donner cette excellente
idée ! s'écria, le premier, Baudouin en ôtant son képi et en le
promenant à la ronde. Voilà mes cinq sous ! *capon* qui s'en
dédit !... Allons, messieurs, il s'agit de refaire une pacotille
au grand-papa Plaisir ! » reprit-il à demi-voix, en faisant
danser sa monnaie au fond de cette sébile improvisée.

Tous nous nous empressâmes d'y jeter ce que nous avions
en poche, avec plus de joie mille fois que n'auraient pu nous
en causer cent pots de crème ; tous, sauf Perroche, dois-je
dire, car je le vis distinctement esquiver l'offrande. Il avait
cependant de l'argent, car, le soir même, en rentrant, il acheta
six pommes au père Barbotte ! Tant il est vrai que la paresse,
l'égoïsme, l'avarice et tous les vices les plus hideux vont
ordinairement de front.

Quant à nous, nous étions déjà autour de la grande table
de cuisine, comptant et empilant nos gros sous et nos pié-
cettes, qui faisaient la somme respectable de vingt-trois
francs cinquante centimes.

M. Pellerin ajouta de sa poche ce qui manquait pour com-
pléter vingt-cinq francs. L'hôtesse fut priée de nous donner
cinq beaux écus en échange de notre monnaie, ce qu'elle fit

le plus obligeamment du monde, et, quand tous ces préparatifs furent terminés, je fus unanimement délégué, en qualité d'ex-sergent, pour remettre au bon vieillard le produit
de la souscription.

Je m'acquittai assez gauchement de ma mission, et j'étais
probablement très rouge en murmurant à l'oreille du bon
vieux :

« Tenez, père Plaisir, voilà ce que mes camarades et
M. Pellerin viennent de réunir pour vous mettre en état de
fabriquer encore de vos excellentes gaufres...

En même temps je lui glissai les cinq écus dans la main.
Le brave homme n'en croyait pas ses yeux.

« Vingt-cinq francs!... Messieurs c'est trop de bonté!...
Je vivrais cent ans que je n'oublierais pas ce que vous faites
pour moi ! »

Deux grosses larmes avaient jailli de ses yeux et coulaient
sur ses joues vénérables.

« Ah! mon petit Criquet, comme il sera content! » ajouta-
t-il au bout d'un instant, se parlant à lui-même.

Ces mots eurent le privilège de piquer vivement ma
curiosité.

« Criquet? Qui cela Criquet? fis-je aussitôt du ton que j'a-
vais naguère avec bon papa, quand je flairais une histoire.

— Eh bien ! Criquet, mon petit-fils, vous savez bien, celui
qui est toujours sur le cours avec son panier de gaufres!

— Eh oui! s'écrièrent trois ou quatre voix citadines. Tout
le monde connaît Criquet dans Châtillon!... Il n'a pas son
pareil pour faire le saut périlleux et la chandelle... Ah! le
petit singe! Est-il assez dégourdi !

— Et intelligent aussi, et savant! dit le grand-père avec

un orgueil naïf. Cet enfant-là, voyez-vous, monsieur, continua-t-il en s'adressant plus spécialement à M. Pellerin, cet enfant-là a plus d'esprit qu'il n'est gros, c'est le cas de le dire. Ça n'a pas deux pieds sur terre, ça tiendrait dans ma boîte à gaufres, et c'est plus savant qu'un avocat! »

Était-ce l'influence de la goutte d'eau-de-vie contenue dans son lait, était-ce l'enthousiasme paternel qui échauffait peu à peu le père Plaisir? Je ne saurais le dire. Mais toujours est-il qu'il s'éleva rapidement à un véritable accès de lyrisme.

« Il sait tout, ce galopin-là! s'écria-t-il. Il y a des soirs que nous restons tous bouche béante, les voisins et moi, à l'écouter. Il nous récite des choses dont nous ne comprenons pas le premier mot : du latin et du grec, et des histoires du *temps jadis*, des choses qui se sont passées il y a des mille *milliasses* d'années, — je ne sais pas comment on peut s'en souvenir. Et puis des kyrielles de *verbes*, comme il dit, et puis des *racines*, — il appelle ça, — et tout naturellement tout un grimoire à vous faire dresser les cheveux sur la tête.

— Qui donc lui apprend tout cela? demanda M. Pellerin, très visiblement intéressé.

— Qui? Personne absolument. Il tire tout de sa cervelle. Il allait bien à l'école primaire il y a trois ou quatre ans. Mais un beau jour, va te promener! Il n'a plus voulu en entendre parler. Il disait *comme ça* que le maître n'avait plus rien à lui apprendre. Et c'était vrai, — le maître me l'a dit lui-même. Alors, Criquet est resté avec moi pour m'aider dans mon petit commerce, et les jours de musique sur le cours, je vous avoue qu'il n'est pas embarrassé pour vendre son panier de gaufres. Mais c'est une idée qu'il a dans la tête d'apprendre toujours du nouveau. Il n'a pas plus tôt cinq sous

dans sa poche, qu'au lieu de s'acheter des souliers, il se
dépêche de courir chez le bouquiniste, et il rapporte un tas
de vieux livres, des *grand'mères*, comme il dit, et des fatras
à n'en plus finir. Et puis il vous apprend tout ça en un clin
d'œil! Il faudrait avoir des *mille et des cents* pour lui fournir
des livres à ce moutard-là. D'aucuns dans le quartier disent
qu'il est sorcier. Mais ça n'empêche pas qu'ils voudraient
bien en avoir *des comme ça* pour leur écrire leurs lettres et
leur faire leurs comptes...

— Quel âge a votre petit-fils? reprit M. Pellerin.

— Criquet? Ma foi, monsieur, je crois qu'il aura treize
ans à la Saint-Jean. Mais il ne les paraît pas. Vous ne lui
donneriez pas sept ans, à le voir, tant il est malingreux et
chétif. Ce n'est pas qu'il ait mauvaise santé! Je ne l'ai jamais
vu malade. Mais il est tout petit et tout noiraud comme un
grillon, *rapport* à la mère qui était une Arabe de l'Algérie... »

Le bonhomme allait sans doute s'engager dans des détails
biographiques du plus haut intérêt, mais ici M. Pellerin, en
tirant sa montre, s'aperçut qu'il était l'heure de rentrer.

« Allons, messieurs, nous dit-il, il est temps de reprendre
le chemin du lycée. Le bon père Plaisir va rester ici et bien
se réchauffer, puis il rentrera tranquillement chez lui sous
l'escorte du garçon de salle, un homme sûr et qui le con-
duira à bon port : j'ai tout arrangé avec madame l'hôtesse
que je remercie bien de son obligeance... Ah! j'oubliais!...
Mon brave homme, voulez-vous me donner votre adresse?
J'irai prendre de vos nouvelles demain pour les apporter à
ces messieurs qui seront bien aises de les avoir.

— En vérité, monsieur, vous m'accablez de bonté, dit le

pauvre vieux profondément ému. Je demeure impasse des
Vinaigriers, n° 14, et bien honoré je serai de votre visite... »

Tandis que notre excellent maître écrivait cette adresse
sur son carnet, nous pûmes voir le père Plaisir prendre silencieusement le pan de sa vieille redingote et essuyer une
nouvelle larme de reconnaissance.

Nous aussi, en quittant le *Cheval Blanc* pour retourner au
bercail, nous étions émus et contents. Certes, la satisfaction
profonde que nous avions eue à alléger de notre obole d'écolier cette navrante misère, valait bien tous les plaisirs que
cent fois plus de gros sous auraient pu nous procurer. Mais
ce qui nous touchait spécialement, c'était la douceur, la
patience et la délicatesse inépuisables de M. Pellerin. Comme
il avait bien su nous donner l'exemple! comme il nous avait
fait toucher du doigt le bien qu'on peut faire, même sans de
grandes ressources, avec un peu d'intelligence, de cœur et
d'esprit fraternel! Certes, depuis que nous étions placés sous
sa direction, nous avions appris déjà à respecter son savoir,
son esprit de justice et sa loyauté parfaite. Mais je puis dire
que, de ce jour, notre affection pour lui égala notre respect.

Baudouin, qui sentait avec une vivacité extraordinaire le
beau sous toutes ses formes, ne me parlait d'autre chose en
rentrant au lycée.

« Comme il est bon! me disait-il. L'as-tu vu quand il a
jeté son paletot sur les épaules de ce pauvre homme? Je
l'aurais embrassé volontiers! »

Pour moi, j'étais préoccupé surtout du père Plaisir et de
son petit-fils Criquet. Pauvre vieillard! comme il aimait son
enfant! comme il était fier de lui! Si seulement mon grand-

JE M'ACQUITTAI ASSEZ GAUCHEMENT DE MA MISSION.

papa à moi pouvait jamais avoir le droit de parler de son petit Albert avec le même enthousiasme ! mais il n'y avait guère d'apparence. Moi qui avais de savants maîtres, des livres, des conseils, tous les moyens d'instruction possibles à ma disposition, — c'est à peine si, sur trois mois, j'en avais bien employé deux. Et cet enfant des rues, ce pauvre petit être, réduit à gagner à force de cabrioles et d'efforts constants son pain de tous les jours, c'est lui qui me donnait l'exemple. Ah ! du moins, que cette leçon ne soit pas perdue ! me disais-je.

Le lendemain, M. Pellerin nous dit simplement qu'il était allé prendre des nouvelles du père Plaisir. Il l'avait trouvé bien remis de sa chute et très guilleret.

Nous fûmes un peu surpris, le dimanche suivant, de ne pas le voir nous attendre à la sortie, et nous accompagner hors de la ville comme à l'ordinaire. Puis, avec la mobilité ordinaire de notre âge, nous oubliâmes bientôt cet incident.

CHAPITRE XVIII

Le 29 décembre était arrivé. Après la classe du soir, qui était avancée d'une heure, tout le monde devait partir pour les congés du Jour de l'An, — tout le monde, excepté moi.

Cette punition, qui m'avait d'abord paru si légère, me semblait maintenant effroyable. Le remue-ménage d'un lycée qui va se disperser, les malles qui se font, les pupitres qui se vident, les projets et les gaietés qui s'échangent, — tout cela me faisait plus cruellement sentir l'amertume de ma situation.

J'aurais tant aimé revoir Saint-Lager, embrasser maman et tante Aubert, entendre une des bonnes histoires de grand-papa et, ne fût-ce que pour la dernière fois, suivre mon père à la chasse !

Au lieu de ces bonheurs dont je m'étais fait trois mois à l'avance une peinture si enchanteresse, j'allais avoir en partage la solitude et l'ennui ! je reconnaissais bien, au fond, quand je descendais au-dedans de moi-même, que c'était là,

à tout prendre, une peine assez douce pour une faute aussi
grave... Mais, d'autre part, Garelou était vivant, et bien
vivant, avec sa large face plus en caoutchouc que jamais,
son nez de plus en plus écarlate, et sa voix tonitruante ; et
j'en venais, en vérité, à me considérer comme une sorte de
martyr. Il n'aurait pas fallu me presser beaucoup pour me le
faire dire.

Mais on n'y songeait guère. Chacun s'occupait de ses préparatifs de départ sans faire la moindre attention à mes griefs,
sinon peut-être pour s'en égayer.

« Mazette! m'avait dit Perroche, tu vas être au large,
quand nous serons partis! Trois cours à toi seul et le réfectoire d'un bout à l'autre, avec la société de messieurs les
pions!... Heureux mortel, va!... sans compter qu'au Jour
de l'An il y a du poulet rôti et de la tarte aux pommes, —
j'ai pu m'en assurer l'an dernier... »

Être raillé par ce cancre! Les sarcasmes me laissèrent
froid, mais ce que je m'expliquais mal, c'était l'attitude
ambiguë de Baudouin.

Lui qui était redevenu depuis dix jours mon compagnon
inséparable, il semblait maintenant contraint et gêné. Toutes
les fois que la conversation se portait sur les congés, spécialement, il restait silencieux ou trouvait un prétexte pour
changer de sujet.

J'avais d'abord attribué cette singularité à un désir amical
de ménager mes susceptibilités sur ce point délicat. Mais
bientôt il me fallut reconnaître qu'il y avait quelque chose
de plus. Baudouin ne se contentait pas de se taire, il boudait
très évidemment. Pourquoi? C'est ce que je ne pouvais parvenir à comprendre. Deux ou trois fois j'avais voulu aborder

la question, mais, brusquement, presque brutalement, il m'avait tourné le dos.

Quoi qu'il en soit, le jour douloureux était arrivé. A une heure, quand le tambour roula, nous montâmes tous au dortoir nous habiller pour la réception du proviseur.

Un quart d'heure plus tard, toutes les divisions venaient se ranger une à une dans la grande salle de dessin, débarrassée pour cette occasion de ses bancs et de ses chevalets. Au milieu du cercle que nous formions, les grands à droite, les moyens au centre et les petits à gauche, un espace vide avait été laissé. A peine étions-nous en place que M. Ruette, accompagné du censeur et de tout un état-major de maîtres, vint se placer debout dans cette espèce d'arène.

« C'est Verschuren l qui va *piquer le laïus!* » se disait-on de rangs en rangs.

Un grand garçon brun et pâle, avec des lunettes bleues et des favoris naissants dont il était très fier, mais qui faisaient avec sa tunique un effet assez bizarre, se détacha de la classe de rhétorique et déplia un papier qu'il tenait à la main.

Il commença de lire, d'une voix mal assurée, un compliment en vers latins, auquel j'eus le regret de ne pas comprendre un traître mot, mais qui devait être farci d'*allusions* plus piquantes les unes que les autres, car les maîtres de la section des lettres paraissaient le savourer, et soulignaient d'un sourire tous les passages à effet. Quant aux maîtres de la section des sciences, ils étaient probablement à peu près dans le même cas que moi, et se contentaient de dodeliner de la tête.

Sur le dernier vers, M. Ruette serra cordialement la main de l'orateur, puis il nous adressa un petit speech dans lequel il nous remercia de nos bons souhaits, et exprima celui qu'il formait lui-même de nous voir travailler avec ardeur et bien remplir l'année qui allait s'ouvrir.

Enfin, après ces préliminaires officiels, on en vint à ce que nous considérions comme la partie véritablement sérieuse du programme.

Sur un signe du censeur, des garçons chargés de grandes corbeilles pleines de dragées, pénétrèrent dans la salle et circulèrent devant nous. Il fallait voir tous les bras se tendre comme ceux des Horaces dans le tableau de David, et toutes les mains se plonger dans les tas de bonbons! Peut-être quelques-uns d'entre nous apportèrent-ils à cette curée un empressement trop visible, mais ceux-là seuls qui n'ont jamais vu le buffet d'un grand bal mis à sac par des grandes personnes, auront le droit d'en faire un crime à des écoliers.

En quelques minutes les corbeilles furent vides. M. Ruette se retira alors avec son état-major, au milieu des vivats, et la cérémonie fut terminée.

En classe, où nous nous rendîmes tout droit, il fut bientôt évident que la désorganisation commençait. Personne ne sut un mot de sa leçon, et les devoirs étaient si pitoyables que M. Delacour renonça bientôt à les corriger. Pensant avec raison que, dans l'état d'esprit où nous nous trouvions, le mieux qu'il pût faire était de nous régaler d'une lecture attachante, il se décida vers trois heures à ouvrir l'*Enlèvement de la redoute*, de Mérimée. Il lisait si bien que pas un de nous, j'en suis sûr, n'a perdu le souvenir de l'impression qui lui resta de ce petit chef-d'œuvre.

« Si on parvenait à nous apprendre à lire comme cela! »

me dit Baudouin, qui eut alors comme une intuition d'un des progrès réservés à l'avenir de l'éducation française.

Mais le tambour roula... Les classes se dissipèrent.

A partir de ce moment, le lycée ne fut qu'une mêlée confuse de clameurs et d'agitations. Les maîtres eux-mêmes paraissaient pris de la folie générale, et je crois bien que j'étais seul à rester calme.

Ce calme n'était d'ailleurs pas celui de la force, tant s'en faut! mais je n'osais pas m'abandonner à cette faiblesse. Baudouin était là avec quelques autres qui, pour une raison ou pour une autre, devaient sortir seulement le lendemain.

L'étude, qui commença comme à l'ordinaire à cinq heures et demie, après une interminable récréation, fut d'une tristesse mortelle. Nous n'étions que six au quartier, le maître compris, en réunissant les retardataires de trois divisions. La salle, veuve de tous ses habitants, avait un air lugubre, et tous ces pupitres, avec ces noms gravés en creux dans le bois, blanc sur noir, me faisaient l'effet d'autant de pierres tumulaires.

Baudouin s'était plongé dans les Voyages de Levaillant. Pour moi, j'avais extrait de mon buvard certaines feuilles de papier à lettre ornées de fleurs et d'oiseaux en relief, que le père Barbotte nous vendait au prix usuraire de vingt-cinq centimes, et je m'étais mis à rédiger des compliments de nouvel an à l'adresse de mon père, de ma mère, de ma tante Aubert et de bon papa.

Ces documents historiques n'ont pas tous été détruits par la faux impitoyable du temps. Dernièrement, en feuilletant un vieux registre de comptes de bon papa, j'ai retrouvé entre deux pages jaunies la mémorable missive que je lui écrivis à cette occasion.

« Mon cher bon papa,

« Je suis bien fâché d'être privé de congé et de ne pas pouvoir aller vous embrasser pour le nouvel an, mais il faut savoir supporter sa douleur *à l'exemple des philosophes stoïques.* Quoi qu'il ne me soit pas donné de vous voir, je ne vous en aime pas moins, et je voudrais, *cher aïeul,* qu'il me fût possible de vous le prouver. Vous verriez alors que ma *piété filiale* ne le *cède en rien* à celle de *Cimon* pour son père Miltiade. *Que ne puis-je* vous la témoigner d'une manière aussi éclatante ! Je termine en vous envoyant mes souhaits de bonne année et je suis avec respect, mon cher bon papa,

« Votre petit-fils affectionné,

« Albert BESNARD. »

Tous les mots que j'avais soulignés pour en rehausser la valeur, étaient, je m'en souviens fort bien, extraits de mon « Cahier de bonnes expressions ».

Quand j'eus achevé ma correspondance, il était sept heures et demie et le souper nous appela. Jamais je n'ai rien vu de plus lamentable que ce long réfectoire désert, au fond duquel nous étions une douzaine de proscrits. Nous nous serrions tristement autour de la table la plus voisine de celle des maîtres. Eux, ils paraissaient enchantés, au contraire, d'être débarrassés pour quelques jours de messieurs leurs élèves. Mais cette gaieté, loin d'agir sur nous, ne faisait que nous

assombrir. Nous avions la permission de causer, en raison
de notre petit nombre ; jamais on n'en usa moins.

Un quart d'heure plus tard, nous étions tous au lit, dis-
persés dans les dortoirs.

Le 30 au matin, je fus pour la première fois frappé
du fait singulier que Baudouin n'allait pas en vacances. Tous
les autres étaient partis maintenant, et nous étions à peu
près libres, car le maître unique, qui était préposé à notre
garde, paraissait ne se soucier que relativement de ce que
nous faisions.

Je finis par demander carrément à Baudouin pourquoi il
restait au lycée.

« Parce que j'ai écrit à maman de m'y laisser, dit-il simplement.

— C'est volontairement que tu t'es privé des vacances?

— Très volontairement. D'abord j'étais bien aise de te
tenir compagnie, soit dit sans te flatter, et puis je trouve que
je n'ai pas fait assez de progrès dans le premier trimestre
pour avoir le droit de me payer des congés. »

J'écarquillais les yeux en présence de cette soudaine
soif de science. Mais je compris que Baudouin ajoutait le
second prétexte seulement pour masquer le premier, et je
lui en sus gré. Volontiers je lui aurais sauté au cou. Le
plaisir que j'éprouvai d'être l'objet d'un pareil sacrifice
effaça comme par enchantement le chagrin que j'avais de
rester au lycée. Mais, avec la diplomatie ordinaire des enfants, je me gardai bien d'en rien témoigner.

« Ma foi, tu as parfaitement raison, dis-je à Baudouin; si
tu veux, nous allons nous mettre à l'œuvre sans délai, et
répéter si bien toutes nos leçons du trimestre que nous

serons ferrés à glace quand les autres reviendront. Nous avons cinq jours devant nous, cinq grands jours sans devoirs ni leçons, — il faut les mettre à profit.

— C'est cela! » fit-il avec enthousiasme.

Et nous voilà faisant un plan d'études.

Après mûre discussion, nous convînmes de nous borner à bien repasser nos déclinaisons et conjugaisons, les trente à quarante décades de *Racines grecques* que nous avions apprises, nos leçons d'histoire et de géographie, et notre arithmétique. C'est M. Pellerin qui nous donna cet avis.

« Si vous arrivez seulement à bien savoir tout cela, nous dit-il, vous en verrez vite les effets. Il ne s'agit pas tant en ce monde de savoir beaucoup de choses à la fois que de bien savoir le peu qu'on sait. Et ce n'est pas vrai seulement pour les élèves de sixième! »

Il fut admis, bien entendu, que nous ne manquerions pas de varier nos plaisirs par une gymnastique effrénée, et, ce programme une fois arrêté, nous nous mîmes à l'œuvre sans plus tarder.

C'était plaisir de nous voir, disant nos leçons à haute voix, nous posant des *colles,* nous excitant mutuellement par l'électricité de cette collaboration, puis, toutes les deux ou trois heures, courant au gymnase et fatiguant de notre mieux *la bête,* avant de reprendre nos études. Comme elle passa cette journée! et comme nous savions bien le soir ce que nous avions si gaiement repassé! Ma foi, nous ne songions plus aux congés, et nous étions tout entiers au plaisir de prendre de l'avance sur nos camarades, qui se croyaient bien malins parce qu'ils se reposaient à la maison sur leurs lauriers.

Le lendemain se passa de même. Jamais année ne s'était si laborieusement terminée.

Le Jour de l'An arriva, et un incident imprévu vint menacer de déranger tous nos plans. Il était sept heures et demie, nous venions à peine de descendre au quartier, car nous faisions la grasse matinée, — quand Garelou, — Garelou lui-même, — m'apporta une petite caisse à mon nom.

« Serait-ce une revanche? » me dit en riant Baudouin.

J'ouvris l'envoi, le cœur palpitant. O ivresse! c'étaient mes étrennes. Jusqu'à ce moment, j'avais été convaincu que je ne pouvais pas en avoir dans l'ignominieuse position où je m'étais placé.

A tout seigneur tout honneur... D'abord cette boîte en carton blanc adressée d'une bonne vieille écriture tremblée... Une montre! une belle montre toute neuve et dont le boîtier brille comme un soleil!... Et autour de cette montre une délicieuse chaîne aux anneaux imbriqués comme les écailles d'un serpent! Précisément la chaîne de mes rêves... Puis une autre boîte à mon nom, avec la fine écriture de maman : et dedans un médaillon, avec son portrait, pour suspendre à ma chaîne!...

Voici maintenant le cadeau de mon papa ; — un volume enveloppé de papier. Pourvu que ce soit un livre de Voyages!...!Hum... Les *Lettres* choisies de Mme *de Sévigné*. Serait-ce une épigramme? Méchant papa!

Quant à ma tante Aubert, suivant la pente naturelle de ses préoccupations, elle m'envoie plusieurs pots de confitures et un sac de pralines que je partageai avec Baudouin, plus, à mon usage personnel, des bas de laine accompagnés de cette observation peu logique attachée avec une épingle :

« Je sais bien que tu ne les mettras pas, méchant garçon, mais je veux tout de même essayer. »

Le tout est accompagné d'une lettre collective où l'on m'engage à profiter de cette dure leçon, à bien travailler et à me rendre digne de passer les congés de Pâques à la maison.

Mon père avait eu la bonté d'ajouter qu'il aimait mieux me savoir privé de sortie pour avoir loyalement confessé une faute, que de m'avoir coupable auprès de lui, et ce sentiment tout romain n'avait pas manqué de réchauffer mon enthousiasme; mais il n'y avait pas à se le dissimuler, la montre était désormais un obstacle sérieux à l'exécution de notre programme.

A dix heures du matin je l'avais bien tirée cent fois, — à peu près une fois par minute, — mais je n'avais pas repassé trois pages d'histoire.

Baudouin voulut l'examiner à son tour, et prétendit qu'elle avançait sur l'horloge du lycée. De là à entreprendre de la retarder, il n'y avait, comme on dit, que la main.

Comment se défendre à cette occasion de donner un coup d'œil aux mouvements. C'est si curieux toutes ces petites roues de la première montre qu'on a, s'emboîtant sans s'embrouiller, — et ce balancier qui va et vient, va et vient, sans s'arrêter! Nous ne nous lassions pas du spectacle. Je ne sais pourquoi Baudouin se prétendit expert en horlogerie, et son assurance m'imposa.

« Tu vois cette aiguille d'acier, me dit-il. Eh bien! il faut la pousser à droite si tu veux que ta montre cesse d'avancer.

— Tu es sûr que ça ne dérangera rien?

— Quand je te le dis!... Laisse-moi faire. »

Il poussa l'aiguille du bout de son couteau.

« Voilà qui est fait! » dit-il d'un air triomphant.

C'est si bien fait que la montre s'est arrêtée net.

« Allons, bon! tu l'as dérangée...

— Pas du tout, riposta Baudouin très rouge, il suffit de
la remonter pour qu'elle se remette en marche. »

Et de tourner la clef dans le trou, de secouer la montre,
de toucher le balancier, — rien n'y fait.

J'avais bonne envie de laisser éclater mon dépit; mais tout
à coup je sentis comme ce serait mal reconnaître l'amitié
dévouée de Baudouin. Je me retins, je feignis même d'être
très indifférent à ce malheur.

« Nous l'enverrons à l'horloger, » dis-je en remettant
magnanimement la montre dans la poche de mon gilet.

Il n'en fut plus question. Le travail ne s'en trouva pas plus
mal, — tant s'en faut, et, s'il nous fut donné d'achever notre
tâche avant la fin des congés, c'est peut-être aux bienheu-
reuses connaissances de Baudouin en horlogerie que nous
dûmes ce résultat.

UNE MONTRE! UNE BELLE MONTRE TOUTE NEUVE.

CHAPITRE XIX

UN NOUVEL AMI.

TROIS CENTS PAIRES DE SOULIERS EN BATAILLE.

LA LEÇON DE DANSE.

Le dernier jour de nos congés fut signalé par un incident qui vint un peu tard en varier la monotonie.

Baudouin et moi nous étions en train de nous livrer aux douceurs d'une gymnastique effrénée, et nous nous trouvions pour le présent au sommet respectif de deux mâts parallèles. Ce qui nous plaisait spécialement, dans cette position élevée mais peu commode, c'est que par un vasistas grand ouvert tout près de nous, elle nous permettait de plonger nos regards dans une des cours extérieures du lycée. Nous pouvions même entrevoir les cuisines qui s'ouvraient sur cette cour, et sonder ainsi plus d'un mystère ordinairement dissimulé au commun des martyrs.

Un va-et-vient de marmitons et de fournisseurs annonçait déjà la reprise imminente des travaux, et, quoique ce spectacle n'eût assurément rien de bien extraordinaire en soi, il suffisait pour le moment à notre facile curiosité.

« Vois donc! fit tout à coup Baudouin, à quoi peut bien servir cette longue corde? »

Il me montrait une sorte de corde à puits qui, s'enroulant sur une poulie en fer, descendait du toit d'un bâtiment perpendiculaire au mur du gymnase, non loin de notre vasistas.

« C'est probablement la lingerie, répondis-je.

— Mais non, la lingerie est à gauche, puisqu'on y arrive en suivant le couloir de l'économat.

— Alors c'est la buanderie.

— Bon! est-ce qu'on irait loger la buanderie à un troisième étage? Ce serait commode pour apporter l'eau froide et la lessive!

— Je ne vois pas ce qu'il y aurait de si difficile, dis-je d'un ton piqué. Puisqu'on tire l'eau d'un puits, on peut bien la monter d'un rez-de-chaussée.

— Allons, ne te fâche pas. Moi, je crois que cet œil-de-bœuf au-dessous de la poulie est tout simplement celui d'un galetas... C'est ça qui doit être curieux, hein, le galetas d'un lycée! Il doit y en avoir des vieilles tuniques, et des vieilles toques, et des vieilles balles, et Dieu sait quoi! J'aimerais y faire un tour!...

...« Après tout, il y a un moyen bien simple d'en avoir le cœur net, c'est d'y aller voir! » reprit-il après un instant, en sautant de sa perche sur le bord du vasistas.

Je n'apercevais pas trop bien comment nous pourrions y parvenir, mais je n'aimais pas à me laisser distancer dans ces sortes d'expéditions, et je fus bientôt aux côtés de mon copain.

« Si nous pouvions seulement attirer à nous cette corde;

me dit-il. et la tordre de telle sorte qu'elle ne glissât plus dans la poulie, qu'y aurait-il de si difficile à nous en servir pour nous hisser là-haut? »

Ce projet séduisit vivement mon imagination. Attirer la corde ne fut pas malaisé : ce n'étaient pas les grappins et les barres qui manquaient autour de nous. La tordre fut aussi bientôt fait. En moins de dix minutes nous avions ainsi constitué un cordage unique et qui offrait une prise très suffisante pour nous permettre de grimper.

Baudouin s'élança le premier hors du vasistas, à la tringle duquel nous avions solidement amarré l'extrémité inférieure de la corde. En sept ou huit brassées, il se trouva sur l'œil-de-bœuf.

Je le suivis sans retard, et nous voilà dans le prétendu galetas.

C'était une longue galerie assez sombre, et qui aurait été de tout point semblable à l'un de nos dortoirs, si elle avait été éclairée par des fenêtres et garnie de deux lignes de couchettes. Ce qu'elle avait de singulier, c'était une absence complète de meubles, jointe à une abondance extraordinaire de souliers. A perte de vue, on n'y voyait que des chaussures de tout genre et de tout calibre, entassées sans ordre ou bien rangées en bataille, les unes à peu près neuves, les autres hors d'usage, celles-ci encore maculées de la boue des cours, celles-là reluisant comme des bottes d'ordonnance. De droite et de gauche, des pots à cirage, des grattoirs, une collection complète de brosses.

« Nous sommes volés ! m'écriai-je pour me moquer de Baudouin. Ce n'était vraiment pas la peine de nous donner tant de mal pour visiter l'atelier de décrottage ! »

29

Baudouin était un peu décontenancé et cherchait du regard quelque objet qui pût au moins légitimer sa curiosité.

« Tiens ! un bouquin ! fit-il en apercevant un livre auprès d'une boîte à cirage.

Il le ramassa : c'était une grammaire latine.

« Deux bouquins ! dis-je au même instant en ramassant un *de Viris*.

— Et un dictionnaire ! reprit Baudouin qui avait ouvert la boîte. Pas en bon état, par exemple, le dictionnaire !... Après ça, dans un galetas !... Mais quelle drôle de baraque ! il y a des dictionnaires jusque dans les greniers...

— Il paraît qu'on y fait aussi des devoirs, m'écriai-je en exhumant un cahier que je venais d'apercevoir roulé dans un soulier gigantesque.

— Un soulier du pion des *moyens,* » fit observer sententieusement Baudouin.

Nous avions à peine eu le temps de jeter un coup d'œil, assez indiscret j'en conviens, sur la couverture de celui-ci, quand, à notre extrême surprise et à notre non moins extrême confusion, une forme humaine sortit tout à coup d'un coin obscur, où elle avait jusqu'à ce moment échappé à nos regards.

« S'il vous plaît, messieurs, c'est mon cahier ! » dit une voix très douce, mais qui nous fit l'effet de la trompette du jugement dernier.

Devant nous se tenait un enfant qui pouvait être à peu près de notre âge, quoiqu'il fût beaucoup plus petit que nous et d'apparence souffreteuse avec son teint olivâtre et ses cheveux d'un noir de jais. Il était vêtu d'un gilet et d'un pantalon assez propres, mais, chose singulière, nu-pieds au

milieu de tous ces souliers, et nous regardait avec de grands
yeux sombres rayonnants d'intelligence.

La timidité évidente du nouveau venu nous rassura un
peu. C'est lui qui aurait été en droit de nous questionner;
mais, voyant qu'il ne nous demandait pas compte de notre
intrusion dans ses domaines, nous prîmes le parti de payer
d'audace.

« Qui es-tu? lui demandai-je, non sans un peu d'hésitation.

— Je suis Criquet, répondit-il.

— Qui cela Criquet?

— Le décrotteur du lycée.

— Tiens! s'écria Baudouin. Est-ce que tu ne serais pas le
petit-fils du brave père Plaisir, par hasard?

— Oui, monsieur, » répondit le petit bonhomme avec un
éclair d'affection dans les yeux.

Il aimait son bon papa, lui aussi! Cette communauté de
sentiments me rapprocha immédiatement de lui.

« Mais alors il n'y a pas longtemps que tu es ici? repris-je.

— Oh! non. Seulement quinze jours. C'est un bien bon
monsieur, M. Pellerin, qui m'a fait obtenir cette place.

— Ah! ah! fîmes-nous, très vivement intéressés, — c'est
M. Pellerin? — vous le connaissez donc beaucoup, ton grand-
père et toi?

— Oh! pas beaucoup. Le lendemain du jour où grand-
papa était tombé dans la neige. M. Pellerin est venu nous
voir, il a causé avec nous, il m'a interrogé, et puis, deux
jours après, il est revenu et il nous a dit que M. le proviseur
et M. l'économe voulaient bien me donner la place de décrotteur... C'est une très bonne place. Six francs par mois avec

la nourriture, et, tous les soirs je vais coucher chez grand-
papa. Nous sommes fièrement contents, allez! »

Le petit bonhomme parlait avec animation. On pouvait
voir que son cœur débordait de reconnaissance pour M. Pellerin.

« Et ces livres, repris-je, est-ce lui aussi qui te les a
donnés?

— Oui, monsieur, il a vu que j'avais une bonne mémoire,
parce qu'un jour je lui ai récité sans faute dix pages de grammaire, et alors il m'a prêté d'autres livres. Il me donne des
devoirs aussi, et de temps en temps il vient me les corriger
pendant les classes.

— Ici?

— Oui, monsieur.

— Mais comment fais-tu pour étudier, avec tous ces souliers à cirer?

— Oh bien! je m'y mets de bonne heure, voyez-vous, et
entre chaque douzaine de paires je me repose en apprenant
deux ou trois pages. Et puis, il y a les jours où il n'y a pas
de boue, et alors l'ouvrage n'est pas dur; mais les jours de
boue, ah! dame, ce n'est pas commode!... »

Nous écoutions le petit décrotteur tandis qu'il nous donnait, simplement, naïvement, ces explications, et nous ne
savions pas ce qu'il fallait le plus admirer, de son courage
au travail ou de la bienfaisance inépuisable de M. Pellerin.
Bientôt, pourtant, la conversation prit un autre cours.

« Est-il vrai, demanda Baudouin, que tu n'aies pas ton
pareil pour faire le saut périlleux? »

Sans répondre un mot, Criquet s'éloigna au fond de la
galerie, prit son élan, et tout à coup, bondissant légèrement

en l'air, culbuta sur lui-même et retomba à nos pieds. Puis
aussitôt, se renversant la tête en bas et les jambes en l'air,
il se mit à arpenter la salle à grands pas en marchant sur ses
mains. Enfin, il revint vers nous dans la même posture, et
se remettant gracieusement sur ses pieds, nous fit un profond salut.

Peut-être y avait-il un peu d'amertume dans ce silence. Il
semblait nous dire :

« C'est à l'acrobate que vous vous adressez ; voilà ce qu'il
sait faire. Mais, en ce cas, trêve aux confidences. »

Il vit pourtant bientôt à notre air combien ses talents nous
séduisaient, et le nuage qui avait passé sur son jeune front
disparut dans un sourire.

« Ce n'est pas bien malin ! dit-il. Si vous voulez, je vous
montrerai comment vous y prendre. »

On peut penser si nous nous fîmes répéter l'invitation !

Malheureusement, l'heure était déjà avancée, et nous crai-
gnions de nous mettre en retard. C'est pourquoi, après avoir
reçu les premiers principes de l'art, nous nous empressâmes de décamper.

Criquet fut fort étonné en voyant le singulier chemin que
nous prenions.

« C'est par ma corde que vous vous en allez ! s'écria-t-il
en voyant Baudouin se suspendre derechef à l'amarre pour
regagner le vasistas du gymnase.

— Ta corde ? Elle est à toi, cette corde ?

— Certainement. Elle sert à hisser ici de grands paniers
pleins de souliers.

— Eh bien ! au revoir, nous reviendrons le plus tôt possible ! » criai-je en prenant le même chemin que Baudouin.

De fait, nous n'eûmes garde d'oublier Criquet. Plus d'une fois, à dater de ce jour, il nous arriva, à Baudouin et à moi, de recommencer notre expédition, au cours de la leçon de gymnastique et à la barbe même du capitaine Biradent, et d'aller faire une visite à notre petit ami. Nous le trouvions toujours très occupé, soit à ses souliers, soit à ses livres, et c'était chaque fois une fête pour nous de lui apporter un bâton de sucre d'orge acheté chez le père Barbotte, ou un volume de Voyages emprunté à la bibliothèque de l'étude. Ce pauvre enfant adorait la lecture. Il nous raconta qu'il s'était fabriqué, avec l'aide de son grand-père, une petite lampe qu'il alimentait de suif, et à la lueur de laquelle il passait une partie de ses nuits à travailler.

« Comme les autres petits garçons des rues qui ne savent pas lire sont à plaindre! » nous disait-il parfois avec émotion.

Il s'était bientôt habitué à nos visites, et remarquait les jours de gymnastique; il avait soin, chaque fois, d'assujettir la corde à la poulie pour que nous pussions plus facilement venir le rejoindre. Quel plaisir singulier trouvions-nous à nous rendre ainsi en cachette à ce galetas, et pourquoi n'avions-nous jamais parlé à M. Pellerin de son petit protégé? C'est ce que tous les enfants comprendront. Un instinct secret nous avertissait sans doute que notre maître d'études aimait mieux que sa bonté restât ignorée, et, de notre côté, nous trouvions une saveur spéciale à tout ce gros mystère.

Criquet faisait d'ailleurs des progrès véritablement prodigieux. Il avait pris l'habitude, en nous voyant arriver dans son domaine, de nous réciter à haute voix quelque passage de *de Viris* ou quelque décade des *.cines grecques* qu'il venait d'apprendre, et rien n'était plus comique que de l'entendre déclamer ainsi, puis passer, sans la moindre transition, à ses exercices de casse-cou.

Un jour vint, pourtant, où nos expéditions furent démasquées. C'est le sort commun de tous les mystères. Un jeudi matin, vers la fin de la leçon de gymnastique, nous venions, Baudouin et moi, de grimper à nos deux perches et de nous envoler par le vasistas. Le malheur voulut qu'au moment précis où nous disparaissions dans ce chemin aérien, le capitaine Biradent levât les yeux et aperçût nos talons.

Assez surpris de ce phénomène, et ne pouvant comprendre où nous nous rendions ainsi, il voulut en avoir le cœur net, grimpa à l'un des mâts et sauta sur le bord du vasistas.

Nous n'étions déjà plus visibles, mais le balancement de la corde indiquait assez quel chemin nous avions pris. Le capitaine n'hésita pas à nous suivre, et nous n'étions pas arrivés depuis deux minutes à notre but, quand le terrible homme tomba à pieds joints derrière nous, sur un tas de souliers.

Nous n'avions pas perdu une seconde, et nous étions déjà en train de poursuivre avec Criquet notre éducation acrobatique en exécutant sous sa direction un pas connu sous le nom de « contredanse des chandelles ». Cela s'opère à deux en se plaçant à quelques mètres d'intervalle, pour se renverser ensuite la tête en bas, et, en marchant sur les mains, aller au devant l'un de l'autre. Le difficile est de combiner assez bien ses mouvements pour se rencontrer juste au milieu de l'intervalle, échanger un salut courtois en se touchant le bout des pieds, et se remettre d'un saut sur les jambes en sens inverse l'un de l'autre.

Criquet nous avait fort bien expliqué tout cela, mais nous étions encore loin d'exécuter la manœuvre avec la précision voulue. Quelle ne fut pas notre épouvante de nous voir apostrophés, au milieu de ce quadrille d'un nouveau genre, de ces paroles amères :

« Ah ! ah ! mes gaillards, c'est à ces bêtises-là que vous passez le temps de votre gymnastique ! »

C'était le capitaine qui s'exprimait ainsi, debout sur son piédestal de souliers. Au fond, il devait y avoir un peu de jalousie de métier dans son indignation, car enfin c'était bien de la gymnastique que nous étions en train de faire, quoique ce ne fût pas de la gymnastique classique... Mais nous étions trop troublés pour apprécier cette nuance.

L'interpellation qui fondait subitement sur notre tête nous terrifia à tel point, que nous tombâmes à plat, chacun de notre côté, dans la plus disgracieuse des postures.

Il n'en fallait pas plus pour achever d'exaspérer le capitaine.

« Pas capables seulement de se rétablir élégamment ! s'écria-t-il avec amertume. Et ça se mêle de faire de la fantaisie ! Attendez, je vais vous montrer un peu comment il faut s'y prendre ! »

Et le voilà, dans son indignation, qui se met la tête en bas et commence d'exécuter, sur ses mains, de grandes enjambées à travers le galetas.

Il faut être juste. Le capitaine faisait admirablement la chandelle. Les reins souples et élégamment cambrés, les jambes verticales, comme un fil à plomb, les pointes de ses pieds bien unies à angles droits, il marchait sur la paume de ses mains aussi aisément qu'il aurait marché sur la plante de ses pieds. Criquet lui-même, un véritable artiste, en était émerveillé. Pour nous, nous eussions volontiers applaudi, si le sentiment de notre situation critique n'avait étouffé toute autre idée.

Mais c'est la fin qu'il fallait voir !

Le capitaine ne sauta pas platement sur ses pieds comme nous nous étions si lourdement essayés à le faire. Non. Il renversa ses jambes en arrière, fit de tout son corps un arc parfait, arriva doucement, et d'un mouvement moelleux, à poser ses pieds à terre. Puis, tout simplement, sans peine et sans effort, d'un seul coup de reins il se releva.

Le plus drôle, c'est qu'il était toujours furieux.

« Allons, en route, mauvaise troupe ! fit-il. La première fois que je vous reprendrai à *faire de la fantaisie*, vous aurez affaire à moi... Quant à toi, polisson, ajouta-t-il en se tournant vers Criquet, ton compte est bon !

— Mais, capitaine, dit aussitôt Baudouin, le pauvre Criquet n'est pour rien dans l'affaire. C'est nous qui sommes venus le trouver et qui l'empêchons de travailler. Il aimerait bien mieux être laissé tranquille.

— Oh ! non ! par exemple ! s'écria Criquet avec la candeur la plus parfaite, je suis très content, au contraire, quand ces messieurs viennent me voir.

— Assez causé !... Par file à gauche... MARCHE ! » cria le capitaine.

Hélas ! nous n'étions pas plus tôt revenus vers l'œil-de-bœuf pour reprendre le chemin du gymnase, que nous pûmes constater un changement notable dans le paysage. Le vasistas était maintenant garni d'une vingtaine de têtes curieuses.

C'étaient nos camarades qui, très intrigués de la disparition du professeur et mourant d'envie d'en savoir la raison, avaient grimpé les uns après les autres au haut des perches, et de là avaient pris position sur la corniche.

« Voulez-vous bien descendre? leur cria le capitaine. A-t-on jamais vu indiscrétion pareille! on ne peut seulement pas aller faire un tour dans les gouttières sans être suivi par toute une division... »

Et les têtes de disparaître comme par enchantement. On aurait dit d'une compagnie de grenouilles qui se jettent à l'eau à l'approche d'un étranger.

Notre descente s'effectua sans encombre, et bientôt nous nous trouvâmes tous sur le sable de l'arène. M. Pellerin attendait, avec une curiosité assez naturelle, l'explication de ces mouvements insolites.

A notre extrême contentement, quand le capitaine la lui eut donnée, il ne fut pas question de punition. Notre cher maître eut l'air plus étonné que fâché.

« Y a-t-il longtemps que vous avez découvert Criquet? nous demanda-t-il à demi-voix comme nous rentrions tous au quartier.

—— Depuis les congés du Jour de l'An, lui dîmes-nous.

—— Eh bien! ne contez pas à vos camarades qu'il est dé-crotteur. Il pourrait s'en trouver d'assez sots pour lui faire un crime de cette modeste profession, quand il sera assis sur les mêmes bancs qu'eux, comme cela ne tardera pas, je l'espère.

—— Vraiment? m'écriai-je avec une joie sincère. Le pauvre Criquet deviendrait notre camarade de classe?

—— Peut-être avant la fin de la semaine. C'est un enfant d'une intelligence et d'une ténacité tout à fait rares. J'ai parlé de lui à M. le proviseur, qui est disposé à lui faire obtenir la gratuité de l'externat. Mais la difficulté est de lui trouver un gagne-pain en attendant qu'il puisse concourir pour une bourse. Vous ferez bien de ne plus l'appeler Criquet, même entre vous... Son nom est Jean Mouncrol. »

Nous étions arrivés en étude, et l'entretien s'arrêta là. Mais, tout naturellement, à la récréation suivante, nous ne manquâmes pas, Baudouin et moi, de reprendre ce sujet. Nous étions très touchés de la bonté de M. Pellerin. Nous sentions quel service immense il allait rendre à notre petit ami en le faisant participer aux bienfaits d'une éducation régulière, et nous aurions voulu pouvoir nous y associer en quelque façon.

A force de nous creuser la tête, nous finîmes par trouver ceci : Puisqu'on nous avait permis une fois déjà de donner notre monnaie de poche au père Plaisir, le jour de son accident dans la neige, pourquoi ne nous permettrait-on pas de nous cotiser pour payer les frais d'entretien de son petit-fils? Nous étions quarante élèves dans l'étude. Il suffirait que chacun s'engageât à donner cinquante centimes par mois pour que cela fît vingt francs, et cinquante centimes ne sont pas une épargne impossible, même pour la petite bourse d'un collégien. Mais vingt francs suffiraient-ils?

Nous allâmes soumettre la difficulté à M. Pellerin qui se promenait de long en large dans la cour.

« C'est une très bonne idée, nous dit-il, et je suis heureux que vous l'ayez eue. Mais plaira-t-elle à vos camarades? Ils ne connaissent pas le petit Mouncrol et n'ont pas les mêmes motifs que vous de s'intéresser à lui.

— Oh! pour cela, j'en fais mon affaire, s'écria Baudouin.

Je gage bien que personne ne refusera son obole à cette bonne œuvre. Si vous m'y autorisez, monsieur, je vais en parler à deux ou trois camarades.

— Allez donc, et bonne chance. »

Dix minutes plus tard, nous revenions triomphants.

« Nous avons mieux que notre première idée, annonça Baudouin. Je viens de parler de l'affaire à Vigouroux : il se charge de la lancer dans son Journal et d'intéresser à l'œuvre non pas seulement la division, mais toute la cour des petits !

— Si vous avez la presse pour vous, l'affaire est sûre ! » dit en souriant M. Pellerin, comme le tambour nous rappelait à l'étude.

Son pronostic se trouva pleinement justifié. Le premier Châtillon de Vigouroux, joint à notre propagande active, eut un retentissement si considérable, que non seulement la plupart des internes, mais beaucoup d'externes même et leur famille voulurent s'associer à notre œuvre. Chacun s'engagea dans la mesure de ses moyens, — l'un pour cinq centimes par semaine, l'autre pour dix, celui-ci pour des livres, ceux-là pour des vêtements; tout le monde fit si bien, en un mot, qu'en moins de huit jours tout était réglé, — et la classe de sixième comptait un élève de plus, en la personne de Criquet, devenu le jeune Jean Mounerol.

Il fallait voir les regards chargés d'affection et de joie qu'il nous envoyait à Baudouin et à moi, chaque fois que nos yeux se rencontraient! Et je ne sais pourtant qui était le plus heureux de lui ou de nous.

A la première composition où il fut admis, il obtint la place de huitième. C'était tout simplement merveilleux, si l'on songe qu'il n'avait pas eu dix leçons régulières de M. Pelle-

AH! AH! MES GAILLARDS .....

rin. C'est ce que M. Delacour fit remarquer en énumérant les places ; le pauvre Criquet en fut si profondément ému, qu'il aurait volontiers, je crois, exécuté la contredanse des chandelles au milieu de la classe.

De ce jour il fut notre modèle à tous, en attendant qu'il devînt un de nos rivaux les plus redoutables.

CHAPITRE XX

L'influence de nos laborieux congés du Jour de l'An n'avait pas tardé d'ailleurs à se faire sentir.

Et d'abord, la plupart de nos camarades furent bien cinq à six jours à se remettre au travail et à secouer les influences amollissantes de la vie de famille. Tandis que Baudouin et moi nous ne faisions que suivre naturellement, de plain pied, notre train accoutumé.

Ce coup d'œil d'ensemble sur tout ce que nous avions appris depuis le mois d'octobre, m'avait d'ailleurs si bien rafraîchi la mémoire, que M. Delacour constata d'emblée une amélioration sensible dans mes devoirs, et m'en fit compliment. Coup sur coup, trois fois de suite, je fus premier, — en histoire, en thème grec et en version latine.

Cela me faisait regagner trois points sur Parmentier, mais j'en avais tant perdu pendant le mois de décembre qu'il en avait encore neuf de plus que moi.

Je pouvais voir que de son côté il faisait des efforts héroïques. Parfois, le matin, en arrivant en classe, ses yeux

rouges, son teint pâle, sa mine fatiguée, montraient que le
pauvre garçon avait veillé trop tard pour repasser ses leçons
et maintenir son avance.

Sa santé paraissait être délicate. Plus qu'aucun de nous,
sans doute, il aurait eu besoin de compenser ce travail
acharné par une alimentation scientifiquement réglée, et par
des exercices physiques suffisants. Mais le nom seul de gymnastique le faisait sourire, et je crois bien que le malheureux enfant n'avait jamais touché une balle de sa vie. J'avais
presque honte de lutter contre un pareil adversaire, quand
je comparais mes larges épaules, mes biceps naissants et
ma face florissante à la pauvre petite poitrine rentrée et à
l'aspect souffreteux de mon rival.

Mais, après tout, ce n'était pas ma faute. Pourquoi ne
consacrait-il par une partie de son temps et de son énergie
à consolider la charpente de sa maison, s'il voulait y loger
un esprit intrépide?

Nous eûmes une espèce de discussion à ce sujet, au banquet de la Saint-Charlemagne, qui eut lieu, selon l'usage,
le 28 janvier, et où je me trouvai assis auprès de lui.

Avec Mandrès et Verschuren, nous étions les seuls internes de sixième qui y eussent été admis, car il fallait avoir
été *premier* au moins une fois, ou *second* au moins quatre
fois, pour mériter cet honneur. Mandrès avait précisément
obtenu la première place, — en récitation, — et cela montrait bien ce que peut la volonté persistante, car de nous
tous il avait assurément la mémoire la plus rebelle.

Un de mes grands regrets était que Baudouin ne fût pas
de la fête, et ce qui redoublait encore ce regret, c'est que,
depuis notre coup de collier du Jour de l'An, il était au banc

d'honneur. Mais sa meilleure place avait été celle de troisième en version latine. En dessin, où il excellait et nous
laissait tous en arrière, il n'y avait de concours qu'à la fin
de l'année pour le prix. C'était assez injuste à mon sens, car
enfin tous les genres d'excellence auraient dû être repré-
sentés à ce banquet traditionnel.

A six heures, après la récréation, nous étions montés nous
habiller au dortoir, et, à sept heures moins un quart, Garelou était venu nous appeler au quartier.

Pour cette occasion solennelle, Verschuren avait une toilette tout à fait en dehors de ses habitudes : il s'était savonné
les mains, il avait tenté de tracer une raie dans sa cheve-
lure inculte, et il avait daigné attacher les cordons de ses
souliers. Ce qui le séduisait le plus, était la perspective de
faire un excellent dîner, tandis que les autres s'achemine-
raient routinièrement vers le réfectoire.

Quant à Mandrès, il était triste comme un jour sans soleil,
et il se bornait à calculer douloureusement que nous allions
perdre deux bonnes heures.

Nous nous étions joints dans le couloir à nos camarades
des autres divisions, et tous ensemble nous étions arrivés au
grand salon du proviseur. Ce n'était pas un mince honneur,
pour des *moutards* comme nous, de marcher ainsi à la file
avec des *taupins* et des rhétoriciens, et je puis dire qu'à ce
moment seulement je me sentis véritablement pénétré de la
grandeur de mon triomphe.

L'inspecteur d'Académie, le censeur et tous les professeurs du lycée, en habit noir et cravate blanche, étaient déjà
réunis autour de M. Ruette. Je cherchai de l'œil M. Delacour, et j'eus peine à le reconnaître dans cette tenue de

ga'a, tant j'étais habitué à l'identifier avec sa toge et sa toque. Mais il nous vit le premier et nous adressa un petit signe amical.

Les externes invités étaient arrivés aussi dans leurs plus beaux atours. De ma classe il n'y avait que Parmentier qui se joignit immédiatement à nous.

Mais à peine avions-nous eu le temps d'échanger quelques poignées de main, qu'un domestique ouvrit à deux battants une porte intérieure, et annonça que « ces messieurs étaient servis ».

La table, dressée dans une salle à manger spécialement réservée pour ces occasions, nous apparut alors dans toute sa splendeur. Elle avait la forme d'un fer à cheval bordé de quatre-vingts couverts et garni de plats montés au milieu d'une profusion d'arbustes fleuris. Devant chaque place, il y avait deux ou trois verres, et, sur chaque serviette, une carte bordée de dentelle avec le nom d'un invité. Maman a gardé bien longtemps dans un de ses tiroirs celle qui portait le nom d'*Albert Besnard*.

Le proviseur s'assit au centre avec l'inspecteur d'Académie à sa droite et le censeur à sa gauche. Puis venaient alternativement les professeurs et les élèves de chaque classe. Nous n'étions pas tout à fait à l'un des bouts, car, après nous, se trouvaient les gamins de septième et de huitième ; mais nous nous trouvions pourtant assez loin du groupe central pour former une sorte de petit cercle indépendant. Aussi nous sentions-nous d'emblée en fort bonne disposition.

M. Delacour, qui avait d'abord causé presque exclusivement avec nous, nous mit bientôt à l'aise en s'engageant dans une conversation suivie avec M. Chollet, le professeur de cinquième. D'autre part, nous avions débuté par accepter tout ce que nous offraient les garçons, ce qui n'avait pas manqué de nous plonger en peu de temps dans cet état de douce béatitude si éminemment favorable à la gymnastique de la langue.

Nous commençâmes donc, au milieu du cliquetis des verres et des apartés, d'échanger à demi-voix nos réflexions personnelles.

Parmentier était un très aimable convive, beaucoup plus gai que je ne l'aurais supposé d'après son air constamment attentif en classe. J'admirai beaucoup sa manière calme et aisée de se tenir à table, et de sourire sans bruit en décochant sur tout notre entourage des remarques parfois assez malicieuses. C'est ainsi que nous arrivâmes à parler du capitaine Biradent.

« Il manque à la fête, dit Parmentier, et je suis étonné qu'il n'ait pas demandé une place au banquet pour les meilleurs clowns de son cirque.

— Ce serait en effet assez juste, répliquai-je sans m'arrêter à l'expression. Pourquoi ceux qui sont premiers en gymnastique ne participeraient-ils pas à cette fête comme les forts en thèmes?

— Ah! c'est vrai, j'oubliais que tu es un de nos bons gymnastes! reprit Parmentier avec son sourire moqueur. Quel plaisir peux-tu trouver à cela? Est-ce que tu n'aimes pas mieux lire un volume amusant?

— J'adore la lecture, mais j'aime aussi la gymnastique. Crois-tu qu'il n'est pas agréable de devenir fort et adroit, de s'endurcir à la fatigue et d'assouplir ses membres?

— Je ne dis pas non, si tout cela pouvait s'acquérir d'em-

blée et sans perte de temps! Mais consacrer des heures et
des heures à lancer ses bras en avant, à sauter à pieds joints
ou à courir au pas gymnastique, c'est plus fort que moi!
J'aime mieux rester au nombre des êtres inférieurs qui n'as-
pirent pas à ce genre de succès.

— Mais songe donc à toutes les satisfactions dont tu te
prives ainsi, aux jeux qui te resteront fermés, aux grandes
excursions, aux ascensions de montagnes qui te seront inter-
dites; songe au moment où tu seras soldat et où tu auras à
supporter des fatigues écrasantes...

— Bah! j'aurai toujours le temps de m'exercer quand le
moment sera venu. Et quant à tes excursions de montagnes,
grand merci! j'aime mieux voyager en plaine ou en chemin
de fer, c'est moins fatigant. »

Ici, Verschuren, qui était mon voisin de droite, me poussa
le coude.

« Dis donc, Besnard, me dit-il à demi-voix, penche-toi un
peu sur la table.

— Pourquoi cela?

— Pour me masquer, pendant que je vais verser mon
verre de champagne dans cette fiole. »

Il me montrait dans sa serviette une petite bouteille d'une
propreté douteuse, qu'il avait évidemment apportée dans sa
poche.

« Es-tu fou? lui dis-je. Comment peux-tu songer à une
chose aussi inconvenante.

— Allons, *ne fais pas ta tête,* reprit-il, j'ai promis *aux
autres* de leur faire goûter du champagne de la Saint-Charlemagne. Si tu ne veux pas m'aider, je dirai que c'est toi qui
m'as empêché. »

Cet argument me parut si péremptoire que je m'empressai
de prendre l'attitude exigée. Verschuren avait tout préparé,
jusqu'à un entonnoir de papier qu'il introduisit dans le
goulot de la bouteille. Je l'entendis qui décantait son verre
de vin avec un sang-froid imperturbable. Cette conduite me
navrait, à la lettre.

« Voilà pourtant, me disais-je, un garçon intelligent, puisqu'il est admis à ce banquet sans avoir travaillé beaucoup.
Il rougirait assurément de se conduire de la sorte à la table
de son père ou à celle d'un ami... Comment se fait-il qu'il se
croie autorisé à se tenir ainsi à la table de ses maîtres? »

Un conseil affectueux que m'avait souvent donné ma mère
me revenait ainsi naturellement en mémoire : « Ne fais
jamais au lycée ce que tu ne ferais pas devant moi, » m'avait-
elle dit.

« Je n'en ai pas assez pour remplir ma fiole, passe-moi un
peu du tien, veux-tu? » reprit au même instant Verschuren
en s'adressant à Mandrès.

Il fut apparemment mal reçu de ce côté, car il se rabattit
sur moi. De guerre lasse, je lui laissai encore prendre mon
verre. J'étais fort mal à l'aise, très honteux de participer
à une cuisine aussi révoltante. Mais il ne paraissait même
pas sentir ce qu'il y avait de cruel à m'associer ainsi à son
méfait.

« Sapristi! fit-il, il manque encore du champagne!... Oh!
une!... Si tu disais à Parmentier de me passer tout doucement le verre de M. Delacour!... »

J'allais m'insurger cette fois, quand un domestique s'approcha de nous. Il tenait une bouteille de champagne.

« Monsieur Verschuren, M. le proviseur m'a chargé de

remplir votre fiole, » dit-il assez haut pour être entendu de nos voisins immédiats, et notamment des deux professeurs.

Qui fut bien honteux? Ce fut l'infortuné Verschuren, quand il eut à exhiber sa fiole et son entonnoir.

Tout le monde se mit à rire. A sa place je me serais effondré sous la table. Mais il se remit vite et opposa un front d'airain à nos railleries.

Il fit plus. Il osa soutenir bientôt qu'il avait désormais introduit une innovation des plus heureuses dans les usages de la Saint-Charlemagne.

Après le dessert et les toasts habituels, quand on se leva pour rentrer au salon, M. Ruette eut l'obligeance de nous engager à remplir nos poches de fruits et de bonbons pour nos camarades.

« Voyez-vous, dit Verschuren, c'est tout simplement mon idée qu'il reprend! Mais comment diantre a-t-il fait pour voir ce que je mijotais? »

Cette inquiétude ne l'empêcha pas d'ailleurs de faire main basse sur tout ce qu'il put atteindre, et cette fois je dois dire que nous ne restâmes pas en arrière. Le sentiment de la camaraderie purifiait ce que le procédé pouvait avoir d'incorrect et de contraire aux règles les plus élémentaires du savoir-vivre.

Nous étions tous fort gais, au demeurant, et quand, en arrivant au salon, M. l'Inspecteur d'Académie voulut bien m'appeler à lui et me rappeler qu'il m'avait interrogé à Saint-Lager, en ajoutant qu'il était heureux de me retrouver en si bonne compagnie, je me crus décidément arrivé au comble de la gloire. Inutile de dire que cet incident mémorable fut

l'objet spécial d'un récit enthousiaste que j'adressai dès le
lendemain à tante Aubert.

Le véritable moment du triomphe fut pourtant notre entrée
au dortoir, qui s'effectua vers neuf heures. Nos camarades
étaient déjà couchés, mais tous avaient encore l'œil ouvert,
et, quoiqu'un certain nombre d'entre eux jugeassent à propos
d'affecter l'indifférence, il était aisé de voir que notre arrivée était impatiemment attendue. Une double bordée de
questions à demi-voix nous assaillit au passage.

« Dis donc, Besnard, est-ce que c'était *chic?*

— Y avait-il des truffes?

— J'espère qu'on rapporte du *nanan* pour les amis?... »

Nous nous empressâmes de faire notre distribution, qui
fut accueillie avec un enthousiasme impossible à décrire.
Mandrès lui-même en était dégelé.

Mais comment dire mon horreur quand je constatai que
Verschuren, au lieu de faire passer à la ronde le Champagne
mal acquis, prenait plaisir à le déguster tout seul, debout
sur son lit, à la face de tout le dortoir.

Ce fut naturellement une explosion générale d'indignation. Le traître n'en fit que rire, et, comme à l'ordinaire, il
se tira d'affaire par un paradoxe.

« Je vous passerais bien ma fiole, répondait-il aux plus
mécontents. Mais vous n'auriez même pas une gorgée
chacun et cela ferait des jaloux. Tandis que pour un il y
en a juste assez... Excellent, je vous assure, très doux, très
velouté!... »

L'émeute prit en ce moment des proportions si inquiétantes
que M. Pellerin se vit obligé d'intervenir. Il avait feint d'a-
bord de ne pas entendre, et laissé un libre cours à l'émotion

que l'écho des splendeurs officielles causait chez son jeune peuple. Mais cette fois il nous imposa silence.

Le dortoir retomba dans son calme ordinaire. C'est à peine si, de loin en loin, on entendit craquer une noisette ou une amande, dernière épave de nos largesses. C'étaient absolument les mêmes qui nous étaient servies au réfectoire deux ou trois fois par semaine. Mais comme cela paraissait meilleur !

Puis enfin, même ces derniers bruits s'éteignirent. Le sommeil régna en maître dans le lycée.

Hélas ! cette fête devait avoir un lugubre lendemain !

UN DOMESTIQUE S'APPROCHA DE NOUS.

CHAPITRE XXI

LE LENDEMAIN D'UNE FÊTE. — LE FEU.

Nous étions livrés au repos depuis cinq ou six heures à peine, quand je me réveillai avec un étrange sentiment d'angoisse et de malaise général.

Il me semblait que j'étouffais, que l'air manquait à mes poumons ou que je respirais une fumée âcre et chaude.

Je me soulevai sur mon lit et j'ouvris les yeux, mais je ne vis rien que les ténèbres. La veilleuse qui éclairait d'ordinaire le dortoir était éteinte.

A mes côtés, pourtant, j'entendais plusieurs de mes camarades s'agiter comme moi, pousser de profonds soupirs et même exhaler des plaintes vagues. J'avais à peine eu le temps de me rendre compte de ces divers phénomènes, encore n'était-ce qu'imparfaitement, quand des clameurs lointaines se produisirent dans les profondeurs du lycée. C'était comme si des voix épouvantées appelaient au secours, mais sans qu'il fût possible de distinguer clairement ce qu'elles disaient...

Nous écoutions pleins d'anxiété, et cependant le malaise

32

qui pesait sur nous devenait intolérable. Les clameurs redoublaient. On entendait des portes s'ouvrir, des allées et venues, des appels, des piétinements. Mandrès dit auprès de moi :

« On dirait qu'on crie *au feu!* »

Au même instant, un grondement formidable et que je puis seulement comparer à la détonation d'une batterie d'artillerie, se fit entendre dans les régions inférieures, et une lueur sanglante se projeta à l'extérieur de nos fenêtres.

C'était comme si les cours se fussent trouvées subitement éclairées par un immense brasier.

« Au feu! » cria quelqu'un dans le dortoir.

Tout le monde se jeta à bas de son lit. Plusieurs coururent vers la porte sans même songer à se vêtir ou à se chausser. Ce fut un instant de désordre et de tumulte indescriptible.

Chose singulière, en dépit de la lueur qui éclairait nos vitres, on ne voyait pas à un pas devant soi. Toutes les formes étaient confondues, noyées dans une fumée lourde, que cette lumière effrayante ne pouvait pas transpercer.

J'avais pris machinalement mon pantalon sur ma chaise, et je le passais à la hâte, quand je sentis auprès de moi une main qui tâtonnait.

« Es-tu debout, Besnard? me demanda la voix de Baudouin.

— Oui, je m'habille, lui dis-je.

— C'est bien; ne bouge pas... ils sont là à s'écraser tous à la porte, comme un troupeau de moutons... »

Autant que nous pouvions en juger par le bruit, il y en avait en effet une véritable mêlée à l'unique issue du dortoir. Un bon nombre d'élèves y étaient arrivés à tâtons et luttaient pour ouvrir les deux battants de la porte qui s'ouvrait en dedans de la salle. Mais, dans leur affolement et leur terreur, ils s'y prenaient maladroitement, se poussaient les uns contre les autres et ne faisaient rien de bon.

Enfin, M. Pellerin, qui était avec eux, parvint à ouvrir un passage. Une bouffée de cris nous arriva aussitôt du couloir.

Tout le lycée était sur pied au-dessous de nous.

Les plus pressés s'étaient jetés dans le corridor. Mais, là aussi, ils ne trouvaient que l'obscurité et une fumée plus épaisse encore que chez nous. Quelques-uns coururent néanmoins vers l'escalier : ils en revinrent terrifiés, en annonçant que les flammes montaient par là.

Nous entendions en effet un pétillement continu comme celui d'un millier de fagots bien secs qui brûleraient à la fois, et, de moment en moment, un fracas sourd produit par l'écroulement de quelque pan de mur.

Tout le monde était revenu au dortoir. Mais il devenait absolument impossible d'y tenir, tant la fumée était dense et brûlante.

« J'étouffe!... J'étouffe!... » entendait-on de tous côtés.

Impossible d'ouvrir les fenêtres : elles étaient, selon l'usage, fermées par une clef que gardait le garçon de salle.

« Cassez les vitres! » cria M. Pellerin.

On s'empressa d'obéir de tous côtés, et cet expédient nous procura un instant de répit. Mais, presque aussitôt, le tirage, ainsi établi à travers le dortoir par la porte ouverte et les vitres cassées, eut pour effet d'y appeler de nouveaux tourbillons de fumée.

Il semblait que les flammes redoublassent de furie et gagnassent du terrain à vue d'œil, car nous les apercevions

déjà à l'extrémité du corridor, en dépit du rideau noir qui
nous enveloppait.

« Fermez la porte ! » ordonna M. Pellerin, comprenant
trop tard son erreur.

Mais l'élan était donné maintenant. L'incendie montait,
montait.

Notre position était des plus critiques. Le dortoir que
nous occupions, isolé au troisième étage d'un bâtiment qu'on
appelait le Vieux Collège, et qui se trouvait enclavé dans les
constructions neuves du lycée, n'avait d'issue que sur un
grand escalier, — et cet escalier même paraissait être le
foyer de l'incendie. Si seulement nous avions pu en franchir
le palier, il nous aurait été possible, — comme les autres
divisions logées dans l'autre corps de bâtiment avaient eu
le temps de le faire, — de nous échapper par un escalier
de service qui se trouvait dans l'aile opposée. Mais le palier
était maintenant une fournaise, et il suffisait d'en approcher
à vingt mètres pour avoir les cheveux, les sourcils et les
cils entièrement brûlés.

Baudouin en fit l'expérience et dut se replier aussitôt sur
le dortoir.

Nous étions bloqués, bloqués par le plus implacable des
éléments. Il devenait évident que, si nous ne trouvions pas
un moyen immédiat de sortir de ce cul-de-sac, nous serions,
avant quelques minutes, ou étouffés par la fumée ou rôtis
tout vifs.

Cette alternative n'avait rien de réjouissant, et à peine
s'était-elle fait jour dans nos cervelles, que le tempérament
de chacun se manifesta par des signes non équivoques.
Quelques-uns, en petit nombre, je suis heureux de le cons-

tater, pleuraient et se désespéraient comme des enfants de trois ans; d'autres étaient mornes et farouches; d'autres étaient bavards et comme éperdus. Très peu étaient calmes. Baudouin seul était vraiment admirable. Il était aussi maître de lui que s'il se fût agi de l'aventure la plus ordinaire.

Le front appuyé au cadre d'une vitre cassée, essayant comme nous tous d'aspirer un peu d'air pur, il réfléchissait.

« Nous ne pouvons pourtant pas rester ici et nous laisser griller comme des côtelettes, dit-il tout à coup à M. Pellerin qui s'était rapproché de nous.

— Que faire? répondit celui-ci. Nous n'avons à attendre du secours que du dehors, puisque nous sommes enfermés ici.

— Avant que les secours arrivent, nous serons tous flambés, reprit Baudouin. Il faut essayer de gagner le toit!

— Le toit? » dit M. Pellerin.

Sans même lui donner une explication, Baudouin s'était baissé sur la couchette en fer la plus voisine. Prenant matelas et couvertures, il les avait jetés à terre, et travaillait activement à démonter les longues barres dont était formé le cadre. Ce fut l'affaire d'une minute ou deux.

« Maintenant, fit-il en sautant sur un autre lit et en attaquant le plafond à grands coups de barre, que chacun fasse de même. Nous aurons bientôt percé un soupirail. »

Son exemple nous électrisa, et, grâce aux efforts de M. Pellerin qui nous donna l'exemple, une douzaine de lits se trouvèrent bientôt démontés comme par enchantement, et les coups de bélier allèrent leur train.

Le plafond n'était fait que de lattes couvertes de plâtre.

Il fut donc aisé de le percer sur un diamètre de deux à trois mètres. Au-dessus s'étendait la charpente même, qui soutenait le toit d'ardoises. Nous nous escrimâmes si bien, avec la force que donne le désespoir, qu'en peu d'instants nous eûmes la joie d'apercevoir le ciel. Le trou fut bientôt élargi; il put donner passage à Baudouin, et, l'un après l'autre, hissés par M. Pellerin, nous réussîmes enfin à nous trouver tous sur le toit, qui avait heureusement si peu d'inclinaison qu'il fut pour nous comme une plate-forme. M. Pellerin passa le dernier et poussa la précaution jusqu'à emporter une couverture mouillée qu'il jeta sur le trou béant, de manière à le masquer et à empêcher le tirage.

Le spectacle qui s'offrit à nos yeux, quand nous nous trouvâmes tous accroupis sur le toit, était véritablement effrayant. Autour de nous, dans la nuit, tout le Vieux Collège brûlait. Les flammes jaillissaient, furieuses, de toutes les ouvertures. Des tourbillons de fumée noire s'élevaient vers le ciel encore étoilé, et des gerbes d'étincelles retombaient en pluie rouge. A nos pieds, tout en bas, dans les cours et dans la rue, nous pouvions distinguer une fourmilière humaine, — la ville sur pied, nos camarades des autres divisions, le proviseur et le censeur désespérés, la garnison déjà à l'œuvre et formant la chaîne pour apporter de l'eau dans des seaux de toile; Criquet même et son grand-père qui tâchaient de se rendre utiles.

Les figures, les mouvements, jusqu'à l'expression des physionomies, se détachaient avec une netteté singulière dans la lumière crue que la fournaise projetait à cinq cents mètres à la ronde. Il n'était pas jusqu'aux paroles, jusqu'aux impressions et aux observations de cette foule qui ne montassent à nous dans les intervalles du tocsin que la grosse cloche de la cathédrale sonnait déjà.

Quand nous avions paru sur le toit, nous avions été accueillis par une clameur immense, celle de toute une ville saluant des enfants qu'elle croyait perdus.

Nous ne l'étions pas encore, mais, à vrai dire, nous n'en valions guère mieux. Un instant nous avions pu nous féliciter d'avoir gagné ce port de refuge, où du moins nous pouvions respirer, voir ce qui se passait, nous mettre en communication avec le dehors. Mais nous nous trouvions à trente-cinq ou quarante mètres du sol; les échelles suffisamment longues manquaient, et les flammes, qui léchaient déjà toutes les façades, auraient empêché de les utiliser, au cas même où il aurait été possible de se les procurer.

A l'enthousiasme qui avait accueilli notre apparition sur cette espèce d'îlot perdu au milieu des flammes, succéda donc bientôt un profond désespoir. On nous voyait, on nous encourageait d'en bas, épars comme un vol de pigeons sur ce toit, mais personne n'apercevait un moyen quelconque de nous porter secours.

Le fracas des éboulements intérieurs redoublait. Des pans entiers de murs s'écroulaient. D'un moment à l'autre on pouvait s'attendre à voir notre radeau suprême s'engloutir à son tour dans un océan de feu....

Tout à coup nous entendîmes le galop précipité de plusieurs chevaux, un roulement sourd, une acclamation.

C'étaient les pompiers qui arrivaient, avec les deux pompes neuves que la ville avait récemment acquises. Le capitaine Biradent commandait, casque en tête comme tous ses hommes.

Pour nous qui attendions du secours dans les affres du
désespoir, le temps qui s'était écoulé depuis la première
alarme nous avait paru long. Mais, en réalité, il n'y avait
peut-être pas dix minutes que le poste des pompiers avait été
averti, et l'intervention si prompte de la vaillante phalange
était par conséquent un tour de force véritable.

A peine les pompes s'étaient-elles arrêtées et avaient-elles
été mises en batterie, que nous pûmes entendre distinctement la voix méridionale du capitaine Biradent donnant ses
ordres, faisant pointer les dards de cuivre sur le Vieux Collège, et concluant par ces mots :

« Allons, mes amis! Soyez braves comme César, et *pom-
pez!* »

C'était un affreux calembour qu'il ne manquait jamais de
reproduire en pareil cas, si tragiques que fussent les circonstances.

A peine cet ordre était-il donné, que nous vîmes deux
colonnes d'eau s'élever dans les airs, s'abattre sur le Vieux
Collège, balayer, en nous inondant nous-mêmes, le toit où
nous nous trouvions, redescendre, suivre les corniches,
caresser les fenêtres, s'enfoncer dans les profondeurs de
l'édifice.

Jamais rosée bienfaisante ne fut accueillie avec plus de
reconnaissance que cette eau glacée, quoiqu'elle nous trans-
perçât jusqu'aux moelles. Il nous semblait que désormais
nous allions être incombustibles, et c'est une pensée qui avait
bien son agrément.

Mais, hélas! la situation n'en était pas plus rassurante.
Deux pompes suffisaient bien à inonder les parties du bâtiment qui n'étaient pas encore atteintes, et à arrêter ainsi

dans une certaine mesure les progrès du feu; mais elles étaient impuissantes à lutter contre le foyer même. L'incendie avait eu le temps de couver pendant plusieurs heures; il avait trouvé devant lui, pour l'alimenter, des charpentes vénérables, des cloisons vermoulues, des parquets cirés avec soin, tout un matériel de classe et de dortoirs qui brûlait comme de l'amadou. Il faisait rage maintenant, et l'eau dont on le couvrait, se transformant immédiatement en vapeur, semblait uniquement attiser sa fureur. Même si le feu n'arrivait pas jusqu'à nous, il était à craindre que, les supports de la charpente s'effondrant un à un, le toit ne finît à son tour par s'abîmer.

Le capitaine Biradent avait laissé ses hommes aux pompes pour aller reconnaître la position. Il vit d'un coup d'œil que nous étions perdus s'il ne parvenait à nous enlever de là. Mais comment faire? Nous semblions être hors de portée.

Tout à coup je vis distinctement Criquet se rapprocher de lui et lui dire quelques mots. Le capitaine l'embrassa avec transport; puis aussitôt, prenant avec lui une trentaine d'hommes, il courut au gymnase. Nous le vîmes bientôt ressortir portant avec les autres des paquets de cordes, des échelles, et enfin une grosse poutre horizontale, qui servait habituellement pour nos exercices.

C'était une pièce de bois cylindrique, du diamètre de trente centimètres, longue de vingt-cinq mètres et parfaitement polie, — la seule qui eût ces dimensions et qui fût aisément accessible.

Le capitaine et ses hommes la maniaient comme un fétu de paille.

Passant avec leur fardeau par une des portes secondaires

du Vieux Collège, ils le contournèrent en courant et trans-
portèrent le tout dans une rue latérale.

De ce côté, notre toit n'était séparé des maisons voisines
que par une largeur de vingt mètres à peu près. Malheureusement ces maisons étaient beaucoup moins élevées que
le Vieux Collège.

Grimper sur la plus haute de ces maisons, y hisser avec
les cordes la poutre d'abord, puis une forte échelle, assujettir l'échelle toute droite sur ce toit contre un massif de che-
minées, et jeter ensuite comme un pont la poutre entre cette
échelle et nous; — tout cela fut pour les mains adroites du
capitaine et de ses aides l'affaire de quelques minutes.

C'était un échafaudage vertigineux.

A peine l'eut-il établi, qu'il s'élança en courant sur cette
passerelle tremblante, et tomba au milieu de nous. Il apportait le bout d'une corde attachée d'autre part à l'échelle perpendiculaire et destinée à nous servir de rampe.

« Allons, mes enfants, cria-t-il, ne perdons pas de
temps!... Dépêchez-vous de passer un à un !

Grâce au ciel, l'exercice de la poutre horizontale était
familier à la plupart d'entre nous. Sur un signe du capitaine,
Baudouin s'élança le premier, m'appelant à sa suite, et il
franchit l'abîme en trois sauts. Arrivé le premier, il nous
salua d'un cri joyeux.

Je le suivis de près. D'autres nous succédèrent. En deux
minutes, vingt-cinq d'entre nous eurent passé, — la plupart
debout et sans même se servir de la corde.

Puis vint le tour des timides qui se traînaient péniblement
à cheval sur la poutre, les mains crispées sur la rampe. Cela
fit perdre beaucoup de temps.

Enfin, il ne resta plus sur le toit du Vieux Collège, avec le capitaine et M. Pellerin, que Verschuren et Perroche.

Tous deux ils étaient si maladroits, ils avaient si systématiquement négligé de s'exercer au gymnase, que leur sauvetage présentait les plus grandes difficultés.

Cependant des craquements sinistres se faisaient entendre. D'une seconde à l'autre, tout pouvait s'effondrer.

« Hâtez-vous ! hâtez-vous ! » disions-nous avec désespoir en observant la scène douloureuse dont l'autre bout de la passerelle était le théâtre.

Perroche refusait de partir.

« Je ne pourrai pas… J'aurai le vertige… Laissez-moi ! » disait-il pâle comme un linge.

Quant à Verschuren, il s'était mis à cheval sur la poutre ; mais il n'avançait pas et semblait mesurer avec épouvante le gouffre qui le séparait de nous.

« Allons donc !… Il n'y a pas de temps à perdre ! » cria le capitaine en l'enlevant par le cou pour le mettre sur ses pieds.

Et moitié le poussant, moitié le portant, il franchit avec lui le redoutable passage.

Puis il se retourna pour aller chercher Perroche. M. Pellerin tenait la corde sur l'autre *rive*.

Au même instant un nouveau craquement plus formidable encore annonça que le toit cédait.

« Jetez-vous sur la poutre !… Vous allez vous abîmer ! » cria le capitaine aux retardataires.

M. Pellerin, qui n'avait pas voulu quitter le toit avant de nous voir tous en sûreté, eut la présence d'esprit d'obéir sans retard et de se jeter à cheval sur l'extrémité de la pièce de bois, essayant d'attirer Perroche à sa suite; mais celui-ci, paralysé par la terreur, laissa entre les mains de M. Pellerin le pan de sa tunique. M. Pellerin fit un nouvel et inutile effort pour saisir de nouveau le malheureux enfant. Perroche s'était couché sur le toit, et rien ne put le décider à faire un mouvement.

M. Pellerin allait périr avec lui, quand, prompt comme la pensée, le capitaine Biradent, sautant sur la poutre avec l'agilité d'un grand singe, s'empara de vive force de M. Pellerin, le ramena et le retint au milieu de nous.

« Mais Perroche! Perroche! s'écriait M. Pellerin, laissez-moi retourner...

— A l'impossible nul n'est tenu, lui dit le capitaine; écoutez!... »

Le toit venait de s'écrouler tout entier avec un fracas épouvantable. Tout s'était effondré dans la fournaise, et notre infortuné camarade avait disparu dans un ouragan de flammes, de poussière et de fumée.

M. Pellerin s'arrachait les cheveux et sanglotait

« Vous avez fait plus que votre devoir, lui dit le capitaine. Ne vous reprochez rien, monsieur Pellerin, vous êtes un brave, c'est Biradent qui vous le dit. Tous ces enfants sont vos témoins.

— Oui, oui, nous écriâmes-nous. Tous! tous! »

CHAPITRE XXII

Le douloureux souvenir de ce *sinistre*, comme le capitaine Biradent ne manquait jamais d'appeler un incendie, jeta un voile de deuil sur tout le lycée. Quand les restes carbonisés de notre malheureux condisciple eurent été retrouvés sous les décombres, nous l'accompagnâmes tous en pleurant à sa dernière demeure, et la ville entière se joignit au cortège. Sa mort tragique semblait avoir effacé tous ses torts. Et pourtant, ce qu'il y avait de plus attristant peut-être dans cette affreuse fin, c'était de se dire qu'elle était la conséquence fatale des défauts mêmes du pauvre Perroche, et qu'avec un peu d'énergie il aurait pu l'éviter.

L'enquête, instituée pour rechercher les causes du désastre, n'avait pu les établir que d'une manière fort incertaine. Un seul fait était hors de doute, c'est qu'il avait pris naissance dans les cuisines, au cours des préparatifs nécessités par le banquet de la Saint-Charlemagne. Les théories variées, auxquelles l'événement servait de base, défrayèrent, pendant plusieurs semaines, les conversations du département.

Il y avait pourtant un point sur lequel tout le monde était d'accord : c'est que les internes de la classe de sixième devaient la vie à l'excellent enseignement du capitaine Biradent, au moins autant qu'à son héroïsme. La gratitude publique trouva son expression dans une souscription nationale qui se couvrit rapidement de signatures. Le produit en fut consacré à offrir à notre vaillant ami un magnifique casque d'honneur, que le maire de Châtillon lui remit bientôt en séance solennelle. Quant à M. Pellerin, il reçut une médaille d'or frappée en son honneur et rappelant son dévouement.

Au lycée, des campements provisoires avaient été promptement installés dans des baraquements pour les divisions que le feu avait privées de leur dortoir. Après quelques jours d'indécision et de trouble, tout était rentré dans l'ordre accoutumé.

Baudouin et moi nous étions, cela va sans dire, redevenus inséparables, et nous menions de front le plaisir et le travail. L'exemple terrible que nous venions d'avoir sous les yeux n'avait fait que nous donner un goût plus vif encore, s'il est possible, pour les exercices du corps, auxquels l'homme doit ses satisfactions les plus saines et les plus durables. Mais les autres études n'y perdaient rien, et, depuis que j'avais retrouvé mon équilibre moral, je n'avais plus cessé de suivre une ligne inflexible.

Une circonstance fortuite était venue me rendre quelque espoir pour le prix de Pâques. Au commencement de mars, Parmentier, qui voyait mes efforts pour le rejoindre et qui ne voulait pas se laisser dépasser, travaillait si désespérément à la préparation d'une composition en histoire, qu'il tomba malade de fatigue et fut obligé de garder le lit pen-

PERROCHE REFUSAIT DE PARTIR .....

dant quelques jours. Il ne put conséquemment prendre part
à la composition, et je fus aisément premier. Cela me rendit
les dix points que je n'avais jamais pu rattraper sur lui,
et nous laissa tous deux au même total : 182 points.

J'avais bien quelques scrupules à ce sujet, et je les com-
muniquai à M. Delacour. Mais il me rassura bien vite. C'é-
taient là des chances adverses ou favorables avec lesquelles
il fallait toujours compter, me dit-il. Rien ne pouvait me
garantir que je ne serais pas moi-même malade, ou empêché
avant la fin du semestre, et il n'était pas possible d'altérer
les règlements pour ces motifs tout personnels.

« Parmentier, ajouta-t-il, est malade par sa faute ; nous
n'avons jamais pu le décider à donner à la lassitude de son
cerveau le contrepoids nécessaire des exercices physiques,
et au moment où il a le plus besoin de ses forces, elles lui
font défaut. »

Il n'y avait évidemment rien à répondre, et je m'inclinai
devant ces raisons.

Je devais bientôt avoir une satisfaction qui me toucha plus
que je ne puis l'exprimer. Baudouin, s'étant présenté au concours ouvert à la préfecture pour la distribution des bourses
départementales, fut classé le second et porté sur la liste
des élus.

Il voulut bien m'assurer, en m'annonçant cette heureuse
réalisation de son vœu le plus ardent, qu'il en était redevable
à notre affectueuse collaboration. Le fait est qu'elle était
aussi utile à l'un de nous qu'à l'autre, et j'étais souvent
étonné des forces nouvelles que j'y avais puisées comme lui.

Le jeune Mounerol, c'est-à-dire Criquet, était également
porté au rôle des boursiers. Le pauvre petit ne s'y attendait

guère. Mais c'était lui qui avait donné au capitaine, la nuit de l'incendie, l'heureuse idée de nous faire un pont avec la poutre, et le capitaine ayant loyalement proclamé le fait, on avait trouvé ce moyen ingénieux de récompenser notre petit camarade.

La fin de mars arriva, et, avec elle, la dernière composition, la composition suprême qui devait décider de la priorité entre Parmentier et moi.

Nous l'abordâmes avec le même nombre de points. J'avais bon espoir, car la composition était en version latine, et j'avais eu le bonheur d'être trois fois premier dans ce genre d'exercice, au cours du semestre. Que ce bonheur persistât, et j'arrivais au but, j'enlevais de haute lutte, avec un point d'avantage sur Parmentier, le premier prix de Pâques !

Je constatai avec plaisir que la tâche était difficile. Le texte écrit sous la dictée, dans un religieux silence, était un passage de Cornelius Nepos.

Les deux heures qui nous étaient accordées pour le traduire passèrent avec la rapidité de l'éclair. J'écrivais la dernière ligne comme le tambour roulait, et je remarquai avec une certaine inquiétude que Parmentier s'était levé un des premiers pour remettre sa copie à M. Delacour.

Il me sembla pourtant lire une expression de tristesse sur sa figure.

Je passai dans une impatience fébrile les trois jours qui nous séparaient du samedi. Que n'aurais-je pas donné pour être en possession du résultat ! Chaque soir j'écrivais chez nous des lettres enflammées pour faire part à tous les miens des espérances que je caressais.

Enfin le grand jour arriva.

Après la récitation des leçons, M. Delacour prit lentement
le paquet de copies qui dormait, selon l'usage, sur un coin
de sa chaire et dit :

« Messieurs, je vais vous donner le résultat de la dernière composition du semestre. »

Il y eut un moment de silence solennel. Tous les élèves qui
tenaient registre des points attendaient, leur liste en main
et la plume levée, prêts à additionner les premiers totaux
et à déterminer, sans une minute de délai, les noms victo-
rieux.

« Premier, dit lentement M. Delacour, Mandrès ! »

Je me vis perdu. Sans doute j'avais fait des contre-sens !
J'allais me trouver relégué à une place inférieure... Adieu
le prix de Pâques !... Toutes ces pensées tumultueuses tra-
versèrent mon imagination dans l'intervalle très court que le
professeur mit à reprendre :

« Deuxième, Besnard... »

J'étais sauvé ! Premier ou second, du moment où j'étais
placé avant Parmentier, peu importait, car Mandrès était
trop loin en arrière pour qu'un point de plus ou de moins
lui fût d'aucune utilité contre nous. Donc, je tenais le premier prix ! C'est presque avec indifférence que j'écoutais
désormais le reste de la liste.

« Troisième, Verschuren, reprit M. Delacour; quatrième,
Cazaubon; cinquième... »

Il nomma ainsi un grand nombre de noms avant que je
songeasse à m'étonner d'un fait pourtant assez remarquable,
c'est que Parmentier n'était pas placé.

Enfin il fallut bien pourtant s'en apercevoir, le vingtième,
le trentième, le quarantième avaient été nommés, et il n'était

toujours point question de Parmentier. Je jetai les yeux sur
lui. Il était pâle et décontenancé.

La liste s'acheva.

« Je n'ai plus qu'un mot à ajouter, reprit M. Delacour
d'une voix émue. L'élève Parmentier s'est mis de son propre
mouvement hors concours et n'a point déposé de devoir. Le
motif de son abstention, expliqué dans sa copie, est d'autant
plus honorable qu'il n'avait à redouter d'autre juge que sa
conscience. Le voici, tel qu'il l'a formulé et qu'il sera transmis à l'administration centrale :

« Monsieur, il se trouve que j'ai déjà traduit avec mon
père, pendant les congés du Jour de l'An, le passage de Cornelius Nepos que vous nous donnez pour sujet de composition. Il serait donc déloyal de ma part de prendre part au
concours, et c'est pourquoi je dois m'en abstenir.

« *Signé :* PARMENTIER. »

Cette lecture était à peine terminée que toute la classe se
tournant, comme un seul homme, vers notre condisciple, le
salua d'une double salve d'applaudissements.

« Vous avez raison d'applaudir votre camarade, reprit
M. Delacour, car son acte est un des plus honorables qu'il
soit donné à un élève d'accomplir. Parmentier était si près
du prix, et il avait si bien travaillé pour l'atteindre, que son
sacrifice prend un caractère presque héroïque, et je lui en
offre au nom du lycée mes plus sincères compliments. »

On peut penser si tout cela m'avait impressionné ! Il me
semblait maintenant que ce prix de Pâques, si ardemment
ambitionné, j'allais pour ainsi dire le *voler* à Parmentier. En

tous cas il ne me faisait plus l'effet d'une conquête légitime.
Un violent désir de ne pas être en reste de générosité s'empara de moi; je me rappelai cette indisposition de mon rival
qui l'avait une fois déjà privé de prendre part à la composition. Ne devrais-je donc ma victoire qu'à sa mauvaise fortune? car enfin il n'y avait pas l'ombre d'un doute à con
server : sans ces deux circonstances de force majeure, il
m'aurait battu de neuf à dix points, au moins !

Le cœur serré par l'émotion, les joues couvertes d'une
vive rougeur, je pesais ces raisons au-dedans de moi.

Tout à coup je me levai.

« Monsieur, dis-je à notre maître, ne pensez-vous pas
qu'il vaudrait mieux recommencer l'épreuve, avoir une
composition supplémentaire et annuler celle-ci?

— Cette proposition vous honore, mon cher Besnard, et
c'est une idée qui m'était déjà venue. Mais elle est contraire
aux usages. Tout ce que je puis faire est de soumettre la
question à M. le Proviseur, qui pourra seul en décider. »

Le lundi suivant, quand M. Huette, accompagné du censeur, vint, selon la coutume, nous lire les notes hebdomadaires, il était suivi d'un domestique chargé de volumes
enrubannés.

Il se plaça, comme à l'ordinaire, sur le front de la classe,
debout et attentif; puis, après nous avoir fait signe de nous
rasseoir :

« Le premier prix d'excellence est décerné cette année,
dit il, aux élèves Parmentier et Besnard, *ex æquo*... Le
second prix à l'élève Mandrès. »

Les applaudissements unanimes de la classe ratifièrent ce
véritable jugement de Salomon, que le proviseur accentua

encore, s'il est possible, en nous remettant, à Parmentier et à moi, deux exemplaires parfaitement semblables des *OEuvres complètes de Pierre Corneille*.

Ainsi se termina ce mémorable tournoi.

Je m'empressai d'en télégraphier le résultat à Saint-Lager, et je reçus en réponse l'agréable nouvelle que le fusil promis m'attendrait pour les vacances de Pâques. Elles allaient s'ouvrir dans trois jours !

Déjà les tièdes rayons d'un soleil d'avril venaient caresser au quartier nos jeunes têtes penchées sur les pupitres. Les moineaux qui nous succédaient dans les cours saluaient de leurs gazouillements joyeux l'éternel renouveau de la nature. M. Pellerin avait entr'ouvert les fenêtres pour laisser entrer ces avant-coureurs bénis du printemps.

Sans doute Émeraude, comme nous tous, en subissait l'influence, car, sortant enfin du sommeil profond qui l'engourdissait depuis trois mois, elle se décida, pour la première fois, à mettre son petit museau bleu hors de son nid de coton.

Bientôt, enhardie par l'impunité, elle se hasarda à grimper sur mon épaule et à venir me donner un affectueux bonjour.

Et soudain, comme grisée par la splendeur du soleil, elle s'élança d'un bond vers l'appui de la croisée. Là elle se retourna pour me regarder d'un air narquois, puis elle se coula au dehors comme un serpent.

Une minute ou deux encore je vis scintiller les vertes écailles de sa robe, puis l'inconstante disparut pour toujours.

CONCLUSION

———

Ici finit, avec le semestre, la première partie de ces mémoires.

J'ai passé, depuis, bien des mois et des années au lycée de Châtillon ; il n'y en a pas qui m'aient laissé des souvenirs plus vivants et plus chers que ce temps d'initiation. De cette époque datent les impressions les plus décisives, les habitudes et les amitiés qui ont eu le plus d'influence sur les événements subséquents de ma vie. C'est pourquoi j'ai tenu à en noter les incidents principaux, où plus d'un jeune lecteur peut-être aura retrouvé l'image, affaiblie sans doute, mais fidèle encore, des émotions que lui ont causé hier ou que lui causeront demain des débuts analogues.

Ces premiers pas que l'on fait au collège ont, en réalité, une importance si capitale, — de la direction qu'y prend l'enfant, dès le principe, dépendent à un si haut degré le bonheur et le succès, non seulement de sa vie scolaire, mais de toute sa carrière à venir, — qu'on me pardonnera de m'être étendu, peut-être outre mesure, sur cette phase initiâle.

Je rattraperai le temps perdu en sautant à pieds joints sur plusieurs années.

L'enfant entre au lycée à l'état de chrysalide et doit en sortir à l'état de papillon. La période de transformation est si insensiblement graduée pour lui-même, qu'en vérité, quand j'essaye de me reporter à ces années intermédiaires, je ne retrouve plus que des lueurs incertaines et des souvenirs tronqués.

Autant mes impressions premières sont restées nettes et fidèles, autant celles qui les suivent immédiatement deviennent confuses. Les mois et les semestres se mêlent alors dans ma mémoire, et, dans cet étrange personnage aux pantalons toujours trop courts, aux mouvements brusques et maladroits, qui s'est si promptement hâté de se croire un grand garçon, pour s'apercevoir tous les six mois qu'il n'était encore qu'un gamin, — j'ai peine à reconnaître le petit bonhomme que j'étais, en passant pour la première fois sous l'œil de lynx du père Barbotte.

Aussi n'essayerai-je pas de lutter contre ces défaillances de ma mémoire.

La seconde partie de ce journal transportera le lecteur sur cette scène à la fois plus vaste et plus rapprochée de l'heure présente.

Laissant de côté le cours régulier de mes classes, paisiblement poursuivies à Châtillon-sur-Lèze, côte à côte avec les mêmes camarades, je franchirai d'emblée une période de six années, pour arriver à la fin de mes études qu'il m'était réservé de terminer à Paris.

LES APPLAUDISSEMENTS DE LA CLASSE RATIFIÈRENT
CE JUGEMENT.

Le lecteur sera peut-être aussi surpris que je le fus moi-même d'y rencontrer quelques-unes des figures avec lesquelles il a déjà fait connaissance. Tout ce qu'il m'est permis de souhaiter, c'est qu'il y trouve un peu du plaisir que j'en éprouvai pour mon compte personnel.

TABLE

35

FIN DE LA TABLE.

PARIS

TYPOGRAPHIE GEORGES CHAMEROT

19, RUE DES SAINTS-PÈRES, 19

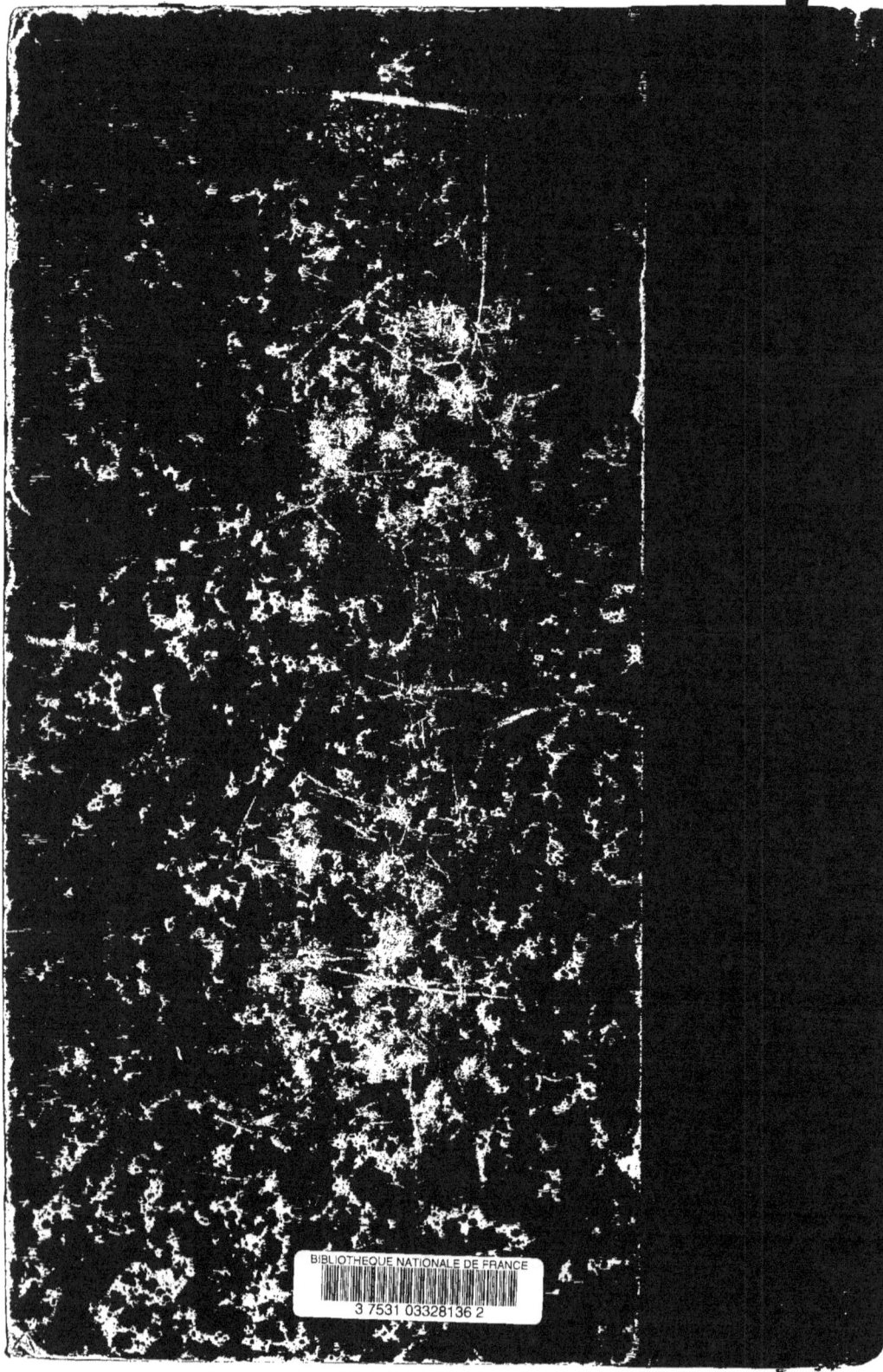